O SUDÁRIO DE OVIEDO

Leonard Foglia & David Richards

O Sudário de Oviedo

Tradução
Marisa Motta

EDITORA OBJETIVA LTDA. Rua Cosme Velho, 103
Rio de Janeiro – RJ – CEP: 22241-090
Tel.: (21) 2199-7824 – Fax: (21) 2199-7825
www.objetiva.com.br

Título original:
The Cloth of Oviedo

Capa
Raul Fernandes

Revisão
Raquel Grillo
Antônio dos Prazeres
Onézio Paiva

Editoração eletrônica
Abreu's System Ltda.

CIP-BRASIL. CATALOGAÇÃO-NA-FONTE
SINDICATO NACIONAL DOS EDITORES DE LIVROS, RJ.

F692s
Foglia, Leonard e Richards, David
O sudário de Oviedo / Leonard Foglia e David Richards ; tradução Marisa Motta. — Rio de Janeiro: Objetiva, 2007

271p.   ISBN 978-85-60280-10-0
Tradução de: *The cloth of Oviedo*

1. Romance americano. I. Richards, David. II. Motta, Marisa. III. Título.

07-1271.   CDD: 813
CDU: 821.111(73)-3

CAPÍTULO

1

(*Há sete anos*)

COMO ERA FELIZ!

Os últimos anos como padre foram passados na catedral, em meio aos entalhes dourados, os arcos altíssimos e a cantaria monumental que ao longo do tempo adquirira a aparência de veludo cinza. Esta beleza nunca deixou de emocioná-lo.

Mas neste dia, todos os anos, dom Miguel Alvarez lembrava-se como, na verdade, era abençoado.

Nesse dia a preciosa relíquia saía de seu santuário e era exibida para os fiéis. Por apenas um minuto, o arcebispo a levantava acima do altar para que a multidão que enchia a nave pudesse vê-la, maravilhada com sua proveniência e a reverenciasse em toda sua santidade. Em geral, durante os serviços, o prédio construído no século XIV ecoava com tosses, ruídos de pés e o movimento das pessoas ajoelhando-se e levantando-se. Porém, por um minuto, cada ano, o silêncio era total.

Ao pensar nisso um arrepio percorria sua coluna.

Após o final da missa, o arcebispo beijaria a moldura de prata da relíquia e a entregava a dom Miguel, que a levava para a segurança da sacristia. Vigiá-la na sacristia até a partida da congregação era tanto um dever quanto uma honra para o padre. Mas nada se comparava à honraria que o aguardava assim que a congregação partia, as espessas portas de carvalho da catedral fechavam-se e as luzes que banhavam o altar em um amarelo liquefeito extinguiam-se.

Depois, dom Miguel levava a relíquia de volta ao seu santuário na Câmara Santa, o quarto sagrado, "um dos lugares mais sagrados de toda a cristandade", como gostava de dizer aos visitantes. Algumas vezes, tomado de orgulho falava "o lugar mais sagrado".

Durante 40 anos, ele fez esse percurso com a mais venerável das relíquias. Poderia fazer isso de olhos fechados, de tão bem que conhecia a sensação dos ladrilhos da galeria sob seus pés. O cheiro da terra e o ar frio, vindos do solo, eram suficientes para alertá-lo que estava diante dos portões de ferro que protegiam o acesso à Câmara Santa.

Ao vê-lo aproximar-se, um empregado parado do lado de fora dos portões destrancou o maciço cadeado, arremessou para trás o ferrolho e deixou dom Miguel entrar. Diante dele havia uma escada que virava à esquerda depois à esquerda de novo, antes de chegar à sala de destino. Milhões de peregrinos, sem mencionar reis e papas, haviam feito esse trajeto apenas para olhar o armário que continha o que ele agora segurava nas mãos.

Dom Miguel estava com quase 80 anos e suas articulações doíam em razão da artrite. Mas jamais aqui. Nunca quando suas mãos tocavam a relíquia. Sentiu uma espécie de êxtase e teve a impressão de estar flutuando sobre os degraus gastos.

Chegou a uma segunda grade através da qual se via os diversos baús e arcas que guardavam os muitos tesouros da catedral. O serviçal destrancou também este portão e depois desceu a escada para que o padre pudesse fazer suas preces sozinho.

Como fizera tantas vezes no passado, dom Miguel colocou a relíquia na arca revestida de prata diante dele e ajoelhou-se para rezar. O último repositório da relíquia era o armário dourado contra a parede. No entanto, o padre sempre relutava antes de recolocá-la, de imediato, em seu lugar. Os momentos que passava sozinho com a mais sagrada das relíquias, contemplando sua promessa milagrosa, eram os mais sublimes da sua existência.

Em frente da catedral, um vento morno soprava na praça ampla e sem árvores, e os últimos fiéis da congregação partiam para casa ou para o café favorito, conversando barulhentos. Porém a câmara sagrada, fria e pacífica, estava além do alcance do tempo e da turbulência externa.

Lá dom Miguel estava rodeado por todos os símbolos e ícones de sua fé. A célebre "Cruz dos Anjos", uma magnífica cruz de ouro — com um formato quadrado, adornada de pedras preciosas e sustentada por dois anjos ajoelhados —, não era apenas o símbolo da catedral, mas de toda a região onde ele nascera e vivera sua longa vida. A arca à sua direita continha os ossos dos discípulos — na verdade, os discípulos dos discípulos — em invólucros de veludo. Seis espinhos que diziam pertencer à coroa de Cristo estavam guardados no armário, assim como a sola de uma das sandálias de são Pedro.

No entanto, tudo o mais eclipsava-se em face da relíquia que lhe haviam confiado. A relíquia das relíquias. Por que ele, um simples padre, que jamais fora um erudito e agora era um homem idoso, havia merecido essa honra?

Fechou os olhos.

De súbito, uma mão enluvada tapou sua boca. Tentou virar-se para ver quem era, porém a mão apertou seu rosto como um torno. Sentiu um cheiro de couro, depois um odor mais forte penetrou em suas narinas. Quando se debatia para respirar, um segundo par de mãos dirigiu-se para a relíquia.

— Não a toque — gritou ele o melhor que pôde. — Está louco? Como lhe ocorre que possa tocá-la?

Tocar na relíquia? Essa pessoa era demente? A mão enluvada abafou seus gritos. Seu corpo oferecia pouca resistência e o odor acre provocava tonturas. Viu com horror o segundo intruso tirar um pequeno escalpelo do casaco. Dom Miguel contraiu-se ao pensar na dor que sentiria se a lâmina lhe cortasse o pescoço. Contudo, a pessoa virou-se, moveu-se em direção à arca de prata e inclinou-se para examinar a relíquia mais de perto.

O padre amaldiçoou-se internamente. Ele deveria ter feito seu trabalho e retornado logo para a catedral. Por causa de seu desejo egoísta de ficar sozinho na Câmara Santa esse terrível sacrilégio acontecera. A Cruz dos Anjos parecia estar se derretendo diante de seus olhos, as pedras ficando vermelhas e o limo gotejando sobre as asas dos anjos na base. Percebeu então que devido à falta de oxigênio sua visão estava distorcida e sua mente alucinava.

Tudo o que podia pensar era como se sentia tão infeliz por ter falhado. Qualquer homem deveria reverenciar o que lhe fora confiado por Deus. Mas por sua causa, a relíquia estava sendo maculada. Seu coração doeu de vergonha.

Deus nunca o perdoaria.

CAPÍTULO 2

HANNAH MANNING ESPERAVA UM SINAL. Alguma coisa que lhe dissesse que rumo sua vida deveria seguir, guiá-la de certa forma. Há meses esperava por isso.

Olhou para a estrela dourada em cima da árvore de Natal e pensou nos Homens Sábios que a seguiram há muito tempo. Ela não era tola o bastante para acreditar que seu sinal fosse algo tão grandioso e o seu destino tão importante. Quem era ela? Apenas uma garçonete. Atualmente, mas não para sempre. Até receber seu sinal. E nem precisaria ser um sinal, pensava agora. Apenas uma cutucada ou um empurrão bastaria. Como os homens sábios, saberia instintivamente o que significava.

Ela já vivera em um turbilhão por muito tempo.

— Você acredita? Sete míseros dólares, 23 centavos e uma moeda de 10 centavos canadense. — Em uma saleta nos fundos do restaurante, Teri Zito estava contando suas gorjetas da noite. — Todos estão de volta com suas sovinices habituais.

— Eu também não me saí muito bem — disse Hannah.

— Ah, o que você espera dessa cidade pão-dura? — respondeu Teri.

Teri pôs o dinheiro no bolso direito do avental de xadrez branco e marrom com babados, que uma garçonete do Blue Dawn Diner usava como parte de seu uniforme. — Só nas férias as pessoas deixam uma gorjeta decente. E esses 7 míseros dólares, 23 centavos e uma moeda de 10 centavos canadense significam que as férias acabaram oficialmente.

De pé em um banco de madeira, Hannah estava retirando com cuidado os enfeites da árvore de Natal mirrada do restaurante, que parecia mais raquítica ainda sem as luzes e as bugigangas brilhantes para tapar os buracos. Com um movimento rápido apanhou a estrela dourada do galho superior. Suas luzes fluorescentes refletiam o folheado metálico reluzindo no teto.

Dois acontecimentos haviam conspirado para tirar Hannah da letargia. No outono, a maioria de seus colegas do segundo grau partira de Fall River para cursar a faculdade ou trabalhar em Providence e em Boston. Seu sentimento de ter sido deixada para trás intensificava-se a cada mês que passava. Percebeu que, na verdade, eles haviam preparado o futuro durante todo o segundo grau e ela não.

Chegou dezembro, mês da morte de seus pais, o que significava que tinham partido há sete anos. Hannah ficou chocada ao perceber que não mais visualizava seus rostos. É claro, ela tinha imagens deles na mente, mas as imagens originavam-se todas de fotografias. Nenhuma de suas memórias parecia de primeira mão. Instantâneos de sua mãe rindo e de seu pai entretendo-se no pátio dos fundos era tudo o que lembrava. Não conseguia mais recordar o som do riso de sua mãe ou sentir o toque de seu pai quando ele a atirava de brincadeira para o ar.

Ela não poderia ser a vida toda a garota que perdera seus pais. Agora, era uma adulta.

De fato, Hannah Manning fizera 19 anos havia pouco tempo, contudo parecia ser muito mais jovem. Tinha um rosto bonito, ainda infantil de algumas maneiras, com o nariz arrebitado e as sobrancelhas perfeitamente arqueadas sobre os olhos azul-claros. As pessoas tinham de olhar bem de perto para ver a cicatriz que dividia ao meio sua sobrancelha esquerda, conseqüência de um tombo de bicicleta quando tinha 9 anos. Seu cabelo era longo, cor de espiga de milho e, para exasperação constante de Teri, naturalmente ondulado.

A altura de Hannah — 1,74 metro — e seu corpo longilíneo também eram motivos de uma certa inveja de Teri, que nunca vencera sua luta contra o peso, como dizia, após o nascimento de dois filhos. Teri estava com mais de nove quilos acima do ideal de Jenny Craig para alguém de sua compacta estatura, porém consolava-se com o pensamento de que era dez anos mais velha do que Hannah, que provavelmente não seria tão esbelta aos 29 anos.

Se a garota se maquiasse um pouco, Teri refletiu, seria uma verdadeira beleza. No entanto, Hannah não parecia ter muito interesse em namorados. Caso um tivesse alguma vez aparecido no restaurante, Teri certamente não o tinha visto e ela era ótima para notar homens.

— Lembra quando o Natal representava de fato alguma coisa, além de dinheiro? — disse Hannah. Suspirou ao embrulhar a estrela em papel de seda e colocá-la em uma caixa para protegê-la. — Você não dormia à noite porque Papai Noel iria passar em sua casa. E levantava-se às seis horas e encontrava todos os pacotes embaixo da árvore e nevava do lado de fora. As pessoas cantavam músicas de Natal e faziam guerra de bola de neve e tudo o mais. Era maravilhoso.

— Isso foi um comercial que você viu na televisão, querida — retrucou Teri, que checou em seu bolso direito se por um acaso não notara um dinheiro extra. — Não acho que o Natal tenha jamais existido desse modo. Talvez em sua fantasia de criança, mas não na minha! Oh, sinto muito, não queria dizer...

— Tudo bem.

Isto também não poderia continuar, pensou Hannah. Todos a tratando com luvas de pelica porque não tinha pais, preocupados com os comentários que pudessem ferir seus sentimentos.

— Acho que árvores de Natal são um erro — declarou enfaticamente ao descer do banco e contemplar o espécime frágil e ressecado, sem seu invólucro de correntes de papel e anjos de plástico. — Cortamos uma árvore linda e perfeita, só para envolvê-la com bugigangas por algumas semanas e depois jogá-la no lixo. Que desperdício.

Não admitiria isso para Teri, mas sentia uma espécie de empatia pelo infeliz pinheiro que fora arrancado de suas raízes e posto na porta do Blue Dawn Diner, onde fora ignorado pela maioria dos clientes, exceto por uma criança ocasional que tentou arrancar um dos seus enfeites e levou um tapa no pulso por isso. Parecia tão patético, tão solitário, que algumas vezes sentia vontade de chorar.

As férias eram sempre um período difícil, um grande jogo de fingimento que ela fazia com o tio e a tia: fingindo ter afeição, quando não sentia, fingindo que era feliz sem ser; fingindo uma proximidade que não havia nem nunca existira. Todo esse faz-de-conta a fazia se sentir mais triste e solitária.

Havia ainda outra coisa que tinha de acabar. Se quisesse ser bem-sucedida na vida tinha de sair da casa dos tios.

— Ei — disse Teri. — Não vou deixar você aí parada sentindo pena de uma árvore idiota. Vamos lhe dar um funeral decente.

Segurou o pinheiro pelo cepo, enquanto Hannah pegou a outra extremidade, e o carregaram desajeitadamente em direção a porta de trás do restaurante, deixando uma grande quantidade de folhas marrons atrás delas.

A porta estava trancada.

Teri gritou para a cozinha onde Bobby, o cozinheiro-chefe e gerente noturno, aproveitava a ausência de clientes para devorar um hambúrguer.

— Acho que você pode privar-se um momento do sanduíche para destrancar a porta.

Bobby deliberadamente comeu outro pedaço de hambúrguer.

— Você não ouviu, seu preguiçoso?

Ele limpou a gordura do queixo com um guardanapo de papel.

— Não se mexa tão rápido. Você pode ter um derrame.

— Ah, é? Bem, então deixe eu me derramar antes em cima de você, Teri — disse ele empurrando sua pelve lascivamente contra ela.

Teri recuou com uma expressão de horror zombeteiro.

— Deixa eu pegar minhas pinças primeiro para ver se vejo alguma coisa.

As jovens arrastaram a árvore para um estacionamento vazio circundado por montes de neve suja. O frio era cortante. Hannah podia ver o sopro de sua respiração.

— Não sei como vocês podem falar dessa forma todos os dias — disse.

— Querida, esta é minha razão de viver — saber ao acordar todos os dias que posso vir aqui e dizer a esse excremento o que penso dele. Não preciso de uma aula de aeróbica para sentir *meu* sangue pulsar. É só olhar o cabelo ralo desse homem, o queixo duplo e a lagarta que ele chama de bigode rastejando em cima do lábio superior.

Hannah riu apesar de tudo. O linguajar de Teri às vezes a chocava, mas admirava a valentia da mulher mais velha, provavelmente porque tinha tão pouco. Ninguém mandava em Teri.

Diante da grande lata de lixo colocaram o pinheiro no chão por um segundo, enquanto recuperavam o fôlego.

— Vamos contar até três — instruiu Teri. — Pronta? Um, dois, trêsssssss... — A árvore pairou no ar, bateu na extremidade da caixa e rolou para dentro. Teri esfregou as mãos com força para aquecê-las. — Está um frio de rachar aqui — disse.

Na volta, ao atravessarem o estacionamento, Hannah olhou para o cartaz de néon com o nome Blue Dawn Diner escrito com letras azul-cobalto. Atrás do nome, raios piscavam, primeiro amarelos, depois desbotavam para um cinza pálido, e abriam-se como um leque em um semicírculo imitando o nascer do sol. O cartaz parecia anunciar um planeta distante e o néon azul fazia a neve ter um aspecto radioativo.

Seria esse cartaz *seu* sinal, o sol nascente e os raios piscando dizendo-lhe que um novo dia *estava* chegando, um mundo além desse, algo diferente das longas horas no restaurante, clientes grosseiros com botas de vinil vermelho, gorjetas vis, Teri e Bobby discutindo como gatos de rua?

Conteve-se. Não, era apenas um cartaz de néon velho, perdendo sua pintura, que ela vira milhares de vezes.

Teri estava parada tremendo em frente da porta do restaurante.

— Entre, meu bem. Você vai se resfriar.

Hannah foi para um canto da saleta dos fundos que era não oficialmente reservada para os empregados e só era cedida aos clientes nas manhãs de domingo, depois da missa quando o Blue Dawn Diner ficava mais cheio. Em geral, Teri fazia palavras cruzadas e fumava, embora não fosse permitido, e soltava baforadas se não houvesse alguém por perto, o que resultava no cinzeiro sujo. Depois de um longo turno era um lugar aconchegante para enroscar-se. Hannah deixou seu corpo relaxar e sua mente esvaziar-se.

Olhou as palavras cruzadas do dia, viu que estavam pela metade e decidiu dar um palpite. Teri nunca se opunha a uma ajuda. Então, seus olhos dirigiram-se para o gracioso texto sob a página.

`Você é uma pessoa especial e carinhosa?`

Curiosa, ela inclinou o jornal para que a luz incidisse melhor sobre ele.

Isto pode ser a coisa mais edificante que você jamais fez! Dê o presente que vem diretamente do coração.

Parecia um anúncio do Dia dos Namorados, com corações em cada canto e, no centro, um desenho de um bebê angélico, balbuciando deliciado. Mas o Dia dos Namorados era daqui a um mês e meio. Hannah continuou a ler.

Com sua ajuda uma família feliz pode ser criada.
Torne-se uma mãe de aluguel
Para mais informações ligue

Partners in Parenthood, Inc.
617 923 0546

— Veja isso — disse quando Teri pôs duas xícaras de chocolate superquente na mesa e entrou na saleta do lado oposto.

— O quê?

— O anúncio no *Globe* de hoje.

— Ah, sim. Elas ganham bastante dinheiro.

— Quem?

— Estas mulheres. Mães de aluguel. Eu vi uma reportagem na televisão. Acho um pouco estranho. Se você vai passar por todo o incômodo de carregar uma criança na barriga por nove meses, deveria poder ficar com o pequeno bastardo depois. Não consigo imaginar entregando-o. É como se fosse um padeiro. Ou o forno, na verdade. Você assa o pão e alguém o leva para casa.

— Quanto você acha que elas recebem?

— Eu vi no programa da Oprah que uma mulher ganhou 75 mil dólares. Hoje em dia, as pessoas estão muito desesperadas para ter filhos. Algumas pessoas ricas pagarão uma fortuna. É claro, se soubessem como são de fato as crianças, não ficariam tão ansiosas para tê-las. Espere até que descubram que nunca mais terão uma sala de visita limpa.

Uma voz veio da cozinha.

— Chega de conversa, meninas. As luzes do teto apagaram.

— Você se importa se eu ficar com seu jornal?

— É todo seu. De qualquer modo, jamais terei 26 anos de novo.

Na porta, Hannah deu um beijo ligeiro na amiga e cruzou rápido o estacionamento em direção a um Chevy Nova caindo aos pedaços. Quando ela entrou no carro, Bobby desligou o cartaz do Blue Dawn Diner. As nuvens obscureciam a lua e sem as luzes de néon o lugar lhe parecia ainda mais miserável.

Ela buzinou ao entrar com o Nova na estrada. Teri buzinou de volta e Bobby, que estava trancando a porta da frente, lhe deu um vago aceno.

O jornal ficou no banco ao lado de Hannah durante todo o trajeto para casa. Embora as estradas tivessem sido cobertas de areia há pouco e não houvesse tráfego, ela dirigiu com prudência. Mais adiante, o sinal ficou vermelho e Hannah freou com cuidado para que o Nova não derrapasse.

Enquanto esperava o sinal mudar, ela olhou o jornal. O texto não era visível no escuro, mas ela lembrava exatamente os dizeres do anúncio. Quando atravessou o cruzamento quase podia ouvir uma voz sussurrando: "Isto pode ser a coisa mais edificante que você jamais fez."

CAPÍTULO 3

De guarda no portão, o empregado movia-se preguiçosamente de um pé para o outro. A catedral não reabriria até o final da tarde e seus pensamentos já tinham se voltado para a cerveja gelada que tomaria dentro de uns poucos minutos.

De soslaio, viu um movimento súbito nas sombras na parte norte do transepto. Porém, ele não estava com pressa para investigar. Ao longo dos anos, aprendera que a luz bruxuleante que atravessava os vidros manchados das janelas pregava truques em seus olhos cansados. E há muito tempo se acostumara com os murmúrios e gemidos que emanavam da pedra e da madeira, quando a igreja estava vazia. Sua mulher dizia que eram os santos conversando e que a casa de Deus nunca ficava vazia, mas pessoalmente pensava que os sons eram apenas de um prédio antigo que envelhecia.

Seus ossos também não rangiam de vez em quando?

No entanto, o barulho que agora escutava era diferente. Era o de palavras sussurradas, o ímpeto e a agitação de uma súplica. Então, ele viu outro movimento repentino e afastou-se do portão para enxergar melhor. Na verdade, o som originava-se de uma mulher ajoelhada rezando diante do Altar de la Inmaculada, um dos esplendores barrocos da catedral que representava a Virgem Maria em tamanho natural, rodeada por um adorno dourado em forma de sol irradiante que atestava sua santidade.

Os olhos da mulher estavam fechados e seu rosto delicado inclinava-se para baixo, com a infinita compreensão das adorações que solicitavam sua misericórdia. Enlevada, a mulher obviamente não percebera que a igreja estava fechada. Não era a primeira vez que isso acontecia, pensou o serviçal, nem seria a última. As múltiplas capelas da catedral facilitavam a passagem despercebida de uma pobre alma quando estava fechada. Em geral, ele fazia duas rondas e as teria feito hoje se não fosse a obrigação de acompanhar o padre à Câmara Santa.

Aproximou-se lentamente da mulher para não assustá-la, esperando que o som de seus pés nas pedras chamasse sua atenção. Ao chegar perto, percebeu que não era espanhola. A bolsa de palha colorida ao seu lado e seu casaco de couro sofisticado sugeriam que ela era uma turista, embora os turistas em geral tirassem só algumas fotos e logo partiam. E essa mulher parecia estar rezando com a intensidade de uma das camponesas idosas da paróquia.

— Señora — sussurrou ele.

A prece da mulher ficou mais fervorosa. "...We are but your servants. Thy will shall be done..." O empregado identificou a língua como inglês. Olhou para trás em direção à entrada da Câmara Santa. Não queria que o velho padre descesse os degraus e encontrasse o portão desprotegido, mas a mulher precisava ser conduzida para fora da igreja.

Tocou ligeiramente em seu ombro.

— Señora, la catedral está cerrada.

Ela voltou-se e olhou para ele sem compreender. Ele não tinha nem mesmo certeza de que a mulher o tivesse visto. As pupilas dos seus olhos estavam dilatadas como se ela estivesse em transe.

Balançou a cabeça devagar.

— Sinto muito. O quê?

— La catedral está... — buscou em sua mente a palavra certa. — Closed, señora. A catedral está fechada.

Subitamente, o rosto da mulher ruborizou-se de embaraço.

— Fechada? Oh, não percebi. Devo ter... perdido a noção do tempo... Perdão... Perdón, por favor.

O empregado ajudou-a a se levantar, apanhou a bolsa de palha e a acompanhou à entrada da catedral. Ao atravessar a nave, ela virou-se para trás como se quisesse olhar mais uma vez para a Virgem.

— Este é um dos lugares mais sagrados da terra — disse ela enquanto o empregado destrancava a porta. Seus olhos haviam recuperado o brilho e ele

sentiu a mão dela apertar seu braço. — É isso que estou sentindo e, portanto, deve ser verdadeiro. Quero dizer, eles dizem que esse é um local sagrado, não é?

Sem entender o que ela dizia, o empregado acenou vigorosamente a cabeça manifestando sua concordância, antes de fechar a porta pesada atrás dela.

Olhou para o relógio de bolso. Era sua imaginação ou dom Miguel estava rezando por um tempo maior que o habitual? Dirigiu-se o mais rápido possível para a Câmara Santa, pronto para explicar o problema que o fizera abandonar seu posto. Antes da metade do caminho, viu o padre deitado de costas. Suas pernas estavam retorcidas para o lado e suas mãos pareciam nós de corda no chão de pedra. Parecia ter adormecido no meio da prece.

O pânico apoderou-se do empregado. A relíquia? O que acontecera com a relíquia?

Deu um suspiro de alívio.

Nada! Ela estava em cima da arca de prata, intacta. Segurou-a com cuidado e a trancou no armário na parte posterior da cripta. Só então, quando voltou sua atenção para dom Miguel, notou que o padre estava morto.

O empregado fez o sinal-da-cruz sobre o corpo que a idade encolhera tanto. Se seu coração falhou, nada mais justo que tivesse sido aqui, pensou. O idoso padre tinha amado profundamente esse lugar. Sua devoção não tivera limites. E agora ele parecia tão em paz.

Certamente, partira para sua justa recompensa no céu.

Como ele fora afortunado!

CAPÍTULO 4

— VOCÊ TORNOU-SE UM PÁSSARO MADRUGADOR — murmurou Ruth Ritter ao entrar na cozinha. — Esta é a terceira manhã nesta semana que você se levantou antes de mim. O que está acontecendo?

Hannah olhou para a toalha de linóleo da mesa, onde estava comendo um ovo quente em cima de uma torrada.

— Nada. Não tenho dormido bem, é só.

— Está doente?

Ruth olhou de esguelha para a sobrinha. Orgulhava-se de sua habilidade de ler o pensamento das pessoas. Ela não freqüentara a faculdade e não havia livros de qualidade especial na casa, mas gostava de pensar que tinha mais do que sua cota de "astúcia". Percebia coisas e podia farejar uma mentira a um quilômetro de distância.

— Pois a última coisa que precisamos aqui é que adoeça! — disse ela. — Uma pessoa doente é suficiente e a úlcera de seu tio está lhe incomodando de novo.

A mãe de Hannah costumava dizer que, quando eram jovens, Ruth era a mais bonita das irmãs Nadler, a mais espevitada, com vários namorados. Era difícil de acreditar agora. Hannah só conseguia pensar na tia como uma dona de casa mal-humorada, corpulenta, perpetuamente com um robe de chenile, que no momento dirigia-se para a cafeteira para sua sacudidela de cafeína diante de outro dia desapontador.

— Você já fez o café? — perguntou Ruth surpresa.

— Eu estava acordada.

— Tem *certeza* de que não há nada de errado com você?

Por que sempre essas palavras rudes? Nunca "obrigada" ou "que gentileza". No mundo de Ruth cada ação tinha um segundo propósito. As pessoas ou tentavam explorar seu lado bom ou tentavam ludibriá-la. Ninguém agia de maneira desinteressada.

Ruth levou a xícara de café aos lábios e tomou um gole.

— A que horas chegou em casa depois do restaurante à noite passada?

— Como de hábito. Cerca de 15 minutos depois da meia-noite.

— E levantou-se de madrugada? — Mais um olhar de soslaio. — Por que você não me conta o que está acontecendo?

— Nada, tia Ruth! Honestamente!

Tudo o que havia feito fora telefonar para o Partners in Parenthood há uma semana. A jovem que atendera o telefone disse que enviaria um material explicativo pelo correio em seguida e, sem refletir, Hannah dera o endereço dos Ritters. Mais tarde, percebeu que deveria ter dado o do restaurante.

— Enquanto você viver sob nosso teto e usufruir de nossa hospitalidade — Ruth nunca deixava de lembrá-la — não haverá segredos nesta casa.

Caso o envelope do Partners in Parenthood tivesse corações e um bebê nele, como o anúncio dizia, haveria uma longa explicação a dar. Então, todas as manhãs nessa semana Hannah acordara cedo para interceptar o correio. Mas até agora nada.

As garotas da sua idade supostamente pensavam em namorados, casavam-se algum dia e constituíam família. Portanto, por que a idéia de gerar uma criança de um casal sem filhos atraiu tanto sua imaginação? Tudo o que Hannah podia pensar é que sua mãe tinha algo a ver com isso. Ela fora muito generosa e acreditava que as pessoas tinham o dever de ajudar os menos afortunados. Sempre que você ficar imerso em seus próprios problemas, dizia sua mãe, significa que chegou o momento de pensar em alguém. A lição ficou gravada na memória de Hannah, embora, é triste, ela ouvia o som gentil da voz de sua mãe com menos nitidez do que antes.

Ruth retirou uma bandeja de pãezinhos quentes temperados com canela do forno e os examinou minuciosamente antes de escolher um com menos risco de desapontá-la.

— Pensei que era seu turno de trabalhar no café-da-manhã durante toda esta semana — disse Ruth.

— Estava escalada para este horário, mas o movimento caiu muito. Acho que depois das férias todo mundo está ficando em casa.

— Não deixe Teri se apossar de todos os bons turnos.

Ruth molhou o pão no resto do seu café, depois abriu a geladeira à procura da caixa de ovos.

— Espero que seu tio não vá dormir a manhã toda. Diga a ele que o café-da-manhã está servido.

Feliz pela oportunidade de escapar da cozinha, Hannah chamou pelas escadas:

— Tio Herb? Tia Ruth disse que o café-da-manhã está pronto.

Um grunhido foi a resposta de volta.

— Ele está vindo — falou para a tia e olhou pela janela da sala de estar. Tal como esperava, o carteiro vinha descendo a rua. Lutando contra o frio, ela saiu pela porta da frente e o encontrou na calçada.

— Poupou-me alguns passos, não é? — disse o carteiro alegre. Pegou sua bolsa e entregou-lhe um pacote mal amarrado com um barbante.

Com uma olhada rápida, Hannah viu que era o conjunto habitual de contas, revistas e correspondência inútil. Assim que chegou à entrada da casa, viu o envelope com o nome Partners in Parenthood impresso no canto superior à esquerda. No momento em que ia colocá-lo no bolso, ouviu uma voz zangada.

— O que você está fazendo agora? Aquecendo toda a vizinhança? Você tem alguma idéia de quanto custa o combustível de aquecimento? — Herb Ritter, de roupão e pijamas, estava na porta da frente, seus ralos cabelos grisalhos ainda emaranhados.

— Sinto muito. Só saí por um segundo.

— Eu pego isso. — Herb tirou o pacote das mãos de Hannah e foi para a cozinha, onde se sentou em seu lugar habitual na cabeceira da mesa do café.

Hannah pôs uma xícara de café diante dele e esperou enquanto ele examinava a correspondência, o que nada contribuiu para melhorar seu humor. Sua carta estava em cima das demais. Foi o suficiente para que ela pudesse ler a palavra "Partners" no endereço de retorno. Estendeu o braço sobre o ombro do tio e tirou-a da pilha.

— Ei, o que você está fazendo?
— Creio que este envelope é para mim. Meu nome está escrito nele.
— Quem está escrevendo para você? — perguntou Ruth.
— Ninguém.
— A carta foi escrita por si só?
— Este é um assunto particular, tia Ruth. Você se importa?
As palavras indignadas de Ruth ecoaram no fundo da escada:
— Quantas vezes tenho de lhe dizer, minha jovem? Não haverá *segredos* nesta casa.

Hannah fechou a porta do seu quarto, esperou até recuperar o fôlego, e abriu cuidadosamente o envelope com o dedo.

CAPÍTULO

5

O PADRE MORRERA HÁ DOIS DIAS quando o empregado recebeu ordens do escritório do arcebispo.

Sua Eminência e "diversos convidados" pretendiam visitar a Câmara Santa esta noite. Após o fechamento da igreja, instruíram-lhe para pôr-se de pé na entrada do santuário, destrancar os portões no momento apropriado e permanecer de guarda durante a estada deles.

Tudo o que o empregado poderia pensar é que esse fato relacionava-se à morte do velho padre, uma vez que a polícia de Oviedo inspecionara o local e não encontrara nada faltando. Haviam tirado fotografias do corpo do padre, antes de ser removido. Todas as relíquias da Câmara Santa foram meticulosamente examinadas e relacionadas, excluindo assim a possibilidade de roubo.

O serviçal contara sua história diversas vezes para as autoridades. Não que houvesse muita coisa a ser relatada. O padre não demonstrara nenhum sinal de enfermidade neste dia e subira os degraus sem dificuldade aparente. Lembrava que haviam trocado algumas amabilidades, mas nada de significativo. Então, após esperar 20 minutos — sim, tinha certeza de que fora 20 minutos —, ele havia partido em busca do padre. E o encontrou morto. E isso era mais ou menos o que acontecera.

O farfalhar das vestes e os sussurros das vozes alertaram-lhe que o arcebispo e seus acompanhantes aproximavam-se. Dos três convidados, o empregado só reconheceu o mais alto deles, que era arcebispo em Madri, se sua memória não lhe falhava. Os outros dois tinham o mesmo ar de importância. A severidade de seus rostos indicava a seriedade de seu propósito.

Visitas especiais à Câmara Santa eram, em geral, marcadas com semanas de antecedência e ele era informado sobre quais seriam os convidados, de modo que providenciasse uma segurança extra caso fosse necessário. Essa visita, contudo, claramente estava sendo feita em segredo.

Introduziu uma grande chave no ferrolho para abrir o portão pesado, depois caminhou rápido na frente dos quatros homens, procurando desajeitadamente o molho de chaves que abririam a grade da Câmara Santa. Sentiu a umidade de sua transpiração no pescoço.

— Deixe-nos sós — murmurou o arcebispo ao entrar no santuário. — Agora parta. — O único indício evidente de urgência era a maneira pela qual um dos "convidados" fechava e abria as mãos, como se estivessem grudadas com breu. Todos eles sabiam, o empregado pensou, que estavam parados no mesmo local onde o corpo do padre caíra?

Os sons da discussão começaram a se distanciar, porém, quando chegou à entrada principal as palavras eram indecifráveis. Mas havia uma palavra que ele pensou ter escutado diversas vezes: "falta... falta..." Falta? O que poderia estar faltando? Tudo na Câmara Santa havia sido verificado e descrito.

Os minutos passaram tão devagar que em um dado momento ele sacudiu seu relógio de bolso com força, pensando que havia parado.

O serviçal não vira razão para relatar que deixara seu posto por vários minutos para acompanhar uma mulher sozinha à saída da igreja. Agora se perguntava se esse lapso havia sido descoberto. Quanto mais esperava, a incerteza crescente corroía seu estômago.

Após uma hora e meia, ouviu seu nome ser chamado e apressou-se a abrir a grade da Câmara Santa. O arcebispo e seus convidados desceram em silêncio os degraus, seus semblantes mais austeros que antes. Na entrada, o empregado fechou o portão maciço, girou a chave na fechadura e, então, viu o arcebispo atrás dele.

— As chaves — ordenou ele, estendendo a mão direita.

O coração do empregado contraiu-se. Ele perderia seu posto. Como sustentaria sua família? Era um pensamento egoísta, dadas as circunstâncias, mas era sincero. Entregou ao arcebispo os dois molhos de chaves.

— Não, só quero as da Câmara Santa — disse o arcebispo. — Temo que ficará fechada até segunda ordem. Informaremos à imprensa que algu-

mas reformas estruturais são necessárias no momento. Você está autorizado a dizer o mesmo aos turistas.

Pondo as chaves sob sua veste, o arcebispo disse um breve boa-noite e seguiu seus convidados.

O serviçal sentiu seus joelhos fraquejarem de alívio. Sua vida estava segura, apesar de tudo. É claro, fora o seu dever ser o guardião do velho padre, mas também era sua responsabilidade proteger a catedral e seus tesouros dos visitantes, que prolongavam suas visitas depois das horas previstas. De qualquer modo, ele só se ausentara por um momento.

Contanto que permanecesse calado, ninguém precisaria saber nada sobre a mulher. Assim como o padre, ele levaria esses minutos finais para o túmulo.

CAPÍTULO 6

— Do meu sofrimento mais profundo surgiu minha maior felicidade. A vida nos surpreende constantemente, não lhe parece? — Letitia Greene apanhou um lenço e com delicadeza enxugou os cantos dos olhos, nos quais brilhavam gotas de lágrimas. — O dia que levei Rick do hospital para casa foi o mais feliz de minha vida. Uma vida que quase se despedaçou. Hal, meu marido, e eu estávamos à beira do divórcio. Não pensei que sobreviveríamos. Bem, não creio que *eu* sobreviveria.

Hannah esperou um momento enquanto a mulher atrás da escrivaninha antiga de pau-rosa recompunha-se. Parecia ter 40 e tantos anos e, embora ricamente vestida, tinha um jeito íntimo que deixava Hannah à vontade.

— Você pode imaginar? Depois de 15 anos certa que nunca seria mãe este... este *anjo* entrou em nossas vidas. Chama-se Isabel e nos uniu de novo. Sim, uma total estranha! Ela queria ajudar, mas mesmo assim não creio que estivesse preparada para receber as recompensas por suas ações. Ela nos reuniu e tornou-nos uma família. Lembro do dia que trouxe Ricky do hospital. Aqui está ele por sinal.

Um porta-retrato dourado com a foto de um menino ruivo e sardento de 7 anos destacava-se na escrivaninha. Ela o mudou de lugar para que Hannah o visse.

— Pensei que fosse explodir de alegria. Era demasiado para suportar. E isso só cresceu a cada dia. Dizia a Hal: "O que vou fazer com tanta felicidade?" Tenho a certeza de que naquele momento ele não tinha a menor idéia do profundo efeito que sua resposta causaria. Mas voltou-se para mim...

Letitia Greene inclinou-se para a frente, como se quisesse que ninguém ouvisse. O pingente de prata pendurado em seu pescoço caiu também para a frente atraindo a luz. Parecia caro.

— Você sabe o que ele disse? — Fez uma pausa dramática.

— Não — respondeu Hannah. — O quê?

— "Faça-a brilhar. Espalhe essa felicidade à sua volta, Letitia!" Tive a sensação de ter sido atingida por um meteorito. — As palavras pareciam jorrar de sua boca. — O que vou fazer com tanta felicidade? Vou irradiá-la, é claro. Assim, quatro anos mais tarde, aqui estou, ajudando outros casais sem filhos a se unirem a pessoas muito especiais para criar ainda mais felicidade.

Mostrou com um gesto orgulhoso as fotografias na parede atrás de sua escrivaninha, penduradas de cada lado do espelho com a moldura dourada. Nelas, diversos casais sorridentes e bebês adoráveis exibiam sua felicidade para a câmera. Perto das fotografias viam-se cartas emolduradas, cheias de gratidão e demonstrando a eficácia da missão de Letitia Greene.

Hannah olhou-as com respeito. E pensar que ela quase não viera. O trânsito nas ruas mais afastadas da cidade estava difícil e quando ela localizou a Revere Street, de apenas dois quarteirões, e estacionou o Nova, estava dez minutos atrasada para o encontro. Os escritórios do "Partners in Parenthood" situavam-se no segundo andar de um prédio de tijolo do século XIX, e a escada para chegar a eles era tão suja e tão pouco iluminada que Hannah pensou em voltar para casa.

No entanto, assim que abriu a porta sua impressão mudou instantaneamente. O escritório era claro e atrativo com uma aparência mais de sala de estar do que de um escritório. O chão tinha um carpete bege. Dois sofás estofados com um tecido floral alegre ficavam diante um do outro, com uma mesa baixa no meio. Objetos de arte enfeitavam as prateleiras de uma estante e um arranjo de flores de seda ficava em cima de um pedestal. A escrivaninha da sra. Greene e a cadeira dourada em frente, onde Hannah estava sentada, pareciam ser as únicas peças utilitárias e, dificilmente, poderiam ser qualificadas como mobiliário de escritório.

— Chamei nosso grupo de "Partners in Parenthood" porque essa é a forma como eu o vejo — disse Letitia Greene. — As pessoas contatam-se compartilhando suas esperanças e aptidões, reunindo-se para criar uma vida. É preciso ter em mente, srta. Manning, que nossas mães de aluguel geram vida de muitas formas. A óbvia, é claro, é a criança. Mas vocês estão renovando as vidas de homens e mulheres que, com freqüência, sentem-se atormentados e incompletos. Estão também lhes propiciando um futuro. Vocês convertem-se em seus salvadores.

Hannah sentiu suas emoções aflorarem com intensidade, à medida que ouvia Letitia Greene. O entusiasmo ardoroso da mulher e sua motivação faziam com que parecesse cheia de vida. Refletiu sobre a falta de comunicação dos tios, e as brigas sem sentido que preenchiam seus dias. E pensou nos clientes enfadonhos do restaurante, indo da refeição para o trabalho e vice-versa, infinitamente. Mesmo Teri, com sua boa índole, estava tão envolvida em um trabalho sem perspectivas que seu único alívio parecia ser a troca de insultos com Bobby. Todos levavam vidas tão medíocres e limitadas.

Então Hannah pensou em sua própria vida, a mais mesquinha e mais limitada de todas. Ela não era vital como essa mulher, que parecia tão cheia de energia e vigor.

— Sinto muito ser tão enfática, mas adoro o que faço. — Letitia Greene deu um riso de desculpas. Pôs os óculos e levou um momento revendo o formulário de Hannah. — Você deve ter de voltar para o trabalho. Não tem a tarde inteira para me escutar. Como contei, cada situação é diferente e cada mãe de aluguel é especial. Tentamos fazer arranjos mais adequados para você, escolher uma família a mais apropriada possível como seu cliente, e estabelecer o contato que queira ter com ela. Você gostaria que eles estivessem presentes no parto? Quer que eles lhe enviem fotos da criança à proporção que cresce? Esse tipo de situação. Os detalhes são preparados antes de tudo para propiciar contentamento a todos. Quanto aos pagamentos, creio que os achará muito generosos.

Letitia Greene virou o formulário e olhou seu verso.

— Você parece ter respondido às questões de modo satisfatório — disse com aprovação. — Nós lhe daremos todas as oportunidades para perguntar o que quiser, agora ou mais tarde. Você está ciente, é claro, que haverá alguns exames médicos. Nada com que se preocupar. É apenas para ter certeza de que você é tão saudável quanto parece.

— Sim, é claro. O que for necessário.

— Enquanto você estiver aqui no escritório, gostaria de lhe fazer umas poucas perguntas pessoais, caso não se oponha. Pode parecer uma invasão de privacidade, mas estamos falando de um compromisso muito pessoal e íntimo. É importante nos conhecermos o melhor possível. Espero que compreenda.

— Por favor. Pergunte-me o que quiser.

Letitia Greene recostou-se na cadeira e o pingente de prata ficou logo acima de seu esterno.

— Em seu formulário você diz que é solteira.

— Sim.

— Qual a opinião de seu namorado sobre isso?

— Eu não tenho namorado.

— Qual foi seu relacionamento mais recente?

Hannah sentiu seu rosto ficar rubro.

— Eu nunca... Eu saio às vezes com amigos... quero dizer... não existe nada sério o suficiente para ser chamado de relacionamento.

— Bem. Você é lésbica?

— O quê? Oh, não. Eu gosto de rapazes. Porém, ainda não achei alguém que... — Calou-se. Houve Eddie Ryan, que vivia mais abaixo da quadra que, de vez em quando, a levava ao cinema; durante todo o segundo grau ela curtiu uma paixonite por ele, embora não tenha demonstrado. Teri dizia que uma garota tem de tomar a iniciativa algumas vezes, mas Hannah nunca conseguiu dar o primeiro passo.

— Você ainda vive com seus pais?

— Não, vivo com minha tia e meu tio.

— Oh? — Letitia Greene olhou por cima dos óculos.

— Meus pais morreram quando eu tinha 12 anos. Acidente de carro.

— Sinto muito. Deve ter sido um golpe muito duro para você. E ainda deve ser.

— Sim — foi tudo que Hannah conseguiu murmurar.

— Você quer falar sobre esse acontecimento comigo?

Há tanto tempo que ninguém fazia essa pergunta que Hannah ficou inesperadamente comovida. A maioria das pessoas evitava o assunto, ou presumia que ela tivesse dado às costas ao passado e continuado sua vida. Mas Letitia Greene parecia de fato interessada.

— Foi na véspera de Natal — Hannah começou hesitante. — Voltávamos da casa de tia Ruth. É onde vivo agora. Passávamos todas as vésperas de Natal juntos porque eles eram... *são*... minha única família. Na época vivíamos em Duxbury. Adormeci no banco traseiro, e depois me lembro de cair no chão do carro e ouvir minha mãe gritar. Ela perguntou-me se eu estava bem e disse para eu ficar imóvel, porque a ajuda estava a caminho. Percebi pela sua voz que sentia muita dor. Quando tentei me mover para vê-la, ela gritou: "Não, não se mexa. Não olhe para cá."

Hannah sentiu um aperto na garganta e parou para respirar fundo.

— Calma, querida — aconselhou Letitia Greene com suavidade.

— Foi horrível ficar deitada no chão do carro esperando a ambulância chegar e sem ousar me mexer. Percebi mais tarde que ela não quisera que eu visse meu pai. Ele morrera instantaneamente. Um caminhão que ultrapassara a linha divisória do nosso lado da estrada chocara-se com o nosso carro. Nevava e o motorista dormira e...

Surpreendeu-se ao constatar como os detalhes ainda estavam nítidos em sua mente. Era como se o acidente tivesse acontecido há sete dias e não há sete anos. Ruth e Herb nunca falavam com ela sobre o assunto e, então, ela guardou as terríveis recordações para si mesma. Agora, tinha a impressão que estava contando a história pela primeira vez para uma pessoa que mal conhecia. Porém, essa pessoa se importava.

— O caminhão bateu do lado do motorista e, por isso, meu pai morreu tão rápido. Esmagado. Disseram que ele não havia sofrido. Milagrosamente, nada aconteceu comigo. No caminho do hospital, minha mãe entrou em coma. Morreu de ferimentos internos uma semana mais tarde. "Sinto tanto, meu amor", foi a última coisa que eu a ouvi falar. "Sinto tanto."

— Seus pais devem ter amado muito você.

— Creio que sim. — De novo, a sensação de um nó na garganta.

Hannah não pensara em amor todo esse tempo. O amor era algo que pertencia a um passado distante de sua vida, antes que o acidente acontecesse e tudo mudasse. Lembrava-se de caminhar arrastando os pés em meio às folhas outonais na calçada, segurando firme a mão da mãe, sem querer que ela partisse porque eram tão felizes à luz do sol.

— Ei, vocês duas! — Seu pai dizia, fingindo que estava com ciúme. — Não há nada que as separe.

Hannah sentiu o silêncio no escritório e percebeu que se deixara levar pela torrente de recordações. Letitia Greene olhava pacientemente, sua cabeça um pouco inclinada para o lado e um olhar de compreensão no rosto. Essa mulher não era igual a todas as outras que demonstravam mal-estar diante da mais leve exibição de emoções. Ela as acolhia de tal forma que Hannah não sentiu nenhum constrangimento.

Letitia Greene estendeu a mão para Hannah através da escrivaninha. O simples contato produziu outra onda de emoção inesperada. Por um momento, as duas mulheres ficaram de mãos dadas e olharam uma para outra em silêncio.

Elas não estavam sozinhas.

Do outro lado do espelho de moldura dourada, em uma saleta atrás da escrivaninha de pau-rosa de Letitia Greene, duas pessoas observavam o encontro. Olhando e ouvindo, enquanto Hannah contava sua história. Embora o vidro colorido permitisse a elas ver e não serem vistas, permaneceram imóveis, sem tirar os olhos do rosto de Hannah por um segundo. Tudo que o relato provocara era a mudança da respiração delas. Controlada a princípio, era mais curta agora, rápida e pouco profunda devido à emoção crescente.

— Espero que não precise de mais detalhes — disse Hannah.

Letitia balançou a cabeça com gentileza.

— Você não pode mencionar nada disso em um formulário. Obrigada por partilhar isso comigo. — Soltou a mão de Hannah. — Isso é exatamente o que eu quero dizer quando falo que Partners in Parenthood tem como missão propiciar o encontro de pessoas. Pessoas que vão fazer uma jornada muito íntima juntas. Diga-me, Hannah, por que você quer fazer esse percurso?

Hannah pensara nessa pergunta durante dias. Não podia dizer que o jornal estava dirigindo-se diretamente para ela. Perspicaz, a sra. Greene poderia pensar que era um pouco bizarro. Ela gostaria de dizer que estivera procurando por um sinal durante meses e, no momento em que tudo parecia mais sombrio, o folheto tinha chegado pelo correio. Mas, na verdade, não havia muito mais a falar.

—Trabalho em um restaurante e, bem, tenho a sensação que estou desperdiçando minha vida. Não tenho muito a dar, mas quando vi o anúncio e li o folheto, senti que talvez pudesse contribuir para algo. Talvez eu pudesse oferecer o tipo de presente que você mencionou e fazer alguém feliz. Acho... que só quero ser útil.

Letitia levantou-se, deu a volta na escrivaninha e abraçou Hannah.

— Espero também que você possa ser. É claro, nada é evidente até termos certeza. Todas as suas informações terão de ser revistas, e poderemos chamá-la para uma entrevista com um psicólogo, apenas para nos assegurarmos que essa é a escolha adequada para você. E, é claro, os exames médicos que mencionei.

Acompanhou Hannah pela sala, sua mão apoiada no ombro da garota e, por um instante, Hannah visualizou os passeios que fizera com sua mãe.

— Oh, só uma coisa. O número do telefone do formulário é do restaurante onde trabalho. Caso queira me contatar, é melhor ligar para lá.

— Compreendo. Agora vá para a casa e pense nos assuntos que discutimos hoje. Não é algo que possa ser realizado sem reflexão. Quero ter absoluta certeza de sua decisão. Pelo bem de todos nós.

Depois que Hannah saiu do escritório, Letitia Greene esperou até que os passos na escada desaparecessem e, então, trancou a porta e baixou o ferrolho. Levou um minuto para controlar-se e diminuir o tremor em suas mãos.

No final do corredor, uma porta abriu-se e um casal de meia-idade surgiu. As cores vivas da roupa de camponesa guatemalteca da mulher e sua maquiagem pesada indicavam que ela era a mais desinibida dos dois. Com seu cabelo grisalho e o paletó de veludo cotelê amarrotado, o homem poderia ser um professor dos muitos colégios de Boston. Ninguém falou por um longo tempo.

Enfim, o homem sorriu e disse o que estavam pensando.

— Creio que achamos nossa jovem.

— Estou certa de que *todos* gostarão de ouvir isso — acrescentou Letitia.

— Por fim — disse a mulher com a saia de camponesa. — É possível começar agora.

CAPÍTULO 7

Hannah criticou-se durante todo o caminho de volta de Boston. Por que contara daquela forma a morte dos pais? Tudo que Letitia Greene queria saber é se ainda morava na casa deles. Por isso, ela mencionara algo sobre uma conversa com um psicólogo. Deve ter pensado que estava lidando com uma maluca total.

Ela deveria ter pensado mais em como se apresentar. Mas tinha tão pouca experiência em entrevistas de emprego, reuniões ou encontros marcados. O único trabalho que tivera foi no Blue Dawn Diner e ele caiu em seu colo. Freqüentava o restaurante com os tios desde que tinha 12 anos e o dono, Bill Hatcher, sempre a chamava pelo primeiro nome.

Será que ela pensava que seria tão fácil no Partners in Parenthood? Só entrar rapidamente no escritório, responder a algumas perguntas e, pronto, eles a escolheriam? Ela deveria esquecer o assunto. Procedera como uma tola e não havia como contornar a situação.

À medida que o Nova chocalhava pela via Sul I-93 — ao longo dos reservatórios de petróleo da Esso e as fábricas de varejo com seus cartazes colocados tão alto que podiam ser vistos a meio quilômetro e, depois, o campo de pinheiros, como feixes entrelaçados contra o céu — seu humor ficou mais sombrio.

Sem nenhuma espécie de sorte inesperada, um dia arrastando-se após o outro, um ano depois do outro, e ela nunca conseguiria separar-se dos tios. Isso poderia ter sido seu caminho para sair de Fall River e ela o reduziu a nada.

Ao chegar ao estacionamento do Blue Dawn Diner, olhou no relógio do painel e viu que estava 35 minutos atrasada. Pelo menos, não havia muitos carros estacionados e, portanto, Bobby não ficaria tão aborrecido com o seu atraso.

Tirou o casaco antes que a porta da frente do restaurante fechasse atrás dela.

— Até que enfim — gritou Teri, que estava repondo os potes de açúcar das mesas com pacotes rosas e azuis de adoçantes artificiais. — Olha o que o vento nos trouxe.

— Sinto muito, Teri. Você teve de fazer todo o trabalho de arrumar o restaurante sozinha? Deixa que eu faço para você.

— Oh, esqueça o trabalho. Faço isso dormindo. Você está bem? Parece ruborizada.

— Apenas apressada para não chegar atrasada.

— O que você fez hoje?

— Nada. Só uma coisa ou outra.

Teri acabou de encher seus últimos potes de açúcar e disse:

— Telefonei para sua casa há dez minutos para ter certeza de que lembrava que trabalhávamos hoje. Sua tia disse que você passou o dia inteiro fora. Entãoooooo, o que está acontecendo?

— Nada de especial. Fui a Boston fazer umas compras, é tudo.

A garçonete mais velha a olhou com as sobrancelhas arqueadas.

— Boston é? Pensei que tivesse tido umas poucas coisas a fazer. Você é uma terrível mentirosa, Hannah Manning. Vamos lá, pode me contar.

— Não há nada para contar, juro.

— Tudo bem. Faça como quiser. Só vou fazer duas perguntas.

— O quê?

— Eu o conheço, e ele é casado?

Teri deu um grito tão alto que Bobby pôs o rosto para fora da cozinha para verificar qual fora a comoção que isso provocara. O avental novo que pusera para a noite só acentuava a sujeira de sua camisa de mangas curtas.

— Aí está você — resmungou para Hannah. — Chegou na hora. Pensei que iria passar a noite inteira sozinho com essa aí.

— Você não saberia o que fazer se tivesse de passar uma noite sozinho comigo, meu queridinho.

— Para começar, jogaria água em você com a mangueira e punha um saco em sua cabeça.

— Seria melhor mesmo. De outra forma, eu iria morrer de rir.

Mas já ele e Hannah tinham saído correndo, Teri percebeu. Hannah foi para o depósito onde guardava um uniforme de reserva no armário enferrujado no canto mais distante. Atrás da pilha de caixas de papelão com latas de vagem e compota de maçã, tirou o vestido e conjeturou se, de fato, Teri achava que ela estava se encontrando com um homem. Caso sim, era apenas porque a mente de Teri naturalmente gravitava nessa direção. De seu ponto de vista, atrás de cada porta, sob cada cama, no centro de qualquer sonho secreto diurno escondia-se um cara bonitão com um jeans apertado.

Hannah amarrou o avental de babados marrom nas costas e ficou contente ao ver, quando voltou para o restaurante, que o movimento tinha aumentado. Algumas vezes isso acontecia. Não aparecia ninguém durante uma hora e de súbito o lugar ficava cheio. Isso significava que Teri não iria persegui-la mais com perguntas sobre suas atividades à tarde. Ela era uma boa pessoa e não queria fazer nenhum mal, mas nem sempre sabia o momento de parar. Tal como suas brincadeiras de mau gosto com Bobby.

Logo depois, Hannah envolveu-se na agitação, previsível e estranhamente reconfortante. Dois bifes especiais, com bastante molho, para os motoristas de caminhão no compartimento ao lado. Frango frito — "*peitos*, não coxas, por favor" — para o sr. e sra. Kingsley, o casal idoso e aposentado que sempre pedia frango frito com essas instruções. Clientes pediam em voz alta uma xícara de café ou mais uma, ou a conta. Hannah gostava da atividade, que fazia o tempo correr mais rápido.

Teri passou rápido por ela em direção ao outro lado carregando uma travessa de hambúrgueres duplos e anéis de cebola fritos.

— Não sei se você está sentindo o mesmo — conseguiu murmurar —, mas meus pés estão gritando há uma semana por uma praia em Lauderdale. Talvez nós três pudéssemos ir para lá — você, eu e seu homem misterioso.

O primeiro momento de calma só aconteceu às 21h03, marcada no relógio "Hora de tomar uma Bud", em cima da porta. A próxima onda chegaria em aproximadamente 45 minutos quando os filmes no Cineplex acabassem. Hannah ouviu chamarem seu nome, olhou os clientes remanescentes adiando a partida diante de pratos sujos, e virou-se para ver de onde vinha o chamado. Bobby estava na caixa registradora, sacudindo o telefone no ar.

— Para você — gritou.

Hannah limpou as mãos no avental e pegou o fone.

— É Hannah Manning?

— Sim.

— Aqui é a sra. Greene do Partners in Parenthood. Estou lhe telefonando em um momento inapropriado?

— Oh, não. O movimento diminuiu por algum tempo.

— Bom. Gostaria de dizer que tivemos um excelente encontro hoje.

— Foi ótimo encontrá-la também, sra. Greene.

— Acho que você é uma jovem muito especial. A espécie de pessoa que acolhemos de braços abertos no Partners in Parenthood.

Hannah sentiu um súbito alívio.

— Estou muito contente. Eu não pretendia falar daquela forma sobre meus pais. Eu não sei por que...

— Não pense nisso de novo — interrompeu a sra. Greene. — Estávamos nos conhecendo, lembra-se? De qualquer modo, vamos direto ao assunto. Assim que você saiu, sentei-me, sozinha, pensando e revendo os arquivos dos casais com os quais estamos trabalhando. Confio muito na intuição, você sabe, e algo me disse que poderíamos ter um encontro perfeito com um certo casal.

Hannah conteve a respiração e pensou se ouvira corretamente. Voltara de Boston havia apenas quatro horas. Uma parte dela, a parte que via donas de casa abatidas no supermercado, que iam para suas casas insípidas todos os dias, dizia que as notícias eram boas demais para serem verdadeiras. Nada aconteceria, porque nada se passava em Fall River. Mas aqui estava a sra. Greene falando que tinha uma parceria em mente. Não só uma parceria, mas um par perfeito.

— Você continua na linha, Hannah?

— Sim, senhora. — Viu Teri limpando uma mesa próxima que já tinha sido limpa há muito tempo, a fim de não se mover para ouvir a conversa.

— É difícil conversar com você nesse lugar? — perguntou a sra. Greene.

— Só um pouco.

— Então serei o mais breve possível. Realmente, gostaria que você conhecesse esse casal, Hannah. Posso dar mais detalhes sobre eles mais tarde. No momento, digo-lhe que têm sido muito exigentes acerca da mãe de aluguel que estão procurando. Mas são agradáveis, sinceros, e encaram esse relacionamento de modo muito sério. E não quero menosprezar essa minha intuição... bem, estaria interessada em encontrá-los?

— E sobre as outras coisas que conversamos?

— Que outras coisas?

— Hmm... — Olhou para Teri que decidira agora limpar o vinil vermelho das cadeiras. Que bisbilhoteira! — Os outros... passos.

— Oh, você quer dizer os exames médicos e tudo o mais?

— Sim.

— Ainda têm de ser feitos. A menos que você tenha mudado de idéia por alguma razão.

— Não mudei.

— Ótimo! Tive muita esperança. Porque acabei de falar com eles por telefone. Em resumo, querem conhecê-la logo. "Quanto antes, melhor", disseram. Que tal amanhã para você?

— Amanhã trabalho na hora do almoço.

— Depois do trabalho, então. É só me dizer a hora.

— Na verdade, tenho dupla jornada.

— Desculpe, não entendi.

— Dois turnos. Almoço e jantar. Chego às 11h e só saio por volta de meia-noite.

— Meu Deus! Bem, pelo menos sabemos que você tem energia! — Letitia Greene riu, alegre. — Qual é o melhor dia para você?

— Pode ser na sexta-feira.

— Às 14h está bem?

— Está ótimo.

— Muito bem então. Nos encontramos no escritório em Revere Street. Você não vai se perder desta vez?

— Oh, não. Lembro-me do caminho.

Ela mal acabara de pôr o fone no gancho, quando sentiu a presença de Teri atrás dela. Voltou e viu a garçonete mais velha meneando a cabeça como se tivesse sacado tudo.

— Então o cara não pode esperar nem mesmo 24 horas para marcar outro encontro?

Hannah começou a corrigi-la, mas depois pensou em outra tática. A melhor maneira de manter Teri calada era dizer o que ela queria ouvir. Além disso, se as coisas funcionassem bem com o Partners in Parenthood, ela teria de se acostumar a contar de vez em quando umas mentiras inofensivas.

— Você está certa — respondeu, olhando em outra direção. — Ele disse que não pode viver um único dia sem mim.

— Bom para você, garota. — Teri aplaudiu. — Já estava na hora.

CAPÍTULO
8

Para Hannah, a sexta-feira demorou a chegar. Às vezes, as horas pareciam arrastar-se e fazia seu trabalho no Blue Dawn Diner como se estivesse em transe. Teri, com base em uma rica experiência pessoal, naturalmente atribuiu o estado de preocupação de Hannah ao caso de amor nascente, e lhe dava constantemente conselhos úteis sobre os homens e de como mantê-los interessados "lhes reservando uma surpresa", como dizia. Hannah continuava com o jogo.

Vestiu três roupas na sexta-feira de manhã, antes de escolher uma saia de *tweed*, uma blusa branca e um cardigã cor de café-com-leite. Um vento vindo do Ártico soprara durante a noite e ela estaria mais confortável de calças e suéter, sobretudo, porque o aquecedor do Nova estava funcionando mal. Porém a saia e o cardigã eram mais apropriados — de bom gosto, mas informal, sem parecer que estava tentando impressionar em demasia.

Passou um pouco de *blush* nas maçãs do rosto e escureceu os cílios com rímel, e por volta de 12h15 julgou os resultados no espelho satisfatoriamente, ou pelo menos tão satisfatórios quanto possível. Tinha uma hora para dirigir a Boston, com uma margem de 45 minutos, caso o tráfego estivesse congestionado ou se tivesse dificuldade em encontrar um estacionamento.

No caminho, Hannah concentrou-se nas perguntas que faria a sra. Greene. Quanto tempo o procedimento *in vitro* levaria? Seria doloroso?

Teria de fazer mais de um? Havia documentos legais envolvidos? Pilhas deles, provavelmente. E quando os pagamentos mensais começariam?

Estranhamente, não tinha medo de engravidar. Tinha uma confiança inata que seu corpo saberia o que fazer. De qualquer forma, haveria médicos ocupando-se da gravidez para que nada acontecesse de errado. Havia apenas uma coisa. Ela não era em particular experiente em sexo. Enquanto o carro rodava no tráfego, ela pensou quanto isso representava.

E se o Partners in Parenthood quisesse alguém mais... capaz? Teve um momento de pânico. Talvez a sra. Greene a consideraria um elemento de grande risco, se soubesse a verdade.

Os temores sedimentaram-se em sua mente e no momento em que parou em frente à porta do Partners in Parenthood, ficou momentaneamente paralisada. Por um instante, fixou os olhos na placa de latão na qual estavam as iniciais P.I.P. escritas em letras elegantes. Incapaz de recuperar seu equilíbrio, olhou em torno e tentou direcionar sua coragem. O único outro escritório pertencia a um advogado. O vidro da porta era do tipo fora de moda que tinha uma tela de arame — para impedir que o quebrassem ou desencorajar assaltos. GENE P. ROSENBLATT, ADVOGADO, diziam as letras pretas impressas no vidro, mas a pintura estava tão lascada e desbotada, que ela duvidou que ele ainda estivesse vivo e trabalhando.

Voltou-se para a placa P.I.P., respirou fundo e abriu a porta.

Letitia Greene estava sentada à sua escrivaninha de pau-rosa, ocupada com várias pastas de cor pastel.

— Estou apenas terminando uns poucos detalhes — disse com um sorriso encorajador. — Deixe-me despachar estes papéis. Estou fazendo chá. Posso lhe trazer uma xícara. Você deve estar congelada. — Levantou-se e desapareceu pela porta do canto da sala, que parecia abrir para uma sala nos fundos. Hannah não se lembrava disso.

Hannah tirou seu casaco e o pendurou em um cabide de metal na porta principal e verificou sua aparência no espelho. Seu cabelo estava um pouco despenteado pelo vento, mas a roupa estava adequada. Fazia com que ela parecesse uma estudante universitária.

— Aqui estamos. — A sra. Greene passou com cuidado pela porta, com uma xícara e um pires em cada mão. Hannah sentou-se em frente da escrivaninha de pau-rosa, pegou a xícara que ela lhe ofereceu e colocou-a delicadamente no colo.

— Marquei com os Whitfield às 14h30. Achei que isso nos daria algum tempo para conversar, repassar certos assuntos antes de encontrá-los.

Hannah começou a levantar a xícara aos lábios, porém com medo que derramasse, colocou-a de volta no colo.

— Estou um pouco nervosa hoje.

— Não precisa se sentir nervosa. Os Whitfield são um casal muito agradável. Estão casados há vinte anos. Eles tentaram todos os procedimentos conhecidos pela ciência e, bem, nada. Creio que ela teve fibromas.

Hannah olhou desconcertada buscando uma explicação.

— Você sabe, tumores na camada muscular do útero. São benignos, porém a primeira vez que os removeu, a parede do útero ficou lesada. Ela sofreu um aborto cinco ou seis semanas depois, coitada. Não quero falar de questões tão técnicas, mas a sra. Whitfield precisa de alguém para carregar seus óvulos, poderíamos assim dizer. Você é sua última esperança.

Letitia Greene soprou seu chá para esfriá-lo e cuidadosamente tomou um gole.

— Acho que você vai gostar deles. A situação é um pouco delicada, por isso quis conversar com você antes. É preciso lembrar, como uma barriga de aluguel potencial, que você está oferecendo um serviço para aqueles que necessitam de sua ajuda. Não sei se procurou outras organizações?

— Só a sua.

— Elas são bem diferentes. Algumas consideram a substituição como um contrato. Direto e simples. Você está lá para gerar uma criança e ponto final. Não há nenhum contato com a família. Outras organizações preocupam-se mais com os aspectos emocionais e psicológicos da mãe de aluguel. É tudo muito ardiloso para se atingir o equilíbrio certo. É isso que estou tentando fazer — encontrar o equilíbrio. Eu acredito que o contato com a família cliente é necessário para que os pais vivenciem também as alegrias da gravidez. É claro, o perigo é que você, a mãe de aluguel, possa ficar ligada à família. Após o parto, talvez espere que o relacionamento continue quando, na realidade, não pode. Todos têm de continuar suas vidas separadas. Você está percebendo aonde quero chegar?

— Sim.

— É muito fácil para você dizer isso agora, Hannah, por que você não passou meses carregando uma criança de outra pessoa.

— Você tem medo que eu queira ficar com o bebê?

— Não você, estou falando de uma maneira geral. Já houve casos. Felizmente, nenhum nesta agência.

— Isso seria um ato horrível.

A sra. Greene suspirou concordando.

— Sim, seria. Horrível e cruel. Sobretudo, no caso dos Whitfield.

Hannah levantou as sobrancelhas e esperou a explicação da sra. Greene.

— Estamos falando de fertilização *in vitro* e transferência de embrião. Os óvulos seriam extraídos da sra. Whitfield — ela ainda pode ovular — e seriam fertilizados pelo esperma do marido no laboratório. Os embriões resultantes seriam implantados em você. Portanto, esta criança não teria nenhuma relação com você. Seria dos Whitfield desde o início. Você é apenas a incubadora. Compreende?

— Sim.

A sra. Greene fez uma pausa para certificar-se de que sua explicação fora compreendida.

— Ótimo! Mas você só me escutou, tagarelando sem parar. Eles devem chegar a qualquer momento. Talvez haja algumas perguntas que queira me fazer.

Hannah pôs a xícara de chá na beira da escrivaninha e mexeu-se na cadeira sem saber como começar. Ela não poderia esconder a verdade da sra. Greene por muito mais tempo.

— Não esperava que pudesse ser fácil — disse com um riso nervoso.

— O que quer dizer com fácil, querida?

— Bem, já que você me chamou, creio que me considera qualificada para isso?

— Se todos os exames médicos forem bons, não vemos razão para que não seja.

— Imagino que tenha de fazer um teste ou algo similar.

A sra. Greene deu um grande sorriso.

— Oh, céus, não. Ter um bebê é uma das poucas coisas hoje em dia que não precisa de qualquer treinamento. Se você é saudável, o corpo age por si mesmo. Sempre digo que há uma razão para que Deus ponha bebês dentro da barriga da mãe. Desse modo, não podemos atingi-lo e fazer uma trapalhada, como agimos tanto neste mundo. Podemos desenvolver a tecnologia, mas o nascimento ainda permanece um milagre.

— Então, não tem importância se você não possui qualquer...

— O quê, querida?

— ... experiência. — De súbito, as palavras irromperam da boca de Hannah. — A última vez, você me perguntou se eu já tivera alguns relacionamentos. E eu disse que sim. Mas não esses tipos de relacionamentos, se você entende o que quero dizer. Não relações sexuais. Provavelmente, preciso contar isso agora, sra. Greene. Eu ainda sou...

— Sim, continue.

— Ainda sou virgem.

Letitia Greene aspirou o ar de modo audível e um silêncio pesado encheu o escritório. As pontas dos dedos da mulher brincavam com o colar de prata que ela estava usando na última vez. O pingente balançava-se para trás e para a frente como um relógio hipnótico. Sem querer ver o desapontamento nos olhos da sra. Greene, Hannah focou o pingente. Era pouco comum — uma cruz quadrada apoiada na base por dois anjos alados de joelhos.

— Ora, ora, ora — a sra. Greene falou por fim. — Estou contente que você tenha me contado isso, Hannah. Agora me deixe dizer uma coisa. Ter feito ou não sexo... não é importante. Sexo é uma questão de genitália externa. Gravidez e ovulação são assuntos internos. Não confunda os dois. O fato de que você seja sexualmente inexperiente nada tem a ver com sua capacidade de gerar uma criança.

— E isso não me desqualifica?

A sra Greene olhou-a perplexa, depois riu alto, mas era um riso amistoso, não zombeteiro e, pouco depois, Hannah começou também a rir.

— Meu Deus! — disse a mulher, tocando o canto dos olhos com um lenço. — Você estava se atormentando com esse assunto todo esse tempo? Eu diria, bem ao contrário, que isso a torna desejável. Não temos de nos preocupar com essas desagradáveis doenças sexualmente transmissíveis. Oh, minha querida, minha doce criança, confie em mim. Tudo se passará de maneira esplêndida. Lembre-se! Minha intuição!

Ouviu-se uma batida na porta e Letitia Greene sentou-se ereta, como se uma descarga elétrica estivesse percorrendo seu corpo. Para dar sorte a Hannah, ela levantou as mãos para o ar e cruzou os dedos.

— O primeiro encontro — sussurrou. — Cada vez é uma nova emoção.

CAPÍTULO 9

HANNAH VIU A MULHER PRIMEIRO e pensou que deveria ter uns 40 e poucos anos. Sua saia e blusa flamejavam com cores vibrantes — vermelho, laranja, azul-escuro — e um xale roxo entremeado com fios amarelos envolvia seus ombros. Brincos de ouro que pareciam miniaturas de carrilhões pendiam das orelhas. Seu cabelo era negro. O batom era vermelho e espesso, e ela tampouco economizara no delineador. A princípio, o efeito seria espalhafatoso e vulgar, mas nela caía bem. Hannah achou-a extraordinária.

O homem, por sua vez, era dez anos mais velho e vestia-se de forma mais conservadora, com um terno risca de giz escuro e uma gravata vermelho-escura que o faziam parecer um diretor de uma empresa ou um banqueiro. Suas feições eram agradáveis, mas não expressivas, exceto pelo cabelo grisalho abundante, que lhe dava um ar distinto. Hannah não teria ficado surpresa se soubesse que fazia comercial de xampu em suas horas de lazer.

Eles sem dúvida não se pareciam com ninguém que ela conhecesse em Fall River: ricos, sofisticados, o tipo de casal que sua tia, com o desdém que a baixa classe média reserva para aqueles mais acima na escada socioeconômica, chamaria de "esnobes".

A sra. Greene levantou-se rápido e recebeu-os com as mãos estendidas.

— Não é emocionante? — disse e sem esperar uma resposta deu um passo para trás, fez um gesto orgulhoso em direção a Hannah e anunciou: Jolene e Marshall Whitfield, gostaria de apresentá-los a Hannah Manning.

Hannah levantou-se e estendeu a mão. Jolene segurou-a com gentileza com ambas as mãos, como se pudesse ser esmagada com facilidade, uma casca de ovo ou o pintinho que saíra dela.

— Estou encantada — disse ela. — É quase um encontro às cegas, não é? Marshall, venha conhecer Hannah Manning.

Seu aperto de mão era educado, mas sem energia, porém ele deu um sorriso caloroso que mostrou dentes bonitos. Com 1,92m, ele era bem mais alto que a mulher, que parecia ter a autoconfiança que lhe faltava em estatura. Como um cachorro guiando carneiros, a sra. Greene levou-os para os sofás e convidou-os a se sentarem — os Whitfield de um lado da mesa, e ela e Hannah do outro lado.

— Então você é de Fall River — disse Jolene Whitfield indo direto ao assunto.

— Sim, senhora.

— Senhora? Oh, não, Jolene, por favor. Soube que essa área é muito simpática. Mudamos há pouco tempo para East Acton. Você conhece East Acton?

— Não... Jolene.

— É adorável. Repleto de árvores. Na verdade, um pouco tedioso. Todos apagam as luzes por volta das dez horas. Mas é um lugar de fácil transporte para Marshall. Marshall trabalha aqui em Boston. E temos um lindo jardim.

— Não sei se contei a você que a sra. Whitfield é uma artista — disse a sra. Greene. — Vi seus trabalhos. São maravilhosos. Ela os vende em Newberry Street.

— Oh, de vez em quando. A maior parte do tempo, eu só trabalho como amadora no ateliê em casa. Mantém-me ocupada.

— Ela está sendo modesta. Possui uma perspectiva tão... diferente. Você não pode imaginar como é incomum.

Estranhamente, Hannah pensou que poderia imaginar o inusitado de seus trabalhos.

O sr. Whitfield — Marshall — era de Maryland e trabalhava na área de seguros; ambos tópicos banais de conversa. Então, falaram sobre o tempo e as condições do trânsito e a sra. Whitfield cumprimentou

Hannah pelo seu cardigã café-com-leite, e disse que era uma cor que combinava muito com seus cabelos.

— Bem, agora... — disse a sra. Greene sentindo que estava na hora de direcionar a conversa para o negócio em questão. — Expliquei a Hannah o serviço que oferecemos no Partners in Parenthood. Falei com vocês pelo telefone como ficara impressionada com Hannah. (O que, Hannah pensou, ela fizera para impressionar a sra. Greene?) Mas, Jolene, talvez fosse interessante se ela ouvisse a história relatada por você.

— É muito simples. Esperamos muito tempo. Tínhamos outras prioridades. Quando soubemos, era tarde demais. — Um véu de sofrimento encobriu seu rosto.

— Não sabemos se isso é verdade, Jolene — disse o marido. — Poderia não ter sido diferente se houvéssemos começado aos 20 anos.

— Mas não começamos aos 20. Existia uma boa chance de eu ter tido um filho na época. O médico me contou isso. Dois médicos. Porém, fomos adiando. E então o dano já fora causado. Você sabe que é verdade. Sabe que esperamos demais.

Marshall Whitfield afagou o ombro de sua mulher.

— Não é aqui nem agora, querida. Já discutimos isso mil vezes.

Jolene ignorou o gesto do marido.

— Esperamos mais tempo do que deveríamos. Marshall estava fazendo sua carreira na empresa, progredindo a cada ano. E gostávamos de viajar. Portanto, o plano era conhecer o mundo enquanto ainda éramos jovens e relativamente livres, antes de criar uma família. Sabíamos que uma vez que tivéssemos filhos, eles nos prenderiam e as viagens ficariam mais difíceis.

— Eles viajaram por toda parte, Hannah — interveio a sra. Greene. — China, Índia, Turquia, Espanha, norte da África. Ah, como os invejo.

— Eu não lamento um minuto ter viajado — disse Jolene. — Vimos lugares extraordinários. Mas havia sempre um país a mais para visitar. Não era, Marshall? Durante dez anos adiamos o projeto de ter uma família. Quando chegou o momento, pensamos que seria muito fácil. Assim como planejar nossas viagens. Só escolher a data, comprar o bilhete e partir. Este ano iríamos a Sri Lanka. No próximo ano, teríamos um bebê. Era assim que falávamos sobre o assunto. Irrefletidamente, penso. No ano do bebê parei de tomar as pílulas anticoncepcionais e...

nada! O médico nos disse para ter paciência, esperar. Ainda nada. Um ano mais tarde, descobri por que não podia ter filhos — fibromas no útero que impediam o óvulo de prender-se à parede uterina. Fiz uma cirurgia. Depois outra. Fiquei grávida, mas sofri um aborto no terceiro mês. Isso foi há sete anos.

Marshall interrompeu a conversa.

— Pensamos em adoção. Existem tantos bebês que precisam de um lar. Ainda não descartamos essa hipótese.

— Mas não é a mesma coisa — disse Jolene atropelando-o. — Sinto como se estivéssemos privados de um elemento muito importante em nossas vidas. Algo está faltando.

— Tenho certeza de que ela compreende isso, Jolene. Qualquer pessoa entende. Você não precisa explicar que precisa ter um filho seu. É um desejo natural de todos os homens e mulheres.

Jolene dirigiu-se a Hannah.

— Eu produzo óvulos. Sou fértil como qualquer outra mulher. E a contagem de sêmen de Marshall é normal. Apenas não consigo levar a gravidez a termo. Não há nada mais de errado. Sou capaz de todo o resto. Acredite em mim, eu sou.

A sra. Greene passou o braço através da mesa para segurar a mão de Jolene, tal como fizera com Hannah no primeiro encontro.

— É claro que pode. Você ainda pode amar seus filhos, tomá-los em seus braços, confortá-los, vê-los dar os primeiros passos e ajudá-los em seus anos de crescimento até a idade adulta. Você é capaz de fazer tudo isso. — As palavras e o contato físico parecem ter tido o mesmo efeito em Jolene Whitfield, consolando-a e acalmando-a.

Jolene pegou um lenço e assoou o nariz.

— Bem — disse Marshall quebrando o silêncio constrangedor. — Você sabe tudo sobre nós agora. Conte-nos sobre você.

Havia tão pouco para contar, Hannah pensou. Acabara de se graduar no segundo grau, trabalhava em um restaurante e morava com parentes que consideravam criá-la uma tarefa penosa. Seu mundo era tão pequeno. No entanto, não fora sempre assim. Houve um tempo quando seus pais eram vivos que ela sentia grande entusiasmo pela vida, livros e viagens.

Quando era ainda um bebê, sua mãe a levava à biblioteca onde trabalhava e Hannah passava os dias em um berço que fora colocado na sala dos fundos. Mais tarde, a seção infantil tornou-se sua casa. Passava horas lendo cada livro que suas pequenas mãos pudessem pegar, livros sobre golfinhos e índios, e uma casa na árvore mágica que transportava você para o passado em locais exóticos. Sempre que levantava os olhos das páginas, via sua mãe atrás do balcão verificando os cartões da biblioteca das pessoas e respondendo suas perguntas. No caminho de casa, Hannah contava à mãe tudo que aprendera naquele dia.

Contudo, depois do acidente, seu interesse por livros desapareceu. Os livros associavam-se à mãe e a leitura trazia de volta lembranças muito dolorosas. Como resultado, seu rendimento escolar piorou, embora seus professores dissessem que era apenas uma fase que ela estava atravessando, perfeitamente compreensível, em razão do trauma que sofrera. Ela iria ultrapassar isso. Mas nunca conseguiu. Ao se graduar no segundo grau nos últimos lugares da classe, poucos professores lembravam, caso houvessem sabido, que ela fora uma garota brilhante, cheia de curiosidade. Para eles era só outra estudante, calada e desmotivada, que olhava muito pela janela sonhando, sem dúvida, com o dia que não precisasse mais assistir às aulas e pudesse arranjar um emprego.

Olhou para o outro lado da mesa em direção aos Whitfield, viajantes do mundo, ricos e educados. Eles estavam esperando sua resposta.

— Minha vida não foi tão emocionante como a de vocês — disse em tom de desculpa. — Não saí muito de Fall River. Trabalho em um restaurante, o Blue Dawn Diner.

— Que nome poético! — disse Jolene Whitfield. — Você gosta do seu trabalho?

A princípio, Hannah pensou que a mulher estava sendo apenas atenciosa. Quem se importava com um velho restaurante idiota em uma cidade que tinha visto tempos melhores? Porém, não podia deixar de perceber como Jolene estava inclinada, suas mãos cerradas firmemente em seu colo, os olhos concentrados. Marshall Whitfield tinha um ar de expectativa similar. Então Hannah era alguém: essas pessoas precisavam dela. Precisavam dela quase mais do que ela deles. Jamais acreditara que tinha o poder de tornar pessoas como os Whitfield mais felizes, mais realizados. Mas a linguagem corporal deles era persuasiva.

Uma sensação de bem-estar a percorreu, como se tivesse bebido algo potente, salvo que nunca bebia nada mais forte do que refrigerante.

Como os homens sábios seguindo sua estrela, ela sabia aonde ir e o que fazer depois. Começando com o anúncio no jornal, ela fora guiada para esse casal.

Todos os olhos estavam fixos nela. Até a exuberante sra. Greene estava contente de reclinar-se e pôr de lado seu papel catalisador. Seus rostos tinham uma expressão tão sincera que Hannah pensou que explodiria de orgulho.

— Quero realmente ajudá-los — falou. — Espero que vocês permitam que eu carregue seu filho.

CAPÍTULO
10

DEPOIS DO EMOCIONANTE ENCONTRO com os Whitfield, a consulta com o dr. Eric Johanson foi um total anticlímax. Ele tinha uma pequena clínica perto de Beacon Hill, o que significava que teria de escapulir de casa mais uma vez e dirigir para Boston. Estava se tornando uma rotina.

Pelo nome, Hannah imaginou o dr. Johanson alto, um sueco robusto, com uma mecha de cabelo louro ondulado e olhos azuis cor do mar e, portanto, ficou um pouco surpresa ao ver um homem pequeno e careca com cerca de 50 anos, a pele morena, óculos de lentes grossas e um cavanhaque desalinhado que parecia escorrer como calda de chocolate pelo seu queixo.

Sua voz era suave com um sotaque que Hannah não conseguiu identificar. Soava como de um país da Europa central. Definitivamente, não a Suécia. Suas maneiras eram polidas e um pouco fora de moda, e quando a cumprimentou fez uma mesura, o que a divertiu.

— Posso lhe dizer antecipadamente, só de olhar para você, tão bonita e saudável, que não há nada com que se preocupar — disse com um risinho maroto. — Como os jovens dizem isso? É moleza?

Dr. Johanson fez as perguntas de praxe. Tinha diabetes? Hipertensão? Fumava? Verificou os espaços apropriados no formulário médico, quase como se pudesse prever suas respostas.

Hannah hesitou apenas quando o dr. Johanson perguntou se alguém em sua família tinha um histórico de gestações difíceis. Sua mãe ou uma avó, por exemplo.

— Estamos preocupados com sua saúde — explicou o médico. — Mas temos de nos preocupar também com o bebê. Afinal de contas, você será a incubadora.

Era a segunda vez que alguém usava essa palavra. Hannah pensou que isso a fazia parecer a uma máquina, só um feixe de tubos e fios, e interruptores para ligar e desligar. Mãe de aluguel era tão mais simpático. Porém o olhar gentil do dr. Johanson indicava que não queria ofendê-la. Talvez fosse um termo técnico.

— Minha tia deve saber. É minha única parenta. E meu tio. Posso perguntar a eles, caso o senhor queira.

— Bem, talvez não seja necessário. — Dr. Johanson apontou para uma porta à direita de sua mesa, que se abria para uma pequena e antiséptica sala de exames. — Por que não vamos direto ao exame físico? Se você não se importar de tirar a roupa. Encontrará um roupão atrás da porta. Estarei lá em um segundo. — Voltou para seu material de trabalho e acrescentou algumas anotações nos formulários diante dele.

A mesa de exame de couro preto estava coberta com um papel que amarfanhou quando ela se sentou na beirada, seus pés descalços balançando ao lado. A sala estava gelada e cheirava a desinfetante e a álcool. O tecido fino do roupão não a aquecia muito. Na parede, um pôster de viagem fazia publicidade dos encantos da ensolarada Costa del Sol, com pessoas divertindo-se felizes nas ondas. Hannah concentrou-se nele e tentou pensar em lugares distantes, e não em agulhas, luvas de borracha e instrumentos de aço desagradáveis para exame. Ela tinha ido até este ponto. Teria sido...

No entanto, não teve tempo de completar o pensamento antes que a porta se abrisse. Dr. Johanson tirara o paletó e vestira um jaleco branco que lhe chegava aos joelhos, dando-lhe a aparência cômica de um pingüim. Dirigiu-se para a pia, lavou as mãos friccionando-as e as enxugou em uma toalha.

— Vamos levantar as mangas e começar a trabalhar, está bem? — Virou o rosto para Hannah. — Hoje tiraremos algumas amostras de sangue, vamos verificar seu coração e sua pressão arterial. Pesá-la, é claro. E precisarei fazer uma coleta de cultura bacteriana de sua vagina e da cervical. Não que eu acredite que haja a menor causa de preocupação. Só queremos ter a certeza de que não existem infecções.

Pegou seu pulso direito com a mão e sentiu sua pulsação.

— Santo Deus, seu coração está disparado! Bum, bum, bum. Como um pequeno coelho saltitante. Você está assustada?

— Só um pouco nervosa, creio.

— Não precisa ficar tensa, minha jovem. — Pôs a mão em seu braço reconfortando-a. — Nem um pouco. Como era aquela expressão deliciosa? Ah, sim. É moleza! Isso será uma moleza. — Deu o risinho de novo.

E assim foi.

Dois dias mais tarde, dr. Johanson ligou para o restaurante e lhe informou que os testes laboratoriais não tinham revelado nada de errado. Sua saúde era perfeita.

— Parabéns — disse ele. — Agora podemos escolher o grande dia, não é?

— O que o senhor achar melhor, doutor. Só preciso fazer alguns planos antes e se estiver com muita pressa, bem...

— Sem precipitação! Os Whitfield estão ansiosos para concluir o procedimento. Mas não podemos apressar a natureza. A pressa é inimiga da perfeição, como diz o provérbio. Deixe-me ver. Tenho sua tabela e o calendário bem diante de mim. O período ideal seria a primeira semana depois de sua menstruação, então pelos meus cálculos... no início de março parece bem. A clínica está livre no dia 3 de março. Isso seria uma terça-feira. Às dez horas da manhã? Seria adequado para você?

O coração de Hannah bateu forte. O dia 3 de março caía em menos de três semanas.

— Poderei trabalhar depois?

— É claro, minha querida, desde que não levante nada pesado. O procedimento é rápido. Não é necessário anestesia. Continuo a dizer a você, é moleza.

— Então, podemos marcar para 3 de março. Ah, doutor, tenho um novo endereço para o qual pode mandar toda a correspondência a partir de agora.

Era só uma caixa postal que ela alugara na Mailboxes Inc. no shopping center, mas ela pensou que isso evitaria que Ruth e Herb pudessem ver qualquer correspondência do Partners in Parenthood. Eles eram demasiado inquisitivos.

— Caixa postal 127? — O médico repetiu para se assegurar que anotara certo. — Isso parece adorável. Um endereço muito simpático, minha querida. Bem mais do que 126, creio eu.

Riu satisfeito e Hannah também riu.

Sua primeira correspondência chegou dois dias depois. Um cartão elegante de cumprimentos, com um arco-íris sobre uma bucólica paisagem inglesa. Pela tinta cor de lavanda, Hannah percebeu quem o havia escrito antes de ver as assinaturas.

No final do arco-íris existe uma vida de sonhos.

JOLENE E MARSHALL

O futuro, que durante muito tempo lhe parecera um terrível vazio, deixou de amedrontá-la. Havia um lugar para ela, além de pessoas preocupadas com o seu bem-estar. O que havia sido um sonho distante e indefinido não era mais sonho. Estava prestes a se tornar realidade.

Ela entrou no Blue Dawn Diner com o espírito leve que combinava com seu humor, não mais se ressentindo das discussões infindáveis de Teri e Bobby, ou até mesmo das gorjetas mesquinhas, as quais na verdade começavam a melhorar visivelmente. Um caminhoneiro, que queria só tomar uma xícara de café, deixou uma nota de 10 dólares sob o pires. Quando ela lhe perguntou se não estava enganado, ele disse: "Não, doçura, você transformou essa droga de restaurante em um lugar extremamente agradável."

Teri também percebeu a mudança nela e a atribuiu às propriedades rejuvenescedoras, relaxantes e restauradoras do sexo.

Mesmo Ruth notou algo.

— Por que você agora está tão alegre? — perguntou em tom desaprovador no café-da-manhã.

— Nada. Só feliz — respondeu Hannah.

A mulher limitou seu ceticismo com um breve "Hã!". Alimentava há muito tempo a crença de que as pessoas não tinham razão de sentirem-se bem, e caso sentissem, provavelmente era porque haviam violado uma lei.

Na véspera do grande dia, Hannah fez algo que há muitos anos não fazia. Sentou-se na extremidade da cama, fechou os olhos e rezou para que a mãe lhe desse forças. Depois entrou embaixo das cobertas e caiu em um sono profundo. Quando acordou, sentiu-se revigorada como há muito não ocorria. Mal parecia que alguém dormira na cama e o travesseiro praticamente não tinha vincos. Era como se tivesse dormido a noite inteira em um estado latente.

A calma que vivenciara no primeiro encontro com os Whitfield desenvolvera-se em uma profunda serenidade, um acolchoado de bem-estar que envolvia todo seu corpo e isolava a dúvida. Uma hora mais tarde, ao entrar no Nova, sua mão dirigiu-se automaticamente para o rádio do carro, mas parou, preferindo prolongar a placidez. No meio do caminho para Boston, Fall Rivers parecia estar a anos-luz de distância.

Encontrou uma vaga a meio quarteirão da clínica (decididamente este era um daqueles dias mágicos) e quando entrou na sala de espera do dr. Johanson o silêncio profundo parecia destilado de todas as suas impurezas. A recepcionista lhe fez um aceno com a cabeça ao chegar. No início Hannah não viu os Whitfield, que estavam sentados em um canto, lado a lado, suas costas eretas, as mãos dobradas no colo.

Jolene trocara seu estilo espalhafatoso habitual por um simples terno cinza bem cortado, e lhe fez um pequeno gesto com a mão, como se um cumprimento mais efusivo pudesse de alguma forma estragar essa manhã tão especial. Com uma voz um pouco mais alta que um suspiro, Marshall disse:

— Estaremos com você todo o tempo. — Pareciam pais nervosos em um encontro para discutir o Plano de Trabalho e Avaliação escolar.

A porta do consultório do dr. Johanson abriu e Letitia Greene saiu. Assim que viu Hannah seu rosto animou-se e ela levantou a mão e balançou-a, um gesto que Hannah interpretou como uma demonstração de vitória ou de solidariedade. Hannah sentiu que todos a olhavam de modo diferente dessa vez — não como uma adolescente que quase falhara em completar o segundo grau, mas como uma mulher amadurecida, uma igual, uma parceira.

Dr. Johanson ficou na porta pensando e esperando pela atenção total de todos. Usava o mesmo jaleco branco que lhe fizera parecer tão cômico há algumas semanas, porém desta vez havia uma gravidade em suas maneiras que surpreendeu Hannah.

— Como se sente nesta manhã, querida? Está pronta? — disse ele ajudando-a a tirar o casaco. Hannah ficou tranqüila ao notar que ele não perdera todo seu charme cortês.

— Sim, prontíssima — respondeu.

Hannah pensou que vira a sra. Whitfield lutando contra as lágrimas. Todos pareciam muito solenes. Não deveria ser um acontecimento alegre?

Dr. Johanson pegou-a com gentileza pelo cotovelo e a levou para o consultório, fechando a porta.

— Este é um dia importante para todos nós — disse ele, como se estivesse lendo seus pensamentos.

Fez um gesto para que se sentasse.

— Estamos criando uma nova vida e isso é sempre uma responsabilidade séria, nunca deve ser encarada de modo superficial, embora o que iremos fazer aqui hoje é, na verdade, muito simples. Conseguimos extrair seis óvulos da sra. Whitfield e fertilizá-los com o esperma do marido em uma placa de Petri. Dentro de um momento, estarei colocando-os em seu útero e veremos se eles aderem. Os instrumentos que uso são o microscópio — basicamente, um cateter em uma seringa — e você não sentirá quase nada. No entanto, a inseminação nunca é algo seguro, portanto, é importante que você fique relaxada, calma. Esse é o modo pelo qual você pode ajudar, Hannah — confiando em mim e pensando apenas em tudo de bom que resultará disso. Você quer perguntar alguma coisa?

— Quanto tempo vai durar a cirurgia? — perguntou, determinada a ignorar a sensação de secura na boca.

— Por favor, não é uma cirurgia, é um *procedimento.* Não mais de dez ou 15 minutos. Depois, pediremos que você coma um pequeno lanche e descanse por algumas horas, só para ter certeza de que seu corpo tem uma chance de relaxar. Assim, teremos realizado nossa pequena missão. E então, bem... estará nas mãos de Deus.

CAPÍTULO 11

Hannah sentiu de novo a mesma sensação. Uma náusea vaga que se tornava mais ácida à medida que subia do estômago até o fundo da garganta, onde se instalava como um grande pedaço de pão não mastigado. A primeira vez que isso aconteceu, ela correu para o banheiro pensando que ia vomitar. Mas não vomitou. Agora sabia que se ficasse imóvel, respirando profundamente e esperando, a sensação passaria. Por isso, ela estava sentada às 10h30 na beira da cama segurando a cabeceira, com os olhos semicerrados.

Tinha de chegar ao restaurante dentro de meia hora e pensou em telefonar para dizer que estava doente. Porém, na verdade, não estava *doente*. Só temporariamente indisposta. Dr. Johanson lhe prevenira para esperar algo semelhante, quando ela voltou a vê-lo há duas semanas. O teste HCG confirmou a expectativa de todos, o que Hannah de alguma forma intuíra antes de fazer o exame de sangue: a inseminação fora bem-sucedida. Ela estava grávida.

Mal pudera acreditar nas palavras ou na alegria que lhe transmitiram. Até então não podia acreditar, exceto pelo fato de que não sentia muita alegria neste momento particular. Estava enjoada e pensar nisso só a fazia sentir-se pior. O reflexo no espelho não ajudava.

Bem, tinha de esperar algum desconforto. Não estava sendo paga por nada. Seu primeiro cheque do Partners in Parenthood chegara, de fato, dois dias após dr. Johanson telefonar com o anúncio oficial de sua gravidez. Uma carta à parte especificando as vitaminas pré-natais que ela deveria começar a tomar imediatamente chegou depois, além de uma brochura alegre intitulada "Exercício para Futuras Mães". Agora, recebia a correspondência do Partners in Parenthood em dias alternados. Junto com a correspondência inútil que chegava, a caixa postal 127 estava sempre cheia.

Gostava de verificar a caixa postal no caminho para o restaurante. Se saísse neste momento, pensou, ainda haveria tempo para passar lá. Com mais algumas respirações profundas a sensação do pedaço de pão parecia diminuir. Agora, só havia a palidez acinzentada para superar.

Esperando por ela na caixa postal do correio havia outro cartão de cumprimentos elegante que Jolene Whitfield usava para sua correspondência. Neste havia uma paisagem pintada por El Greco, que mostrava uma cidade espanhola iluminada por relâmpagos em um céu espectral. A pintura soturna não combinava com a mensagem jovial que Jolene escrevera dentro (com sua marca registrada da tinta cor de lavanda), que reiterava sua felicidade e a de Marshall e a convidava para almoçar em breve.

"Só nós duas. Apenas papo de mulheres! Por favor, ligue quando puder", terminava o bilhete. Jolene sublinhara as últimas palavras três vezes para sugerir que o mais cedo possível seria melhor.

Os Whitfield moravam em East Acton, um subúrbio situado na periferia à nordeste de Boston, o que significava uma viagem ainda mais longa, Hannah pensou. O velho Nova há meses não fora tão utilizado. O mecânico do posto Esso falara com ela repetidas vezes que era urgente fazer uma revisão no carro, portanto, se essas viagens continuassem, outra grande despesa aproximava-se. Então Hannah lembrou o que a sra. Greene dissera — quanto os Whitfield queriam "compartilhar" essa gravidez. Não havia muito que partilhar agora, apenas a onda ocasional de náusea, mas isso fazia parte da gravidez e Hannah não deveria comentá-la.

As instruções de Jolene foram precisas e não foi difícil encontrar East Acton. Não era na verdade uma cidade — uma única rua principal de três quarteirões, com o tipo de lojas caras que condiziam com o gosto das casas das comunidades prósperas de Boston. Uma estação de trem de estilo vitoriano peculiar no centro da cidade sugeria que alguns dos habitantes faziam o percurso para Boston de trem. Amores-perfeitos haviam sido plantados recentemente nos canteiros em frente da estação.

Hannah manteve os olhos atentos para localizar a igreja católica de tijolo vermelho. ("É impossível não vê-la — assegurara Jolene. "É moderna. Todas as outras possuem campanários brancos e têm 200 anos.") Quando ela a viu, diminuiu a velocidade e preparou-se para virar à direita em Alcott Drive. ("600 metros ao longo de Alcott, número 214, à esquerda. Procure uma caixa de correio vermelha.") Alcott Drive, tal como a rua principal, era sem dúvida um endereço prestigioso. As casas, quando visíveis, constituíam-se em grandes estruturas com vários andares construídas por volta da virada do século. Algumas tinham pórticos ornamentados e torreões excêntricos, além de umas poucas varandas com balanços à mostra, embora sua função agora fosse mais decorativa que utilitária.

A caixa de correio vermelha destacava-se junto a um arbusto de alfeneiro de 3 metros. Hannah entrou com o Nova em um caminho sinuoso de cascalho ladeado por rododendros recém-desabrochados. A primeira coisa que viu foi um celeiro tão vermelho quanto a caixa de correio. Uma das duas portas estava aberta e dentro via-se uma pequena caminhonete bege. Um caramanchão coberto com uma trepadeira de glicínias alongava-se ao lado do celeiro circundando a parte detrás da casa.

Ao ver a casa, Hannah prendeu a respiração. Deveria ter pertencido a um fazendeiro há 100 anos, mas nas décadas seguintes a construção aumentou em altura e largura, de modo que agora poderia facilmente ser a residência de um banqueiro. Construída de pedra de cantaria cinza, fora posicionada para receber a luz do sol da tarde, que mesmo agora brilhava nas amplas janelas panorâmicas dos primeiros dois andares. Uma série de lucarnas menores estendia-se sob as cornijas. Duas chaminés maciças, uma delas expelindo uma lenta espiral de fumaça completava a impressão de solidez.

O caminho dava uma volta em torno de um relógio de sol de bronze. Embora tivesse reduzido a velocidade ao máximo, Hannah podia ouvir o Nova chacoalhando sobre o cascalho solto. De súbito, a porta principal abriu e lá estava Jolene Whitfield acenando entusiasticamente, com uma toalha de enxugar pratos azul brilhante na mão, como se estivesse ajudando uma pequena aeronave a aterrissar bem na frente do gramado.

— Você conseguiu — disse. — Seu cálculo de tempo foi perfeito. A sopa está pronta.

A sopa de Jolene era um creme de cogumelos feito em casa e elas almoçaram em uma sala ensolarada, cheia de vasos de plantas, samambaias penduradas e móveis de jardim de ferro batido.

— Achei que seria mais alegre aqui — explicou Jolene.

Atrás da casa um grande gramado prolongava-se até um bosque espesso de pinheiros. Na metade do caminho havia um chafariz de pedra onde os pássaros se banhavam. Alguém trabalhara duro nos canteiros de flores para reparar o dano causado pelo inverno e prepará-los para as flores da primavera. Hannah imaginou como deveria ser encantador quando tudo estivesse florido.

— Tome sua sopa, querida — aconselhava Jolene entre seus sorvos. — É a favorita de Marshall. Tem pouco sódio. Sem nada químico com que se preocupar. Por sorte há uma loja de produtos orgânicos na cidade, então você não tem nada a temer.

— Desculpe, não entendi.

— Sua dieta. Precisamos ficar tranqüilos que não há nada de prejudicial para o bebê. Você está sendo cuidadosa com sua dieta, não é?

— Comecei a tomar vitaminas pré-natais. Mas ainda bebo uma xícara de café todas as manhãs.

— Desde que seja apenas uma. Veja só! Já estou eu importunando — disse Jolene rindo. — Tenho certeza de que conversou tudo isso com o dr. Johanson, portanto, não preste atenção na minha ansiedade. Eu sou assim. "Fiona, a Impertinente", como Marshall me chama.

O almoço estava delicioso e Hannah comeu com apetite.

— O que você acha de uma sobremesa? Preparei uma torta de cenoura com cobertura de baunilha, especialmente para hoje. Não se preocupe. Todos os ingredientes são naturais. O glacê é feito de soja.

Depois que Hannah comeu obedientemente a torta e disse "É... muito interessante", Jolene propôs uma visita à casa. Os Whitfield haviam se mudado há menos de um ano, mas as salas exibiam as viagens ao exterior e, ainda mais, a personalidade extrovertida de Jolene. Tal como suas roupas, seu gosto em decoração ia do extravagante ao ousado. Se era um pouco estranho à arquitetura conservadora da casa, mesmo assim, Hannah pensou que outro adjetivo apropriado era — "único". Imaginou se o sofá modulado seria tão desconfortável como parecia.

No segundo andar, Jolene parou no vestíbulo diante de uma porta fechada.

— Não posso esperar para mostrar isso a você. — Abriu a porta e entrou, entusiasmada.

O quarto estava pintado de azul-esverdeado claro e a mobília — uma cômoda, um berço e uma cadeira de balanço — era branca. Um tapete trançado estava pousado no chão e dentro de um cesto de vime (também branco) havia uma coleção de animais de pelúcia, esperando seu futuro dono — o tradicional ursinho, mas também um carneiro de lã e até mesmo um pequeno jumento.

— Terminamos o quarto só na semana passada.

— É adorável — disse Hannah, que estava pensando que Jolene definitivamente precipitava os acontecimentos.

— Sabia que você ia adorar. E veja. — Suspenso sobre o berço havia um móbile feito de estrelas penduradas em linhas prateadas. Jolene ligou um interruptor e as estrelas vagarosamente começaram a entoar a música "Brilha, Brilha, Estrelhinha".

Jolene cantarolou junto com a caixa de música e depois observou orgulhosa:

— O teto está pintado com estrelas também. Dezenas delas. Oh, não se pode vê-las agora. São fosforescentes e só aparecem à noite. Foi minha idéia. É como olhar para o céu.

O quarto do bebê era ligado ao quarto principal, onde Jolene passou apressada, mal parando para mostrar os numerosos *closets* ou a sauna do banheiro. Só quando chegaram ao terceiro andar foi que seu entusiasmo começou a borbulhar de novo.

— E agora, a *pièce de résistance* — anunciou.

Parte do terceiro andar convertera-se em um depósito, mas o que antes fora dois quartos de empregadas transformara-se em um quarto de dormir espaçoso. Curiosamente, ali os gostos extravagantes de Jolene deram lugar a uma decoração mais tradicional: uma cama com dossel, cortinas brancas engomadas, uma mesa com uma aba dobrável âmbar e uma poltrona de braços forrada com um tecido de *tweed.*

— O que você acha? — perguntou Jolene. — É para hóspedes.

— Você fez um belo trabalho.

— Não está sendo apenas gentil?

— De modo algum.

— Porque se não gostar, sinta-se à vontade para dizer.

— Não, *realmente*, é muito agradável.

Jolene deu um suspiro de alívio.

— Bem, isso com certeza me faz feliz. Sempre digo a Marshall: "E se ela detestar?" Ele falou que eu estava sendo tola. "O que há para detestar?", respondeu. Mas eu sei como as pessoas meticulosas sentem-se em relação ao seu ambiente. Pessoalmente, sinto-me aprisionada em uma cama com dossel. No entanto, essa é minha sensação. E de qualquer forma ele disse: "Se ela não gostar da mobília nós a trocaremos."

— Não compreendo.

— Ele é seu. — Jolene bateu as mãos deliciada e levou-as à boca, esperando a reação de Hannah.

— Meu?

— Não estou dizendo que você tenha de mudar de imediato. Porém, quando quiser ele é seu. Este é seu quarto de hóspede e, francamente, Marshall e eu não podemos imaginar uma hóspede mais encantadora. Sentiremos tão... bem, tão privilegiados de tê-la morando conosco.

— Isso é muito amável, Jolene, mas...

— Calma, calma. Não precisa decidir nada agora. Só queríamos que você soubesse que ele está aqui. Então, não pense de novo. O tempo certo virá. Não direi mais nada. — Com um gesto exagerado, ela fingiu que estava fechando os lábios com uma chave imaginária, jogou-a por trás de seu ombro direito e desceu a escada.

CAPÍTULO

12

HANNAH TIROU SEU AVENTAL QUADRICULADO marrom e branco e, virando-se de lado, olhou seu perfil no espelho do vestiário de mulheres. Em seu primeiro exame mensal, dr. Johanson disse que ela deveria engordar cerca de 500 gramas por semana. Oito semanas, 3,6 quilos, isso seria ótimo. Mas o peso não se tornava visível. Apenas seu rosto parecia mais macilento que antes. Era o cansaço.

Antes, o turno do almoço no Blue Dawn Diner quase não a incomodava. No entanto, após cerca de uma hora suas costas e os pés começavam a doer e, então, seu único desejo era jogar-se na saleta dos fundos e levantar os pés. Supostamente, as vitaminas pré-natais não deveriam ajudar?

Sua energia debilitada fora acompanhada, infelizmente, por um movimento maior. Durante todos os meses de inverno, a clientela reduzira-se aos freqüentadores habituais. Mas agora que as árvores haviam desabrochado (e os junquilhos tinham completado seu ciclo de floração), as pessoas começaram a sair de casa e houve uma demanda renovada do bolo de carne caseiro de Bobby. As gorjetas aumentaram, e mesmo se a energia de Hannah estivesse baixa, ela não estava de modo algum renunciando à perspectiva do turno da noite que começaria daqui a poucas horas.

— Qualquer que seja a crença do mundo, a vida de uma garçonete não é fácil — declarou Teri. — Você parece exausta.

— Estou. Acho que vou para casa e dormir um pouco até a noite. Você se importa?

— Claro que não. Eu faço os preparativos. Assim, você tem uns 15 minutos a mais. — Teri ficou olhando-a andar extenuada até o carro. Alguém, pensou, deveria aconselhá-la a não se esfalfar tanto.

Enquanto ia para casa, Hannah só imaginava como seria bom deitar-se embaixo das cobertas e escapar para o mundo dos sonhos por 90 minutos preciosos e contínuos. Ouviu a televisão na sala de estar e a voz de Ruth.

— É você, Hannah. O que está fazendo em casa tão cedo?

— Oi, tia Ruth. Vou para meu quarto. — Sem querer entabular uma conversa, começou a subir a escada.

— Vai ficar lá por muito tempo?

— Vou descansar um pouco antes de voltar para o restaurante.

— Você tem estado muito cansada, Hannah. Espero que não esteja doente.

— Não, tia Ruth. O restaurante está com muito movimento, é só isso.

A televisão deu um estalido.

— Garotas de 19 anos não ficam cansadas o tempo todo — ouviu-se da sala de estar.

— Não sou só eu. Teri e Bobby também estão exaustos. O sr. Hatcher está pensando em contratar outra garçonete.

— Bem, isso explica tudo. Então, imagino que não há motivo para me preocupar.

Hannah reconheceu o tom, vagamente acusatório e de autocomiseração. Ruth estava com um dos seus ataques de mau humor, o que era uma razão ainda mais forte para subir a escada o mais rápido possível e fechar a porta do quarto. Mas ela cometeu o engano de demorar-se mais alguns segundos e perguntar:

— Você está bem? Precisa de alguma coisa?

— Oh, tudo bem. Pelo menos tão bem como se poderia esperar. Dentro das circunstâncias.

Hannah viu sua sesta evaporar-se. Querendo ou não, ela seria obrigada a ouvir as últimas lamentações de Ruth. Com um suspiro de resignação, virou-se e desceu a escada.

— O que há de errado, tia Ruth?

Sua tia estava sentada ereta no sofá, olhando fixo para a frente, seus lábios contraídos em uma linha fina.

— Talvez você possa me dizer, minha jovem. — Observou a sobrinha com um olhar duro e, então, seus olhos dirigiram-se para a mesinha de centro em frente ao sofá.

Lá, em cima da madeira polida estava a brochura "Exercício para Futuras Mães", que Letitia Greene enviara pelo correio há dois meses. Hannah levou apenas um minuto para compreender o que acontecera. E todo esse tempo ela fizera um enorme esforço para ser cuidadosa. Redirecionava os contatos do Partners in Parenthood do restaurante para a caixa postal 127. Qualquer coisa relacionada à mãe de aluguel, que era muito pouco, ela escondia no fundo do seu armário.

— Ainda estou esperando, jovem.

— Foi uma coisa que eu encomendei — Hannah murmurou após um longo silêncio.

— Hã? — disse Ruth. — E o que me diz disso? — Mostrou um vidro de comprimidos e colocou-o com força em cima da mesa. — Você também encomendou isso? Vitaminas pré-natais! O que tudo isso significa?

— O que você andou fazendo, tia Ruth, mexendo em minhas coisas? — O sentimento de raiva e ressentimento de Hannah aliava-se a uma sensação de desamparo, como se fosse de novo uma criança apanhada em uma mentira banal.

— O que importa o que estou fazendo? Esta é minha casa e posso fazer o que quiser. O que *você* esteve fazendo? Essa é a questão. — A mulher balançou a brochura diante do rosto de Hannah. — Toda essa conversa de excesso de trabalho! Excesso de trabalho, que conversa fiada! Essa é a razão pela qual você está cansada o tempo todo, não é? Vá lá e admita o fato!

— Você não tem o direito de vasculhar meu quarto — foi tudo que Hannah conseguiu dizer em sua defesa.

— E todo esse tempo, eu pensava: "Coitadinha. Fechada dentro daquele restaurante dia e noite. Sem namorados. Nunca se divertindo." Bem, você me enganou direitinho, não é?

— Não é o que está pensando.

— Não? Então o que é? Conte.

Depois de todos esses anos sob o teto dos Ritters os gritos ainda perturbavam muito Hannah, trazendo à lembrança seus medos infantis, medos que o mundo poderia desencadear em um instante, e o que era protegido e seguro em um minuto destruiriam-se no próximo. Começou a chorar.

— Oh, sim, continue, chore! É só isso que você pode fazer agora.

Hannah retirou-se para o hall. Detestava que sua tia a visse daquela maneira. Qualquer manifestação de fraqueza só provocava mais injúrias.

— Igual à sua mãe — gritava Ruth. — A senhorita perfeita. Fazendo tudo que seus pais pediam. Beijada pelos professores. Indo à igreja todos os domingos. Parecia tão inocente e inofensiva. Mas eu conhecia a verdade. Sabia dos namorados e do que na realidade acontecia. Você é exatamente como ela. Uma dissimulada. Uma fingida, uma pequena vagabunda!

— Não diga nada sobre minha mãe. Você não tem o direito! Isso não é verdade e sabemos disso.

— Sua mãe era um embuste, que só pensava em si mesma.

— E você... você é... nada mais que uma mulher velha e amarga. — Hannah não conseguiu impedir que as palavras brotassem de sua boca. — Amarga e rancorosa porque Deus a puniu com um aborto e você nunca pôde ter um filho. Você detesta o mundo inteiro, mesmo que seja por sua própria culpa. Sempre foi invejosa e odienta...

As lágrimas a impediram de ver a mão da tia avançar em sua direção, mas Hannah sentiu a dor aguda da palma em seu rosto. A força do golpe derrubou-a na escada e ela ficou sem ar. Alguma coisa irrompera em Ruth.

Hannah levantou-se e precipitou-se para a porta da frente. Do lado de fora seus pés afundaram na grama que estava encharcada pela chuva da primavera, e a água penetrou em seus sapatos. Andou rápido e abriu a porta do Nova.

Quando girou a ignição, rangendo para dar a partida, Ruth gritou da porta para que toda a vizinhança ouvisse.

— Se acha que pode trazer este pequeno bastardo para esta casa, tire isso da cabeça.

CAPÍTULO 13

— ENTÃO, NENHUM NAMORADO, HEIN?

— Não.

— O que me diz dos meus poderes de dedução? — Teri expeliu o ar dos pulmões com um som agudo. — Querida, se você me contasse que está mudando de sexo, duvido que isso me surpreenderia mais. Quem tem conhecimento deste assunto?

— Ninguém em Fall River. Você é a primeira pessoa a quem conto.

— Você teve essa idéia sozinha?

— Sim.

— Isso mostra quão pouco na verdade conhecemos as pessoas. Você é mais complicada do que eu pensava. Todo mundo é, de fato. Acho que na maior parte do tempo não nos preocupamos em olhar abaixo da superfície. Você não supõe que um dos dois empregos de Nick seja de dançarino chippendale, não é?

Hannah não entendeu a piada.

As duas estavam bebendo chá quente na cozinha de Teri. O local, assim como a casa, não era de modo algum arrumado. (Como poderia ser quando sua família consistia em duas crianças hiperativas e um marido corpulento, que passava grande parte da semana na estrada dirigindo uma carreta de 16 rodas e depois caía fulminado por 48 horas ao chegar em casa?) Mas era alegre e reconfortantemente normal — das pilhas de roupas esperando para serem dobradas até as pinturas infantis feitas com os dedos coladas com durex na porta da geladeira.

— O que você acha que eu devo fazer?

— Oh, minha amiga, isso é complicado. Só há uma coisa que você pode fazer. Seja franca com seus tios. Conte a eles o que você me relatou. Você não pode deixar que eles pensem que um sujeitinho qualquer a engravidou em um motel barato.

— Você acha errado o que fiz?

— Não, minha doçura. É apenas porque você é tão jovem e vulnerável... bem, merda, nada disso importa agora. O que foi feito não pode ser remediado. Você quer realmente ter este bebê?

— Sim.

— Bom, de qualquer modo não é a mesma coisa se você tivesse de criar uma criança. Ela pertence a outros. Então é uma situação temporária. A questão importante é o que acontece agora. Como lidar com sua tia e seu tio? Aposto que eles vão reconsiderar o fato se você explicá-lo tal como me contou. Se quiser apoio moral, vou com você.

Hannah empurrou a xícara.

— Obrigada. Mas tia Ruth consideraria uma invasão imperdoável de privacidade. É um assunto de família.

— Claro que não. É sua vida, seu corpo. Você é adulta. Bem, quase. E não estamos de modo algum vivendo na Idade Média. Agora que o choque está diminuindo, eu diria que você fez um ato corajoso. Pouco comum, mas corajoso.

— Não creio que tia Ruth pense dessa forma.

Teri pegou as xícaras e passou rapidamente uma esponja na mesa da cozinha. Vou arrumar o sofá-cama para você, meu bem. O banheiro é seu. Ah, se quiser usar a banheira, jogue o submarino inflável dos meninos no chão.

Na manhã seguinte, Hannah ajudou Teri em algumas tarefas monótonas, que tinham apenas a função de antecipar os acontecimentos. Para a maioria das pessoas, Hannah pensou, a vida transcorria de uma refeição para a próxima e em pilhas de roupas sujas. Os momentos dramáticos só aconteciam nos filmes.

Refletiu a respeito do conselho de Teri durante todo o turno da noite no restaurante e quando Bobby apagou o cartaz do Blue Dawn, já decidira o que iria fazer.

* * *

Herb estava vendo *The Tonight Show* sozinho quando Hannah entrou pela porta da frente.

— Onde está tia Ruth? — perguntou.

Ele fez um gesto em direção à cozinha. Hannah viu o brilho vermelho de um cigarro e percebeu que a tia estava sentada à mesa da cozinha fumando no escuro. Quando Herb se levantou para desligar televisão, uma memória distante veio à mente de Hannah. Foi exatamente assim no dia do enterro de seus pais: Herb em uma sala, Ruth em outra, o som alto da televisão, ninguém tentando confortar o outro, nem poderia com tanto barulho. No momento em que o aparelho foi desligado, um silêncio opressivo abateu-se sobre a casa, como para enfatizar a separação deles.

Como agora.

— Você não voltou para casa ontem à noite.

— Fiquei na casa de Teri.

— Você não acha que deveria ter informado à sua tia? Ela ficou preocupada.

— Sou uma adulta. Posso fazer o que quiser.

— Óbvio. — Sentou-se constrangido na poltrona. — É verdade o que a sua tia me contou?

— Não é o que está pensando, tio Herb.

— Então você não está grávida?

— Sim estou, mas... — a frase extinguiu-se.

— Mas? Não há mas, segundo eu sei. Ou está grávida ou não. Você sabe quem é o pai?

Hannah olhou diretamente para o rosto do tio. Sua testa era uma rede de linhas profundas e a luz branca do abajur perto da poltrona parecia delineá-las de forma ainda mais profunda.

— Sim, claro. Sei quem é o pai e quem é a mãe.

— Você está sendo espertinha comigo?

— Não. Sou uma mãe de aluguel.

— Que diabo é isto?

— Estou carregando uma criança para um casal. Um casal que não pode ter filhos.

— Meu Deus! — Herb inclinou a cabeça para trás e fechou os olhos como se tivesse sentindo um ataque de vertigem momentâneo.

— Fui a uma agência. Eles me puseram em contato com um casal que estava tentando ter um filho há anos. É uma forma de inseminação artificial. Foi tudo feito no consultório de um médico.

— Eles pagam por isso?

Hannah balançou a cabeça.

— Quanto?

— Trinta mil dólares. Mais despesas.

Herb abriu os olhos e assoviou.

— Por que você não contou isso para sua tia?

— Ela não me deu oportunidade.

— Sua tia ficou profundamente aborrecida. Você trazendo de volta a história do aborto depois de todos esses anos e tudo o mais. Você falou de fato para ela que Deus a estava punindo?

— Sinto muito, tio Herb. Não deveria ter dito isso, porém também estava aborrecida.

— Bem, nunca foi segredo que sua tia e eu fomos incapazes de ter um filho depois. O aborto provocou nela... causou em *nós*... muitos problemas. E houve momentos em que eu disse coisas que provavelmente não deveria ter falado. No entanto, tentamos esquecer tudo e agora estamos diante dessa situação. *Sua* situação. E, bem...

Parecia que esgotara as palavras.

— Você quer vir aqui, Ruth?

Ruth esmagou o cigarro e levantou-se da mesa da cozinha. Em geral, era a mais assertiva, porém esta noite parecia agradecida que Herb se ocupasse do assunto. Veio até o arco da sala de estar e parou, seus olhos vermelhos e marejados de lágrimas de tanto chorar.

— Você está realmente fazendo isso para outro casal? — disse.

— Eu juro. Não fiquei grávida em razão de um relacionamento sexual. Mal conheço essas pessoas. Você pode perguntar ao médico se quiser ou a sra. Greene...

— Não quero isso. Não quero isso em minha casa. — Este foi o tapa final em seu rosto. — Alguma vez pensou como eu poderia estar me sentindo? Pensou? Responda! — A voz de Ruth elevou-se a um grito de dor.

— O que quer dizer?

— Você imaginaria que eu pudesse vê-la todos os dias com a barriga crescendo, passando, eu não sei, por tudo que se sente quando se está grávida... e isso por pessoas que você quase não conhece! Não quero isso, ouça-me. Não quero.

Voltou para a escuridão protetora da cozinha.

De súbito, Hannah entendeu por que Ruth ficara tão indignada na véspera, por que o ambiente da casa estava tão tenso agora. Seus tios não estavam preocupados com ela ou com seu bem-estar. Não estavam nem mesmo apreensivos com os comentários dos vizinhos. A verdade é que Ruth simplesmente não suportava a idéia de vê-la carregando uma criança. Era uma lembrança de algo que ela fora incapaz de fazer, a lembrança do terrível erro que envenenara sua vida há muito tempo. Qualquer que fosse o acerto que ela e Herb haviam feito um com outro, a gravidez de Hannah agora ameaçava destruir.

Herb tossiu antes de falar.

— Você precisa compreender como isso seria difícil para sua tia. Afinal de contas, ela passou por isso, todos *nós* passamos... — A tristeza parecia fluir dele em ondas.

— Nada posso fazer, tio Herb. Tomei minha decisão.

— Bem, eu também tomei uma decisão. Creio que chegou o momento de você encontrar um lugar para morar. Você disse que era uma adulta. Fez uma escolha adulta. Segundo suas palavras, eles estão lhe pagando bem. Então nos próximos dias... tão cedo quanto possível... bem, como eu disse, penso que será melhor para todos.

Reunindo-se à mulher na cozinha, Herb tentou pôr a mão em seu ombro. Mas ela repeliu seu toque.

Hannah ficou acordada muito tempo essa noite. Sempre pensara que um dia se separaria dos parentes, mas não dessa forma, e o reverso do cenário fez com que ela se sentisse impotente e exposta. Repassou suas opções limitadas, determinada a não deixar que o pânico a dominasse. Não poderia morar com Teri. Um apartamento reduziria significativamente suas economias.

Só havia um lugar para ir, um lugar onde na verdade a queriam.

CAPÍTULO 14

DA JANELA DO TERCEIRO ANDAR, Hannah olhou para o jardim dos Whitfield e maravilhou-se com sua mudança. Os lilases, os miosótis e as íris floresciam em diversas nuanças de violeta e azul, e o gramado estava amarelado em alguns lugares devido à nova brotação. A água do chafariz dos pássaros, que estivera vazio no mês passado, brilhava à luz do sol.

Hannah contou 12 passarinhos que trinavam barulhentamente perto da casa, mas quando um cardeal surgiu de súbito em meio à névoa, ela deu um grito de deleite.

Ouviu-se uma batida leve na porta do quarto.

— Hannah, você está acordada? — Jolene falou com um sussurro afetado.

Hannah deixou-a entrar.

— Bom dia. Desculpe por estar ainda de camisola.

— Nada de desculpas. Você deve dormir quanto quiser.

— Olhava os passarinhos.

Jolene ficou contente.

— Não são maravilhosos! Tenho uma lista das diferentes espécies. Já são 42 tipos de pássaros.

As duas foram para a janela. O cardeal, desprezando os pardais amarronzados, envaidecia-se no centro do chafariz.

— Adoraria ter esse lugar cheio de animais — suspirou Jolene. — Mas Marshall diz que não é o seu Lobato que tinha um sítio. O bebê nos ocupará em tempo integral. Não teremos tempo para cuidar também de uma fazenda. Então decidi fazer da nossa pequena propriedade um refúgio para a vida animal. Deixar que quando se sintam em apuros, venham para cá, pode-se dizer. E os animais são atraídos por esse refúgio. Até mesmo um guaxinim nos visita de vez em quando. Algumas pessoas pensam que eles são perigosos, mas se você respeitá-los, não nos incomodarão.

Fez uma pausa para respirar.

— Por que estou falando disso? Vim aqui só para perguntar se você quer uma rabanada. Fiz uma para Marshall esta manhã e vou preparar uma para mim. O que você acha?

— Espere, só vou me vestir.

— Oh, céus, não. Ponha só um roupão.

Duas semanas depois que Ruth e Herb deram seu ultimato, Hannah mudou-se de Fall River. Teria partido antes, mas não achou correto ir embora do Blue Dawn Diner antes que tivessem treinado sua substituta. No último dia, Teri e Bobby a chamaram na saleta dos fundos, onde havia um bolo de despedida para ela. Teri e Hannah choraram e, por fim, até Bobby chorou. Teri disse que sempre soube que ele era "um velho tolo sentimental".

A despedida na casa dos Ritters foi menos calorosa, embora Ruth tenha dado um abraço apressado e Herb mencionou algo como manter contato. Porém, quando desceu a rua com o Nova, Hannah teve a sensação que sua vida lá acabara. Agora, apenas três dias com os Whitfield, pensou por que hesitara um momento sequer antes de procurá-los.

A rabanada de Jolene com manteiga e *maple syrup* era uma delícia. Hannah devorou a primeira e sem hesitar pediu mais.

— Isso é o que gosto de ouvir — disse Jolene enquanto mergulhava outra fatia de pão na vasilha da massa. — Tudo saudável para você. Ovos, leite, cálcio.

Jolene pôs o pão embebido na massa na frigideira, onde fez um chiado agudo, como a estática no rádio.

— Você quer mais suco de laranja? A luz do sol em um copo, não é assim que dizem?

Hannah olhou-a habilmente bater de leve na torrada com a espátula. Viajante internacional, paisagista, artista e cozinheira — não havia limite para os dons de Jolene? A cozinha tinha todos os utensílios mais modernos, contudo era aconchegante e com cara de antiga. Hannah sentia-se feliz nesse ambiente acolhedor, com alguém se preocupando com ela. Dobrou os dedos dentro das meias e ficou ouvindo o chiado da frigideira.

— *Voilà. Mademoiselle est servie.*

Jolene colocou um prato diante de Hannah. A rabanada tinha um tom marrom dourado perfeito. Os filetes de manteiga pareciam ouro derretido.

— Bom apetite. Nada poderia me agradar mais esta manhã. Coma, querida, antes que esfrie. Depois quero lhe mostrar meu ateliê.

Alguns minutos mais tarde, Hannah seguiu-a até o caramanchão que circundava a parte detrás do celeiro.

— E agora, tantantantã, aqui está meu ateliê.

Provavelmente, antes fora um lugar para guardar arreios, selas etc., mas uma reforma total encobria suas origens. As divisórias foram derrubadas e os pilares removidos, e parte da parede externa desgastada pelo tempo foi substituída por painéis de lâminas de vidro para que a luz penetrasse o máximo possível.

O chão, na medida em que podia ser visto sob a desordem de coisas espalhadas, era coberto de ardósia. Como os ateliês dos artistas em qualquer parte do mundo, esse dava uma sensação de caos incipiente. Vários trabalhos de Jolene estavam pendurados nas paredes e um grande trabalho em execução medindo pelo menos 1 x 1,5 metro estava colocado em um cavalete no meio da sala. Um só olhar bastou para que Hannah se sentisse desnorteada.

Jolene era uma artista abstrata, mas suas pinturas transpareciam mais do que isso. Eram uma mistura bizarra de tecido e pintura, tiras de couro e papel de jornal colados — em alguns casos costurados com barbante. Ou era arame? A pintura espessa vertia e gotejava como sangue e em certos lugares parecia que Jolene cortara as pinturas repetidamente com uma faca afiada. Hannah pensou se pintura era o termo certo para expressar os trabalhos. Tinham uma aura de ... "dor", foi a única palavra que lhe ocorreu.

Procurou algo inteligente para dizer, porém tudo que lhe veio à mente foi "não conheço muito arte moderna".

Jolene percebeu a expressão atônita em seu rosto.

— Oh, não é tão difícil. Apenas as sinta.

Hannah concentrou-se.

— Elas significam algo?

— Significam o que você quiser.

— Como o quê? — perguntou, procurando um indício.

— Bem, supõe-se que um artista nunca deve falar de seu trabalho. Regra número um. Mas creio que ele deve ser visto como feridas.

— Desculpe, não entendi.

— Sim, ferimentos, machucados. As telas foram todas molestadas, agredidas, traumatizadas de alguma forma. Estão feridas e sangrando. Então tento restabecê-las, pode-se dizer. Suturo os cortes e cauterizo os ferimentos. Como um médico tratando de alguém que sofreu um acidente grave. Desse modo, o espectador vivencia o ferimento e a recuperação. Essa explicação ajuda em algo? Penso que minha arte é a arte da cura.

— Oh, sim — disse Hannah sem entender.

— As telas estão doentes. Faço com que elas se recuperem.

CAPÍTULO 15

O TEMPO DO FINAL DE MAIO estava perfeito demais para ser desperdiçado e o café-da-manhã deu a Hannah uma explosão de energia. Esta tarde ela sentou-se num banco e deu um nó duplo nos seus sapatos de caminhar.

Quando passou pelo celeiro, viu Jolene trabalhando ativamente no ateliê.

— Você nunca descansa? — perguntou.

— Eu não lhe contei? — respondeu Jolene. — Vou fazer uma exposição. Em uma galeria elegante de Boston.

— Parabéns! Espero que eu possa ir.

— Estou contando com você para animar o evento.

— É uma promessa... agora vou dar um pequeno passeio.

— Divirta-se. Só tome cuidado com o tráfego.

Uma mãe devotada normal, Hannah pensou, mas gostou da solicitude dela.

Alcott Street era tranqüila, exceto pelo barulho de um cortador de grama bem distante, e Hannah tinha toda a calçada para ela. As casas eram intimidadoras, com gramados que pareciam estender-se sem fim. Em sua antiga vizinhança, haveria dez casas no local que aqui era ocupado por uma. Porém, o que contribuía mais para a sensação de eternidade eram as árvores: carvalhos, bordos e pinheiros que haviam passado por diversas gerações. Com seus galhos antigos, elas cobriam as mansões como guardiões nodosos, protegendo ferozmente as vidas dos seus moradores.

Ao chegar à esquina, viu um cartaz com o nome da igreja católica de tijolo vermelho: Nossa Senhora da Luz Perpétua. No pátio da frente havia uma grande estátua da Mãe Abençoada, seus braços estendidos em um gesto de boas-vindas. Roseiras haviam sido plantadas ao redor do pedestal.

Ela parou para olhar, enquanto um grupo de pessoas bem vestidas saía da igreja e reunia-se sob o pórtico. Conversavam animadamente e Hannah esperou ver uma noiva e um noivo saírem em seguida sob uma chuva de arroz. Em vez disso, um padre apareceu com suas vestes guarnecidas com fios dourados. Estava seguido por um casal felicíssimo, a mulher carregando um bebê com uma camisola branca e o homem conduzindo sua mulher gentilmente pela mão. Ao vê-los, todos os saudaram e alguém tirou diversas fotografias.

Hannah percebeu que era um batismo.

Sentindo-se uma intrusa quis ir embora, mas por um segundo seus pés pareceram grudados na calçada. O padre olhava para ela agora e Hannah teve a impressão que ele lhe sorriu antes de voltar sua atenção para os pais. Parecia jovem demais para ser padre, com vinte e poucos anos, o cabelo preto cortado bem curto e penteado para a frente, o que lhe dava um aspecto ainda mais jovem. Seu desconforto aumentou e ela afastou-se da cena feliz e continuou o caminho para a cidade.

As lojas eram caras para suas posses e, então, limitou-se a olhar as vitrines. Assim como Fall River exalava uma sensação de paralisia e de ambições fracassadas, East Acton transmitia um ar de confiança e prosperidade. Cada esquina era bem-cuidada e limpa. Em intervalos regulares ao longo da calçada havia bancos de madeira para pedestres cansados e canteiros com amores-perfeitos que lembravam aqueles em frente à estação de trem.

Demorou-se um pouco diante de uma loja chamada Bundle from Heaven, decidindo se entraria. No fundo de sua mente, uma voz dizia que não. Vários manequins infantis na vitrine exibiam roupas de cor pastel para o verão. Não havia etiquetas visíveis de preços, o que significava uma única coisa: a mercadoria estava além de seus meios. No entanto, não fazia mal olhar.

No balcão, um minúsculo par de tênis atraiu sua atenção. Tinha apenas uns 7 centímetros de comprimento, com listras de corrida dos lados e laços vermelhos brilhantes. Foi pegá-lo quando uma voz incisiva disse.

— Para o futuro atleta! É uma graça, não é?

Hannah rapidamente recuou a mão.

— Sim.

— Procurando algo especial? — continuou a vendedora. — Temos uns bonés de sol adoráveis.

— Estou apenas olhando.

— Para um dos seus filhos? Ou de outra pessoa?

— Não é para mim.

— Bem, se quiser perguntar algo, não hesite em fazê-lo. — Mas Hannah já estava na porta.

Na volta para a casa observou que todos os sinais de atividade da Nossa Senhora da Luz Perpétua haviam desaparecido. Passeou pela Alcott Street tentando tirar a imagem do par de tênis da cabeça. Quando chegou ao pátio, Jolene estava descarregando caixas da parte detrás da caminhonete.

— Olá, eu a vi na cidade olhando vitrines — gritou. — Dia perfeito para isso. Eu ia acompanhá-la, mas você parecia perdida em seu mundo de sonho. Então, aprovou nossa cidade?

— É muito simpática.

— Bem pequena, na verdade, ninguém se perde em East Acton. — Com um resmungo, levantou uma caixa de papelão cheia de terebintina e solvente de tintas.

— Posso ajudá-la? — ofereceu Hannah.

— Não se incomode. São uns poucos suprimentos que comprei. Não quero que você se machuque.

— Ora, não estou incapacitada. Não ainda, de qualquer forma.

— Tudo bem, já que insiste. Pegue essa caixa pequena. Não pesa muito. — Abriu a porta do ateliê com um pontapé e gritou sobre o ombro. — Cuidado agora.

A caixa não pesava nada. O que havia dentro? Penas de ganso? Curiosa, Hannah levantou a tampa e deu uma olhada.

O conteúdo parecia ser de artigos médicos — pacotes de gaze esterilizada, rolos de esparadrapo cirúrgico, bandagens auto-aderentes e compressas para esterilização. Havia vários metros de um tecido trançado de textura áspera marrom e a identificação da caixa dizia "Máscaras para Procedimentos Cirúrgicos".

Ou Jolene era incrivelmente propensa a acidentes ou gostava de estar preparada para qualquer emergência, Hannah pensou. Então teve um lampejo. Eram materiais que ela utilizaria em seu trabalho artístico.

Sorriu de sua ingenuidade e pensou o que Jolene tinha em mente para o "kit de suporte da coluna cervical".

CAPÍTULO 16

No início de julho, Jolene já se tornara a mãe substituta que Ruth Ritter não conseguira ser durante sete anos. Algumas vezes, intrometia-se demais, porém era uma boa companhia. Ela e Hannah faziam compras juntas, preparavam juntas as refeições e até mesmo limpavam a casa juntas, embora Jolene tivesse feito uma distinção clara entre trabalho pesado e leve, e reservava o primeiro para ela.

Hannah tinha de novo uma família.

Marshall pegava o trem das 8h05 para Boston todas as manhãs e elas serviam o jantar quando ele chegava em casa às 18h42. Depois da sobremesa discutiam os grandes acontecimentos mundiais ou pequenos detalhes do jardim. Os pontos de vista de Hannah coincidiam com os deles. Que diferença enorme dos Ritters, onde as brigas ou um silêncio sombrio eram os dois modos de comunicação, e Hannah sentiu-se cada vez mais livre para expressar suas opiniões.

Jolene e Marshall gostavam de ler e ela voltou a se interessar por livros, como quando criança. Suas idas à cidade passaram a incluir a visita a East Acton Lending Library, criada pelas mulheres dos fundadores da cidade em 1832 e, após o encerramento de suas atividades durante algumas guerras e fortes tempestades de granizo, estava sempre aberta desde então. Sua imaginação fervilhava, refletia sobre sua vida "depois", modo pelo qual se referia a um futuro incerto depois do nascimento de seu... do bebê dos Whitfield.

A maior mudança de todas foi no seu corpo. Nove quilos, vinte semanas — ela estava cumprindo o prescrito — e sua barriga começava a crescer. Ela "pipocara" (termo do dr. Johanson). Seu rosto estava mais redondo, sua pele mais rosada, o cabelo louro mais brilhante. Para alguém que nunca tivera seios grandes, o volume deles a constrangia tanto no começo que ela vestia camisetas extralargas para escondê-los.

— Oh, esta é a melhor parte, querida — disse Teri quando Hannah confessou seu embaraço ao telefone. — Você deve mostrá-los porque não ficarão assim para sempre. Nas duas vezes em que fiquei grávida, Nick apelidou-me de Pamela. Não tirava as mãos de mim. Você sabe, por causa da vagaba do seriado *Baywatch*. Uma boa razão para ter outro filho logo.

Teri telefonava regularmente e a mantinha informada quanto às últimas novidades do restaurante, mas Hannah percebeu que com o passar dos meses as histórias das longas jornadas e das gorjetas pequenas não faziam mais sentido para ela. No entanto, era bom ouvir a voz de Teri.

— Meu rosto ficou muito manchado com Brian. Grandes seios e manchas! Que combinação! Contudo, isso não desencorajou Nick. Aposto que está bonita como uma pintura. Adoraria ver você algum dia.

— Eu também, Teri.

— Então venha aqui. Ou eu posso ir aí.

A conversa com Ruth e Herb era menos prazerosa — suas respostas monossilábicas às suas perguntas confirmavam o persistente desinteresse por sua vida. Parecia inconcebível que ela passara sete anos na mesma casa com eles. Assim que desligava o telefone, Fall River evaporava-se, suas ruas geladas e cinzentas em sua memória, não o verde e o sol de East Acton. O mundo era tão diferente aqui, cheio de esperança, crescimento e possibilidades. Adorava seus passeios diários e a aprovação entusiasta do dr. Johanson só aumentava sua alegria.

Nesta manhã em especial de quarta-feira, os livros da biblioteca ao lado de sua cama proporcionaram um pretexto conveniente. Vestiu uma das camisas brancas velhas de Marshall que Jolene lhe dera. Com uma olhada no espelho constatou que sua gravidez não era evidente e apressou-se a descer a escada. Jolene estava no ateliê "traumatizando" uma peça de estanho com lâminas metálicas.

Hannah parou para observar. A placa de estanho parecia ser um papel laminado e Jolene estava cortando uma cunha em forma de V nela. O metal resistia às lâminas e ela falava baixo e entre dentes devido ao esforço. Hannah pensou em fazer um comentário encorajador, mas conteve o impulso. Não quis interromper a concentração de Jolene. Sua arte era, obviamente, um empreendimento pessoal intenso.

Por fim, o metal cedeu e a peça em forma de V caiu no chão. Os ombros de Jolene relaxaram e ela esfregou os dedos com suavidade ao longo do entalhe cortado murmurando para si mesma. Depois levantou a peça de metal aos lábios, fechou os olhos e a beijou.

Perplexa com a intimidade deste momento, Hannah saiu o mais rápido possível. Como uma criança que surpreende os pais fazendo sexo, sentiu que observara algo que não deveria.

Parou em frente da Nossa Senhora da Luz Perpétua e a olhou por um instante. O chão da base da estátua da Mãe Abençoada estava salpicado de pétalas vermelhas e brancas que haviam caído das roseiras. Agora, ela passava todos os dias diante da igreja.

Algo a impeliu a entrar lá neste dia. Talvez fosse o tempo agradável que fazia com que a cidade inteira parecesse mais hospitaleira do que o habitual. Ou talvez fosse a nova vida que ela sentia crescer dentro dela e que a conectava com a humanidade. Aliviada de encontrar a igreja vazia, sentou-se no último banco e pôs os livros da biblioteca ao seu lado.

A luz do sol batendo nas janelas de vidro manchadas fragmentava-se em borrifos coloridos que matizavam o chão, assim como as pétalas de rosas coloriam o solo da base da estátua. Mesas com velas votivas próximas ao confessionário emitiam um brilho vermelho tremeluzente, como vaga-lumes no pôr-do-sol. Nossa Senhora da Luz Perpétua era um nome, pensou, muito apropriado. Ela só pretendia ficar um pouco, mas o silêncio e as cores suaves despertaram nela uma sensação latente de magia. A igreja fora em algum momento de sua vida um lugar de conforto misterioso.

O interior da Nossa Senhora da Luz Perpétua não se parecia ao da igreja St. Anthony em Duxbury, porém em sua mente era lá que ela estava. Uma criança de novo, voltando para casa com a mãe depois do trabalho na biblioteca, de mãos dadas, até chegarem à igreja de pedra. Elas nunca deixavam de fazer uma visita rápida, mesmo se fosse apenas para acender uma vela ou rezar uma prece para os menos afortunados. Algumas vezes, sua mãe conversava com o padre ou desaparecia no confessionário. Depois, saíam seguras que Deus as observava e as protegia.

"Deus age de maneiras misteriosas", dizia sua mãe, quando algo triste ou alegre, ou só inesperado acontecia. Hannah acreditava nisso também até a véspera de Natal, quando a carreta de 18 rodas ultrapassou a pista e mudou a vida deles para sempre. O mistério era muito avassalador, tão sem sentido, para que pudesse ser explicado. Na cerimônia do funeral em St. Anthony, ela viu os Ritters na saleta junto à nave e ouviu as palavras monótonas do padre falando de um microfone. Hannah nunca mais quis voltar à igreja e os Ritters jamais insistiram.

Se fechasse os olhos agora, tudo voltava à lembrança: a mistura penetrante de poeira e incenso que irritava seu nariz quando criança; os acordes majestosos da música que flutuavam até o fundo da igreja e retornavam como ecos, abafados e suaves.

De súbito, as lágrimas lhe vieram aos olhos e logo Hannah estava chorando copiosamente sem saber por quê. Chorava em razão do consolo que nunca recebera quando criança ou pelo conforto que, de modo deliberado, recusara ao ficar adulta? Por sua mãe ou por ela? Ou pela oportunidade milagrosa que tivera de iniciar um novo ciclo, reparar a dor e fazer as coisas certas desta vez? Procurou um lenço no bolso.

O jovem padre na sacristia ouviu os soluços e pensou se não deveria chamar o monsenhor. Terminara o seminário há dois anos e este era seu primeiro posto em uma paróquia. Até então, suas obrigações haviam se limitado a orientar o grupo jovem e a celebrar missas de manhã, porque o monsenhor não gostava de acordar cedo. Ainda não havia aconselhado alguém seriamente e não estava certo se saberia fazê-lo. Até o momento, a congregação de pessoas ricas demonstrara ser surpreendentemente bem-ajustada ou, talvez, reticente em revelar suas aflições para um noviço.

A moça chorando no banco detrás era uma exceção. Ele a vira uma ou duas vezes de longe e ela lhe pareceu bem feliz. Mas agora estava muito perturbada e não conseguia controlar-se.

— Não quero incomodá-la — disse, aproximando-se de modo hesitante. — Posso ajudá-la de alguma forma?

Hannah olhou-o surpresa.

— Sinto muito, já estava saindo.

— Por favor, não vá — disse o padre com determinação. — Deixarei você sozinha se preferir. Pensei que gostaria de conversar ou algo mais.

Enquanto Hannah enxugava as lágrimas com as mãos, examinou suas feições. Seu cabelo negro contrastava com a pele branca imaculada, semelhante às estátuas de mármore colocadas ao longo das paredes. Parecia o rosto de um irlandês, fato que não é incomum na área de Boston, com olhos escuros e vivos. As mãos eram longas e ele as torcia nervoso.

— Eu já a vi antes. Meu nome é padre Jimmy.

— Jimmy?

Deu um riso de desculpa.

— Na verdade, James. Porém, todos me chamam de padre Jimmy. Ou só Jimmy. Ainda não me habituei ao epíteto de padre.

— Eu gosto de padre Jimmy. Soa amigável. — Assoou o nariz e enxugou os olhos de novo.

— Você mora aqui perto? — perguntou incisivo. — Quero dizer, eu a vi caminhando e, então, pensei que deveria morar na vizinhança. Praticamente ninguém anda nos subúrbios.

— Bem próximo, em Alcott Street. Queria vir aqui. Gosto desta igreja. É tão clara e etérea. Não é sombria como a que eu ia quando criança.

— Onde era?

— Duxbury, em South Shore.

Seu olhar manifestava interesse.

— Você mudou para cá com seus pais?

— Não, eu moro com... com amigos.

Ele hesitou antes de perguntar.

— Um namorado?

— Não, apenas amigos. Meus pais morreram em um acidente de carro quando eu tinha 12 anos. A última vez que fui a uma igreja foi no dia do funeral deles.

— Que pena... que tenha ficado afastada tanto tempo.

— Achei que como Deus resolvera me punir levando-os de mim, eu O castigaria não retornando jamais à igreja. — Olhou em outra direção, constrangida com o desabafo. — Uma infantilidade, não é? Duvido que Ele tenha percebido.

A resposta veio rápida e ansiosa.

— Tenho certeza de que Ele notou.

— Minha mãe costumava dizer que Deus estava sempre nos observando, mas é óbvio que Ele não estava prestando nenhuma atenção na noite do acidente. Como uma criança, eu não entendia por quê. Queria que alguém me explicasse. Talvez nunca saberemos a razão.

— Você tem rezado por causa disso? Pediu a Deus que a ajudasse a entender?

— Não. Estava sempre muito zangada com ele.

— Caso você não se importe que eu pergunte, o que pensava ao entrar na igreja?

Hannah abaixou a cabeça, como se estivesse relutante em revelar algo mais.

— Em parte... sentia-me infeliz, triste por ter ficado afastada tanto tempo. Não sei. Todos os tipos de pensamentos.

— Hannah? — A voz quebrou o silêncio da igreja.

Jolene estava parada na entrada, com o rosto afogueado e respirando profundamente.

— Aí está você! Procurei-a por toda parte. Você esqueceu sua consulta com o dr. Johanson?

— Sinto muito. Devo ter perdido a noção do tempo. — Pegou os livros da biblioteca e moveu-se em direção ao padre. — Oh, padre Jimmy, esta é minha amiga Jolene Whitfield.

— Prazer em conhecê-lo, padre. Desculpe por irromper na igreja dessa forma, mas temos um compromisso em Boston dentro de uma hora e sabe como o trânsito é imprevisível.

— Claro que sim — respondeu amável. — Venha aqui a qualquer momento, Hannah.

Observou as duas mulheres caminhando em direção à porta. A luz brilhante do sol transformou-as em silhuetas. Só quando Hannah parou na porta e voltou-se para lhe dar um pequeno aceno foi que ele percebeu a protuberância em seu corpo.

— Pensei que você iria à biblioteca. Por que parou na igreja?

— Não sei. Sempre passo diante dela. Fiquei curiosa de conhecer o interior.

Jolene dirigiu a minivan com habilidade no circuito, na ponte e em Storrow Drive, agradecendo ao trânsito que estava menos congestionado do que imaginara. À esquerda, o Charles River brilhava como papel alumínio.

— Você nunca havia entrado na igreja?

— Entrei em uma missa matinal dos domingos, mas logo saí.

— É muito bonita, não acha? É mais tranqüila do que a maioria... Ele parece extremamente jovem para ser padre... E atraente.

— Também acho.

— Tinha certeza disso! O que vocês conversaram?

— Nada de mais. Meus pais. As minhas idas à igreja quando era pequena. Contei-lhe que há muitíssimo tempo não a freqüentava.

— Aposto que ele não gostou de ouvir isso.

— Não fez nenhum comentário de desaprovação.

Jolene falou sério.

— Eles não gostam que você seja independente demais. Por isso, existem tantas regras. Normas, normas, normas! Construir igrejas cada vez maiores é tudo que lhes interessa... Você lhe contou sobre... sabe o quero dizer.

— Não conversamos o tempo suficiente.

— Sua barriga está começando a aparecer e as pessoas logo estarão fazendo perguntas.

— Quem?

— Pessoas. Na biblioteca, na mercearia. Estranhos lhe darão parabéns, perguntando quando o bebê irá nascer. Esse tipo de comentário.

— Estranhos fariam isso?

Mais adiante, a estrada fora repavimentada e um homem com bandeiras vermelhas indicava aos motoristas para diminuir a velocidade. Jolene olhou o sinal de retorno e pelo espelho retrovisor viu uma oportunidade para entrar na pista à esquerda. Uma van deixou-a passar e ela lhe deu um gesto de obrigada.

— Então, o que você vai dizer?

— A verdade, penso. O que mais?

Ficaram em silêncio por um minuto, a conversa desencorajada pelo barulho das britadeiras no solo. Jolene parecia perdida em seus pensamentos. Quando o som desapareceu, ela perguntou:

— A verdade é um pouco complicada, não acha?

— Creio que sim. Não refleti muito sobre o assunto.

— Mas deveria — disse Jolene irritada. Quando viu que Hannah ficara surpresa com a rispidez de sua resposta, acrescentou: — Talvez *nós* devemos, é o que quero dizer. Nós duas. Diz respeito a mim, também. E a Marshall. Porque é nossa vida que você estaria divulgando. Proclamando ao mundo que eu não consigo levar a termo uma gravidez e que Marshall e eu demoramos muito para começar uma família.

— Jamais faria isso.

— Quantos detalhes você descreveria? Explicaria o acordo que fizemos? Ou que nós estamos lhe pagando? A maioria das pessoas não entende esses assuntos. Por trás, fofoca e ridiculariza. Acredite em mim, é assim que as pessoas se comportam em uma cidade como East Acton! Detestaria que fôssemos alvo de zombaria.

Suas mãos apertaram com força o volante do carro e as veias do pescoço saltaram.

— Cuidado — advertiu Hannah. — Estamos extremamente perto da linha divisória.

Jolene voltou a caminhonete para o centro da pista. Lágrimas umedeceram os cantos dos seus olhos e ela esforçava-se para se concentrar na estrada. Hannah acariciou seu ombro.

— Relaxe, Jolene. Assim, vamos ter um acidente. Olhe, não é importante. Não precisamos contar nada a ninguém, se você não quiser. Pouco me importa.

— Verdade? Você não se importaria?

— Ninguém tem de saber de nada. O que você quiser está bem para mim. Qualquer coisa.

Com um suspiro de alívio, Jolene diminuiu a pressão das mãos no volante e pestanejou para que as lágrimas desaparecessem.

— Oh, obrigada Hannah. Obrigada por ser tão compreensiva.

Ao ver o retorno de Beacon Hill, deu uma guinada para a direita, ultrapassou uma picape, que buzinou zangada, e dirigiu-se triunfante para o acesso de saída.

CAPÍTULO 17

DR. JOHANSON SEMPRE A FAZIA SORRIR.

— Então, como está a jovem adorável hoje? — disse, passando a mão na barbicha. Seu olhar alegre e malicioso era mais comum em elfos suíços do que em obstetras de Boston.

— Como estou? — respondeu Hannah com um tom sedutor.

— Como uma linda rosa cor-de-rosa. Uma pele tão bonita. — Dr. Johanson estava com um humor expansivo. — A primeira vez que eu a vi, pensei, não teremos problema com ela. E é verdade, não é? Até então, nenhum problema. Nem teremos no futuro. Quase sempre estou certo quanto à minha impressão.

Jolene fez um sinal vigoroso de aprovação e a recepcionista deu um sorriso de apoio, embora Hannah tenha suspeitado que ouvira essa encenação mais de uma vez.

O médico apontou o indicador para ela.

— Mas não podemos nos descuidar. Temos de fazer nosso exame minucioso. E ainda todos os testes. Por isso, desculpe-nos. — Cumprimentou a sra. Whitfield e levou Hannah para a sala de exames, fechando a porta enquanto ela vestia o roupão de hospital.

O grande espelho na parte detrás da porta refletiu seu corpo nu. Examinara seu abdome intumescido em casa, mas agora notou como seus quadris haviam alargado. Suas nádegas estavam também mais largas e arredondadas. No entanto, não estava gorda. As mudanças contrabalançavam-se com o volume dos seus seios. Sempre se achara magra, porém o que via agora era uma mulher com formas sensuais. Parecia uma mãe.

Na medida do possível, ela evitava essa palavra, mesmo em seus pensamentos. Jolene era a mãe. Era o óvulo de Jolene e o esperma de Marshall. Ela era a incubadora, como dissera dr. Johanson. A mulher no espelho, desabrochada pela nova vida despertando nela, parecia uma mãe. Não havia outra palavra para descrevê-la.

Pôs as mãos com suavidade na barriga e sussurrou:

— Como está aí?

A batida na porta do dr. Johanson interrompeu seu devaneio.

— Você está pronta, Hannah?

— Só um segundo. — Olhou-se pela última vez no espelho e registrou a imagem sensual em sua mente antes de vestir o roupão. — Pode entrar.

Agora a rotina era familiar. Dr. Johanson a pesava, verificava sua pressão arterial, auscultava seu coração e tirava uma amostra de sangue. Depois, perguntava se ela tinha alguma queixa.

— Não consigo mais dormir a noite toda — disse Hannah. — É difícil encontrar uma posição confortável. A maior parte do tempo acordo para ir ao banheiro. Três, quatro vezes por noite.

Dr. Johanson fez uma anotação na prancheta.

— Nada de anormal. É importante que você beba bastante água. E quem não se sentiria um pouco desconfortável com tudo que você está carregando? Como um saco de legumes do jardim. Sim? — deu um risinho maroto. — Agora deite. Vamos medi-la.

Hannah deitou na mesa de exames. O médico pegou uma fita métrica do bolso, pôs uma extremidade em seu osso pélvico e passou a fita em volta de seu abdome.

— Vinte e um centímetros — falou. — Perfeito! Nem muito grande nem muito pequeno. O ventre está crescendo como deveria. Mas para ter certeza...

Com a ajuda das rodas puxou uma máquina pesada para a beira da cama de exames. Antes que ele a desviasse de sua direção, Hannah viu uma tela de TV e fileiras de mostradores e botões embaixo na mesa futurística.

Ele esfregou gentilmente óleo mineral em seu abdome.

— É frio, não é?

— Um pouco. Para que serve? — perguntou Hannah.

— Não se preocupe. Só vou tirar algumas fotografias para ficar 100% seguro que tudo está progredindo normalmente. São feitas por meio da ultra-sonografia e você não sentirá nada. Sabe que na Segunda Guerra Mundial a Marinha desenvolveu esta tecnologia para localizar com precisão a posição dos submarinos no oceano? E agora a usamos para localizar a posição do bebê no saco amniótico. Isso é um progresso para você.

Ligou a máquina e começou a mover um pequeno aparelho de plástico — parecido com um mouse, pensou Hannah — para trás e para a frente em seu ventre. Fazia cócegas.

— Como os Whitfield estão tratando você? — perguntou sem desviar o olhar do monitor.

— Ótimo!

— Estão alimentando você bem? É muito importante. Queremos um bebê saudável e forte.

— Como bastante.

O mouse parou e dr. Johanson inclinou-se mais perto do monitor. Então começou a movê-lo de novo, explorando sistematicamente o abdome de Hannah.

— Não é o momento de ficar preocupada com o visual do corpo. Terá muito tempo para pensar nisso mais tarde. Agora usufrua sua comida. Lembre-se, bastante ferro, carne, espinafre.

Deu uns grunhidos apreciativos e, por fim, desligou a máquina e retirou o óleo do abdome de Hannah com uma toalha úmida.

— Pode se vestir.

Jolene estava folheando uma revista de decoração, quando Hannah e o dr. Johanson entraram na sala de espera.

— Sem problemas — falou. — Como lhe disse antes. Quanto menos esperar, puf!, seu bebê vai nascer. Então, vejo você daqui a duas semanas?

Entregou à recepcionista diversos papéis e estava prestes a retornar à sala, quando Jolene Whitfield falou:

— Já que estou aqui, doutor, poderia lhe fazer algumas perguntas? Só ocuparei um minuto do seu tempo.

Dr. Johanson checou o relógio de pulso e deu um olhar para Hannah, insinuando que esses tipos de pedidos aconteciam com muita freqüência. Todos tinham uma dor ou um sofrimento físico, que requeriam apenas um minuto do seu tempo, um eufemismo que significava uma consulta grátis. Fazia parte de sua profissão.

— Claro, sra. Whitfield — suspirou. — Venha por aqui.

Hannah pegou uma revista *People* e tentou interessar-se pela matéria de capa sobre uma atriz de 16 anos que fazia um seriado de muito sucesso, no qual protagonizava um guarda-florestal. A fotografia a mostrava de biquíni sentada em um *snowmobile*, "Aquecendo a Selva", anunciava a manchete.

A porta da sala de espera abriu e uma mulher com 30 e poucos anos entrou bamboleando, cumprimentou a recepcionista com a cabeça e desabou em uma cadeira oposta à de Hannah, aterrissando com um "ufa!" audível. Hannah olhou-a: era enorme e sua testa brilhava de transpiração.

— Meu Deus, é uma maravilha tirar os pés do chão — disse em tom de explicação. — É o seu primeiro?

— Sim.

— Bem, este é o meu terceiro e último! Falei com meu marido que vou ligar as trompas depois do parto. Ele queria um menino. O que você diria? Então, vai ter um menino e poderá levá-lo aos jogos do Red Sox daqui a dez anos, se eu não morrer de exaustão na próxima hora. Você sabe o sexo do seu?

— Não.

— Algumas pessoas não querem saber. Eu não gosto de surpresas. Portanto, acho que todos nos devem dar o direito de conhecer a verdade antes. Aprendi essa lição de maneira árdua. Meu marido saiu e comprou montes de pequenas camisas de malha de futebol, macacões, bonés de beisebol e não sei mais o quê para o primeiro. Comprou até mesmo uns sapatos de corrida com travas. Naturalmente, nasceu uma menina e esses sapatos ainda estão empacotados em alguma gaveta. Você e seu marido não estão nem um pouco curiosos?

— Qualquer que seja o sexo está bom para mim.

Isso é o que Jolene queria dizer a respeito de conversar com estranhos. Ao ver que você está grávida, eles ignoram todas as formalidades e começam a fazer perguntas. Hannah não poderia imaginar as pessoas indagando a uma mulher que não estivesse grávida como estavam seus tornozelos ou o humor do seu namorado. Mas a gravidez parecia um convite aberto para interrogatórios.

Ansiosa para evitar mais conversa e por estar com vontade de urinar de novo, Hannah desculpou-se e perguntou à recepcionista se poderia usar o banheiro de mulheres.

— Você sabe onde fica. Ao lado da última porta à direita.

Hannah passou pelo consultório do dr. Johanson, a sala de exames onde estivera há pouco e a sala de raios X. Quando ia entrar no banheiro escutou as vozes de Jolene e do dr. Johanson vindas de uma sala no final do vestíbulo. Não podia ouvir o que diziam, mas percebeu que Jolene estava agitada. O dr. Johanson estava tentando acalmá-la?

Curiosa, aproximou-se na ponta dos pés. A porta estava parcialmente aberta e a sala estava escura, salvo pela luz branca e acinzentada que ocasionalmente brilhava rápido. Jolene e o dr. Johanson estavam de costas para a porta e olhavam um ao lado do outro uma tela de televisão.

— Estou deslumbrada — disse Jolene. — Era o queria há tanto tempo. O que queríamos.

Dr. Johanson chamou a atenção de Jolene para alguma coisa na tela.

— Está sorrindo.

Virou-se para mexer em alguns mostradores e Hannah notou que eles olhavam uma imagem preta-e-branca no monitor da televisão. Ela não identificou a imagem — parecia um casulo, algo embrulhado em um casulo. Então, o movimento e a forma ficaram claros para ela. Era seu feto. Via-se com nitidez a cabeça e as pernas dobradas contra o corpo, que estava curvado como uma lua minguante. Com esforço, Hannah podia discernir uma mão pequenina apoiada em uma das faces. Ficou fascinada.

Dr. Johanson levantou-se e redirecionou sua atenção para a tela, bloqueando a visão. Pôs seu braço em volta do ombro de Jolene, puxou-a para mais perto e sussurrou algo em seu ouvido que Hannah não pôde escutar. O gesto a surpreendeu pela intimidade. Sem querer ser pega espionando, afastou-se da porta.

Essa visão golpeou-a com a força de uma mão fechada e ela ficou sem respiração. O feto na tela pertencia a ela! Era um ser humano real com mãos e pés minúsculos, e um coração que batia. E a mão movera-se. Vira isso. Era, de fato, uma mãe!

As emoções a fizeram se sentir tonta. Percebeu que tinha de voltar logo para a sala de espera antes que desmaiasse.

— Não há nada de errado, não é? — perguntou a mulher grávida imensa, quando Hannah se sentou pesadamente na cadeira. — Você está branca como um lençol.

— Estou bem. Só com fome, acho.

— É isso aí — disse a mulher. — Comer e urinar. É tudo que fazemos.

Hannah esforçou-se para sorrir.

— Mas quero compartilhar com você um pequeno segredo — continuou. — No momento em que abraçar seu bebê será o dia mais feliz de sua vida. E você sabe o que ainda é melhor?

— O quê?

— O segundo dia, o terceiro, o quarto e o quinto.

Uma Jolene em ebulição entrou na sala de espera seguida do dr. Johanson.

— Obrigada, doutor, pela paciência — falou. — O que você acha de nos regalarmos com um bom almoço? Conheço um bistrô delicioso na Newbury Street.

— Como você quiser.

— Isso é que eu queria ouvir — disse dr. Johanson. — Refeições completas, comida gostosa, porções saudáveis!

Depois, cumprimentou a mulher gordíssima:

— Como está se sentindo hoje, sra. McCarthy?

— Me sentirei bem melhor, doutor, depois de descarregar esse fardo.

— Não demorará demais, prometo, sra. McCarthy.

— Dez minutos é muito tempo.

— Ora, ora. Mais uma semana e tudo terminará. Venha por aqui, por favor.

Levantando-se, a sra. McCarthy bamboleou atrás dele. Quando estava prestes a desaparecer, voltou-se para Hannah.

— Lembre-se! Cada minuto é precioso.

No hall do lado de fora da clínica, Hannah perguntou a Jolene se estava tudo bem.

— Vocês ficaram um longo tempo juntos.

Jolene respondeu alegre:

— Você sabe como eu sou preocupada. Preocupada, preocupada, preocupada. Mas o dr. Johanson disse que estou bem. Não é absolutamente nada. Falou que eu não poderia estar melhor.

CAPÍTULO 18

A IMAGEM DE UMA MÃO MINÚSCULA encostando-se à pequena cabeça não saiu dos pensamentos de Hannah. Tampouco a idéia de que ela seguraria essa mão ou acalentaria essa cabeça algum dia. Um pouco, de qualquer modo.

Por que não lhe mostraram o que agora sabia que eram ultra-sons? Estava aborrecida com o comportamento reservado de Jolene e do dr. Johanson, reunindo-se em segredo diante do monitor da televisão, examinando fotografias da criança em seu ventre. Parecia uma violação de sua privacidade. A criança era de Jolene, na verdade, e ela tinha todo direito de vê-la. Mas por que Hannah não? Supostamente estavam vivenciando essa experiência juntas. E as primeiras fotografias do bebê foram, de modo deliberado, mantidas ocultas dela.

Hannah lembrou que, apesar da gentileza dos Whitfield, ela lhes prestava um serviço. E o serviço estava sendo realizado dentro de seu corpo. Como poderia evitar esses sentimentos?

Todas as noites quando ia dormir com o bebê em sua mente e cada manhã, antes de vestir o roupão e calçar os chinelos, seus primeiros pensamentos voltavam-se para a criança que ia nascer. Falava com ela quando estava sozinha ou se Jolene estivesse fora do alcance de sua voz, e começou a imaginar que respondia. Durante o dia inteiro, as pequenas mensagens iam e vinham. "Você é tão amado." "Você também é muito amada." "Você é precioso para mim." "Como você é preciosa para mim."

Jolene nunca mencionou a visita ao consultório médico, porém estava cada vez mais preocupada com as "aparências".

No final da semana, no jantar, trouxe à baila o assunto dos comentários das pessoas e o que poderia ser feito em relação a isso.

— Não há motivo para se envergonhar — insistiu Marshall. — Esta é nossa criança. Hannah está nos oferecendo uma ajuda muito especial e amorosa. Ela não deve negar isso.

— Não estou dizendo para ela negar nada. Mas por que cada Tom, Dick e Harry precisam conhecer nossa vida. Sei como são as fofocas nesta cidade. Com os nossos amigos íntimos a história é diferente.

— Você está exagerando esse assunto — reiterou Marshall. — As pessoas dirão o que quiserem. De qualquer modo, você não acha que elas devem saber que este tipo de serviço está disponível?

("Serviço", pensou Hannah.)

Jolene não se persuadiu.

— Por exemplo, o que dirá na biblioteca quando a saída de livro estiver sendo registrada e o bibliotecário lhe perguntar a data do nascimento do bebê? Ou na galeria. Pense em todas as pessoas que irão à minha exposição. O que ela contará lá?

— Dirá dezembro.

— E se alguém lhe perguntar a respeito do pai? Dirá: "É o gentil sr. Whitfield que mora na Alcott Road." Imagine!

— Desisto, Jolene. O que você sugere? — A irritação de Marshall era evidente.

Jolene abriu a tampa de uma pequena caixa de jóias e colocou-a sobre a mesa. No fundo do veludo preto via-se uma aliança de casamento de ouro.

— Isto responderá a muitas perguntas, acredite em mim. Ela pode dizer que o marido está viajando para o exterior e, por isso, hospeda-se temporariamente conosco. Bem, por que não?

— Não quero que Hannah faça nada que não lhe seja confortável.

— Será como um jogo. Uma peça na qual Hannah terá o papel principal. É só um anel, Marshall.

Ele inclinou-se na cadeira, relutante a deixar-se influenciar por esse novo argumento.

— O que você acha, Hannah?

— Não sei. É realmente preciso?

— Vocês dois! — disse Jolene. — Qual é o dano que isso pode causar? Um pequeno anel idiota! E se ele fechar a boca de uns intrometidos... Oh, experimente-o, Hannah. Pelo menos, faça isso por mim.

Hannah pegou o anel dentro da caixa e enfiou-o no dedo.

— E ainda com um tamanho perfeito! — exclamou Jolene, sua alegria tão manifesta que Hannah não ousou tirar o anel do dedo.

CAPÍTULO 19

ENTRETANTO, HANNAH CONTINUAVA A SONHAR com a pequenina cabeça que algum dia descansaria em seu seio, a mãozinha que seguraria a dela, aqueles pezinhos que já haviam começado a dar pontapés e que iriam chutar a manta branca macia no berço branco no quarto de bebê. Ela se inclinaria e faria cócegas nos pés e, depois, enrolaria a manta em torno do minúsculo corpo...

Não! Jolene enrolaria a manta. Jolene faria cócegas nos pés. Hannah esforçava-se para pensar em outra coisa. Não havia nada a ganhar com estes sonhos diurnos.

Andou sem rumo em volta da casa. A caminhonete de Jolene não estava na garagem. Não havia ninguém. Subiu a escada, pegou um suéter na cômoda e colocou-o nos ombros. Quinze minutos depois, estava no banco detrás da Nossa Senhora da Luz Perpétua.

Poucas pessoas, a maioria mulheres idosas, já estavam lá sentadas perto do confessionário, onde desapareciam, uma por uma, e apareciam mais tarde e ajoelhavam-se no genuflexório diante do altar, e rezavam silenciosamente "A Nossa Senhora" como o padre lhe prescrevera como penitência.

Mas não ficavam ajoelhadas por muito tempo; portanto, seus pecados não deviam ser muito graves, Hannah concluiu. Não tão sério como o que lhe obcecava.

E pensar em um pecado era quase tão nocivo como cometê-lo. As freiras haviam lhe ensinado isso na escola dominical.

Viu a última mulher sair do confessionário e ajoelhar-se diante do altar. Padre Jimmy sairia do compartimento em seguida. Porém, não foi padre Jimmy quem apareceu. Um padre mais velho de cerca de 60 anos, corpulento, com uma pele rosada e um cabelo prateado rebelde saiu do confessionário. Parou para falar rapidamente com um dos paroquianos.

Dissimulando seu desapontamento, Hannah caminhou em sua direção e esperou calada que ele acabasse a conversa e dirigisse sua atenção para ela. De perto, seu semblante parecia autoritário, suas feições marcadas davam-lhe uma impressão de rigor e força. As sobrancelhas espessas também eram prateadas, o que realçava os olhos escuros.

— Desculpe. Padre Jimmy está aqui hoje?

— Para confessar?

— Não, só queria falar com ele.

— Creio que está na reitoria. Posso ajudá-la? — Sua voz vigorosa e sonora parecia ecoar dentro dele.

— Não, não. Não quero incomodá-lo. Voltarei outro dia.

— Não o incomodará. Esse é o trabalho dele. Por que não vem comigo, sra...?

Hannah ficou um momento confusa, até perceber que ele vira a aliança de casamento.

— Manning. Hannah Manning.

— Prazer em conhecê-la, sra. Manning. Você é recém-chegada aqui, não é? Sou monsenhor Gallagher.

A reitoria, uma construção de dois andares com venezianas brancas e um grande pórtico frontal condizia com o resto da vizinhança, apesar de menos grandiosa. Monsenhor Gallagher levou Hannah para a sala de espera. O mobiliário era antiquado, mas a sala era impecável e a madeira polida brilhava. A ausência de objetos de adorno e de outros sinais de moradia diária indicavam que era reservada para ocasiões formais. Uma governanta com cabelos grisalhos apareceu e perguntou a Hannah se queria uma taça de chá. Diante da resposta negativa, voltou para a cozinha.

Monsenhor Gallagher disse:

— Sente-se, sra. Manning, vou chamar padre James. Ou padre Jimmy, como a senhora o chama. Como todos, parece. — No meio da escada parou e acrescentou: — Espero vê-la com freqüência no futuro. Naturalmente, o convite estende-se ao seu marido, se ele quiser.

— Obrigada, eu lhe direi — disse Hannah, enrubescendo um pouco.

Padre Jimmy pareceu surpreso, mas contente de ver Hannah quando, minutos mais tarde, entrou na sala de espera.

— Como vai você? Está tudo bem?

— Muito bem. Só perguntei ao monsenhor se você estava na igreja e antes que eu percebesse ele me trouxe aqui.

— Ele gosta de ser obsequioso. É uma boa qualidade para quem se incumbe de uma paróquia.

— Não quero ocupá-lo muito com este assunto. Apenas gostaria de conversar. Estou interrompendo alguma coisa?

— Não, estava navegando na Internet. Podemos conversar do lado de fora, se você quiser. O dia está bonito.

Uma frente fria vinda do norte protelara o calor habitual em Massachusetts no final de agosto e os gramados que há muito tempo teriam ficado amarelados pelo sol, permaneciam verdes e viçosos. Entre a reitoria e a igreja um bordo sombreava um banco de pedra. Hannah sentou-se em uma extremidade, o padre em outra, como se tivessem obedecendo a uma regra implícita de proximidade aceitável de um padre e uma paroquiana, sobretudo se esta fosse jovem e atraente.

— Tenho tido alguns pensamentos perturbadores, é tudo — disse Hannah. — Pensei que poderia ajudar se os discutisse com alguém.

O padre esperou que ela continuasse.

— Pensamentos que não deveria estar tendo. Pensamentos errados.

— Então você está certa em querer falar sobre eles.

— O problema é que eu prometi que não o faria. Não quero quebrar essa promessa. É tão complicado. Sou uma pessoa horrível.

— Não acho. — Ele ficou surpreso com a súbita expressão atônita de Hannah. — Está preocupada em trair a confiança de alguém?

— Mais ou menos isso.

— Algo relativo a essa confiança está lhe causando angústia?

— Sim — disse. A apreensão em divulgar os detalhes era evidente em sua testa franzida. Ele notou como tinha pouca experiência para lidar com pessoas de sua idade. Mulheres mais velhas ou crianças pequenas procuravam-no para a absolvição, porém a diferença de idade o tornava menos autoconsciente de seu papel, e os pecados delas eram invariavelmente triviais. Hannah Manning pertencia à sua geração. Sentiu de modo intenso sua inabilidade.

— Se quiser falar comigo como se fosse uma confissão, manterei segredo — sugeriu. — Estou preso a ordens sagradas para não revelar nada que você disser. Assim, não estaria traindo ninguém. Talvez desse modo eu pudesse ajudá-la a encontrar... a paz que você merece.

As palavras soaram excessivamente formais mesmo para ele, quase pomposas. Queria expressá-las, mas percebeu que deveria falar de modo mais simples — do fundo do coração e não do intelecto.

Hannah viu os sinais de perplexidade em seu rosto bonito e franco.

— Precisamos entrar na igreja?

— Não, podemos permanecer aqui.

— Mas pensei...

— A confissão concede anonimato às pessoas, é tudo. Cabe a você decidir o local.

— Preferiria continuar aqui.

— Voltarei logo então.

Entrou na igreja e retornou com uma estola violeta e a pôs em torno do pescoço, quando se sentou no banco. Desviando-se do olhar de Hannah, fez o sinal-da-cruz e a abençoou.

— Em nome do Pai, do Filho e do Espírito Santo, amém.

A resposta, registrada na mente de Hannah desde a infância, veio automaticamente.

— Perdoe-me, padre, porque eu pequei. Minha última confissão foi há muito tempo. Estes são meus pecados. — Hesitou. — Eu... quero algo que não me pertence.

— E o que é isso?

— Este bebê. Quero ficar com esse bebê.

Padre Jimmy esforçou-se para conter sua surpresa. Por que não ficaria com o bebê? Estaria doente? O bebê estava de alguma forma exposto ao perigo? Ninguém o procurara antes para falar de aborto.

— Alguém está dizendo para não mantê-lo?

— Ele não me pertence. Não é meu.

— Sinto muito. Não compreendo.

— O bebê é da mulher que lhe apresentei, a sra. Whitfield, sou uma mãe de aluguel. Estou tendo o bebê para ela e seu marido.

— E quanto ao seu marido?

Hannah abaixou a cabeça.

— Não sou casada. Eles me deram esse anel para usar.

— Entendo. — Mas ele não compreendia. Que deveria falar agora? Qual era a posição da Igreja no tocante a mães de aluguel? Não tinha qualquer indício. Em silêncio, rezou pedindo inspiração, uma resposta que não o fizesse parecer tão despreparado.

— Quando esses... sentimentos começaram?

— Há umas duas semanas. Não sei como explicá-los. Sinto essa pessoa crescer dentro de mim. Sinto os batimentos do seu coração. Ouço seus pensamentos. Gostaria que ele fosse meu, mas não tenho o direito. Os Whitfield tentaram tanto tempo ter um filho e ficariam arrasados se eu o mantivesse. Isso foi o que a sra. Greene disse. Prepararam o quarto de bebê há meses.

— Quem é a sra. Greene?

— A mulher que arranjou tudo isso. Ela tem uma agência, a agência que eu procurei.

— Você conversou com ela?

— Ainda não. Em uma das entrevistas, ela me perguntou se eu tinha certeza do que estava fazendo, pois não queria infligir mais dor aos seus clientes. Já haviam sofrido o suficiente, ela disse.

Ele tentou imaginar a situação, os participantes, os estranhos laços que os uniam. Lembrou-se da história da Bíblia sobre o rei Salomão, que decidira qual das duas mulheres era a mãe verdadeira da criança que ambas alegavam ser delas. Não parecia aplicar-se aqui.

No silêncio, ele ouviu o ruído áspero dos skates de dois garotos na calçada, a caminho da cidade.

— Você está sendo paga por isso?

— Sim — murmurou Hannah. — Creio que acha isso errado também.

— Não. Eu acho, bem, acho que seus sentimentos são muito naturais. Seria muito estranho se você não os tivesse.

— Eu amo esse bebê. De verdade.

— Tanto quanto você deve, Hannah. — "Simples, seja cauteloso. Direto", preveniu-se ele. Era preciso dizer a ela o que de fato pensava. —

Em todos os momentos nos quais carregar essa criança, você deve amá-la, deixá-la saber que o mundo em que está entrando é um lugar feliz. Essa é a parte do seu trabalho. Parte do meu também. Do trabalho de todos. Ninguém possui as crianças de Deus. Os pais precisam deixar seus filhos crescerem, saírem de casa e tornarem-se adultos. Mas eles sempre vão amá-los. Apenas por que você terá de renunciar a esse bebê, não significa que deixará de amá-lo.

— Não sei se conseguirei deixá-lo.

— Você vai conseguir, Hannah. A crise pela qual está passando deve ser comum às mães de aluguel. Creio que deveria aconselhar-se com a sra. Greene. Ela deve ter lidado com essa situação antes. Sente-se à vontade com ela?

Hannah fez um sinal com a cabeça.

— Ela é muito gentil. Tem um filho de uma mãe de aluguel.

— Então, ela deve compreender ambos os lados. Com certeza, não irá querer que você seja perversa. Vá procurá-la. Converse com ela. Ouça o que ela tem a dizer. Mas prometa-me que voltará a me ver.

— Virei. Obrigada, padre.

Padre Jimmy sentiu uma onda de alívio. Hannah parecia estar menos angustiada agora. Um pouco de sua suavidade transparecia em seu rosto. Se ele tivesse conseguido apaziguá-la, talvez não houvesse falhado de todo.

Acompanhou-a até a calçada e foi retribuído com um sorriso tímido. No entanto, durante a tarde inteira, refletiu se seu conselho fora apropriado ou se, na verdade, fora inútil.

CAPÍTULO 20

DEMOROU UMA SEMANA para Hannah ter coragem de fazer o que padre Jimmy sugerira. Esperou Jolene desaparecer em seu ateliê e submergir na tarefa de "curar" uma tela, pois assim não pararia o trabalho. Então, pôs a cabeça na porta e disse que iria de carro até Framingham Hall.

— Eu a acompanharia, mas estou ocupadíssima com o estuque de Paris.

— Não se preocupe. Você irá da próxima vez.

Hannah não teve dificuldade em encontrar a Revere Street nem o estacionamento. A área fervilhava de atividade — homens fazendo entregas com carrinhos de transporte, funcionários de escritórios no horário de almoço, e estudantes de uma das faculdades próximas. Ao subir os degraus da agência, esperou que não incomodaria a sra. Greene em um momento inoportuno. Não telefonara antes, por medo que a sra. Greene contasse a Jolene e esta fizesse um escarcéu. Parecia aconselhável deixar os Whitfield fora disso nesse meio-tempo. Uma boa conversa sincera com a sra. Greene provavelmente reverteria a situação, como padre Jimmy dissera.

Quando chegou ao andar, não viu o cartaz PIP e pensou se, devido à sua preocupação, não entrara no prédio errado. Olhou em volta. Não, lá estava a porta com a tela no vidro e as letras pintadas com o nome do escritório do advogado Gene Rosenblat. Então ela estava no lugar certo.

Porém, o cartaz PIP desaparecera. Notou diversos buracos de pregos no reboco. Presumindo que deveria ter caído girou a maçaneta da porta. Mas ela estava trancada. Bateu, bateu uma segunda vez mais forte esperando uma resposta. Silêncio total.

Confusa, começou a descer as escadas quando viu uma luz dentro do escritório do advogado. Cruzou o pavimento e a porta se abriu com um som de uma sineta de boas-vindas. Um homem gordo, com óculos de lentes tão grossas que pareciam ter sido feitas de fundo de garrafas, inclinava-se sobre uma gaveta de uma sala repleta.

Ergueu-se e piscou várias vezes.

— Sim, minha jovem. Em que posso ajudá-la?

— Estava procurando a senhora do outro lado do hall no Partners in Parenthood.

— Partners in Parenthood? Então era onde ficava o PIP. Ora bem! Pretendia ir lá, me apresentar. — Empurrou a gaveta de metal que fechou com um estalido.

— Por acaso o senhor a viu sair para almoçar?

— Almoçar? — Seus olhos aumentados pelas lentes pareciam cata-ventos. — Talvez uma ou duas vezes na última primavera.

— O senhor não a viu sair hoje?

— Bem, teria sido muito difícil, já que o escritório fechou há algum tempo.

— Fechou?

— Sim, sempre pensava em ir lá e me apresentar, pois éramos vizinhos, conversar um pouco. Antes que percebesse, haviam partido. Mudaram-se com armas e bagagens.

— Quando foi isso?

— Deixe-me pensar. — Mergulhou em profunda concentração. — Fiquei fora do escritório durante uma semana em razão de uma gripe. Creio que o cartaz fora retirado quando voltei. Não, espere. Foi quando minha irmã veio me visitar. É isso. Ela veio aqui em meados da primavera. Assim, imagino que o lugar fechou — você acreditaria nisso? — há mais de quatro meses.

CAPÍTULO

21

NA GARAGEM DO ESTACIONAMENTO, Hannah colocou uma moeda de 25 centavos no telefone público e discou o número do Partners in Parenthood. O telefone tocou quatro vezes e depois se ouviu um clique em que uma voz gravada dizia que o número estava desativado.

Tentou lembrar-se quando tivera o último contato com sra. Greene. Há uma semana, uma mulher telefonara para casa em East Acton. Hannah não falara com ela, mas depois que Jolene desligou o telefone disse: "Letitia lhe mandou lembranças." E no primeiro dia de cada mês, Hannah recebia seu cheque do Partners in Parenthood, no qual a sra. Greene sempre acrescentava um bilhete pessoal.

No entanto, quando a vira?

Fora há algum tempo.

Pensou se os Whitfield sabiam que o escritório PIP fechara. Se sabiam, nunca mencionaram para ela.

Caminhou até o Public Gardens e olhou os pedalinhos. Muitos universitários estavam deitados na grama para apanhar os últimos raios de sol. Hannah encontrou um banco livre e tentou acalmar-se.

Porém, os pensamentos preocupantes continuavam. Primeiro, o dr. Johanson lhe escondera os resultados da ultra-sonografia e agora a sra. Greene desaparecera sem lhe avisar. Era como se Hannah houvesse sido relegada a um segundo plano — importante o suficiente para carregar um bebê, mas não importante o bastante para ser mantida informada de acontecimentos significativos. Estavam excluindo-a. Pelo menos, era assim que se sentia.

Uma moça empurrando um carrinho passou diante dela. A criança estava vestida com um macacão amarelo e tinha um boné de sol amarelo amarrado em seu queixo, e dormia profundamente. As tranças do cabelo louro da moça estavam arrumadas em cima de sua cabeça como se fosse uma coroa. Deu um sorriso amistoso para Hannah. Parecia haver uma irmandade não-oficial de novas e futuras mães, criada para que todas compartilhassem seus medos e alegrias. Não era necessário uma comunicação falada entre os membros. Um olhar bastava para expressar: "Não é maravilhoso?" ou "Alguns dias tudo que você quer fazer é ficar grudada com o bebê".

Hannah ficou mais tempo nos Gardens do que previra. Quando entrou na estrada o trânsito de Boston estava caótico. O volume de carros só diminuiu no retorno para East Acton na Estrada 128.

Embora fosse tarde, Hannah parou no estacionamento da Nossa Senhora da Luz Perpétua e dirigiu-se para a reitoria. A governanta informou-lhe que padre Jimmy ausentara-se por alguns dias.

— Sua família tem um chalé em New Hampshire — disse.

— Ele estará de volta na segunda-feira?

— Não, querida. Estará de volta para celebrar a missa das 19h amanhã. Padres não se ausentam por muito tempo. Devo contar-lhe que você o procurou?

— Não se incomode — respondeu Hannah, pensando que era um final apropriado para um dia decepcionante.

As luzes estavam acesas na casa dos Whitfield e Marshall já chegara do trabalho.

— Bem, aí está a alegre andarilha — gritou Jolene da cozinha.

— Íamos começar a jantar. Espero que este pernil de carneiro não esteja seco como uma sola de sapato. Lave as mãos rápido, por favor. — Enfiou um garfo no pernil. — Marshall, isso parece sola de sapato para você?

Reuniram-se em volta da mesa e Jolene serviu carneiro, batatas e brócolis frescos.

— Então — disse ao passar o prato para Hannah —, o dia foi agradável?

— Sim. Estou só um pouco cansada.

— Você vai ter de começar a preservar sua energia. Uma coisa é ser jovem, mas outra é ser jovem e grávida. Como foi seu dia, Marshall?

— O mesmo de sempre. Nada de especial.

Hannah terminou de mastigar um pedaço de carneiro.

— Quase lhe fiz uma visita surpresa hoje.

— Em Boston? — O garfo de Marshall parou no ar.

— Pensei que você ia ao Framingham Mall — disse Jolene.

— Eu fui. Mas não achei o que queria. Como o tempo estava bom decidi ir a Boston.

— Em seu carro? Preocupo-me com você nesse carro velho. Marshall, diga-lhe para não dirigir esse calhambeque em distâncias longas. Você sabe que ele um dia vai pifar e que acontecerá com você? Parada no acostamento de uma estrada em algum lugar.

— O Nova está bem. Parece uma lata velha, mas nunca me deu qualquer problema.

— Mesmo assim, fico mais feliz de levá-la onde quiser. Disse isso centenas de vezes. Prefiro dirigir para você a me preocupar com seu paradeiro a cada momento do dia.

— Obrigada, Jolene.

Marshall parou de comer.

— Talvez você se sinta entediada em East Acton. Não a culpo. Pessoas jovens estão habituadas a uma vida mais animada. Tenho certeza de que Jolene e eu não somos muito divertidos para você.

— Não é verdade. Sou muito feliz aqui.

— Que bom. — Tocou seu braço com um gesto paternal.

Por um momento, os únicos sons na sala de jantar eram dos garfos e facas, do ruído áspero dos talheres na porcelana, da água sendo servida nos copos, e o barulho ocasional dos lábios de Marshall.

Hannah quebrou o silêncio.

— Quase fui vê-lo por uma razão. Fui ao escritório do Partners in Parenthood.

— Para quê? — perguntou Jolene.

— Não vejo a sra. Greene desde o início de minha gravidez. Porém, quando cheguei lá...

Marshall terminou a frase.

— O escritório fechou.

Sua resposta surpreendeu Hannah.

— Você sabia?

— Sim. Ela não está mais usando esse escritório. Trabalha em casa agora. Não é verdade, Jolene? A sra. Greene trabalha em casa.

— Agora que você mencionou isso, lembro que ela me falou algo a respeito.

— Acho que ela decidiu que o custo era muito alto — continuou Marshall. — Está certíssima, é claro. Os aluguéis em Boston são astronômicos. É um desperdício de muito dinheiro. Por isso, muitos desses serviços são feitos em casa. Provavelmente, foi uma decisão sensata dela. Pensei que havia lhe contado.

— Talvez. Posso ter esquecido.

— Bem, essa é a história. O aluguel era abusivo.

— Como o custo de qualquer coisa — interveio Jolene. — Quase não ouso contar a vocês o preço desse carneiro! Queria ver a sra. Greene por algum motivo específico?

— Não, era apenas uma visita. Já que estava lá...

Jolene levantou-se da cadeira e começou a retirar os pratos.

— Como foram as compras? Encontrou o que queria em Boston?

Hannah entregou seu prato para ela.

— Não, o dia foi desapontador.

CAPÍTULO 22

NA MANHÃ SEGUINTE, quando Hannah desceu para a cozinha, não havia sinal de Jolene ou Marshall, a não ser a louça suja do café-da-manhã na pia. Ficou contente de não precisar conversar banalidades. A rotina de mãe superprotetora de Jolene começara a oprimi-la e mesmo Marshall, o pragmático Marshall, a irritara a noite passada com a sua racionalidade.

Mal teve tempo de imaginar onde poderiam estar, quando vozes vindas do ateliê de Jolene lhe deram a resposta.

A minivan estava estacionada na porta do ateliê. Marshall e Jolene carregavam para o carro as pinturas da exposição de Jolene e havia uma grande discussão sobre a melhor maneira de realizar a tarefa.

— *Deslize* as telas, Marshall, não as jogue. Quantas vezes tenho de dizer isso?

— Você poderia acalmar-se? Eu as estou *deslizando.*

Hannah pensou que isso era um bom sinal para voltar ao seu quarto. Tudo o que não precisava nessa manhã era ocupar-se com a logística de transporte de obras de arte.

Durante a próxima hora, o movimento continuou no mesmo ritmo, as admoestações de Jolene "seja cuidadoso", "olhe aonde está indo" e "cuidado com a porta" multiplicavam-se a cada minuto. A mulher estava mais histérica do que nunca. Hannah tentou concentrar-se em um livro e quase teve êxito quando o grito mais alto que jamais ouvira a fez sentar-se ereta na cadeira.

— Marshall! Marshall! Venha aqui imediatamente. Oh, meu Deus. Oh, meu Deus!

Hannah correu para a janela do quarto esperando ver uma das telas de Jolene virada no cascalho ou espetada no galho de uma árvore, não que isso fizesse alguma diferença. Em vez disso, viu a mulher com as mãos e os joelhos no gramado, debruçada sobre um objeto pequeno demais para ser uma tela. Logo, Marshall estava ao seu lado.

— Olhe! Morto! Está *morto*! — Soluçando, Jolene sentou-se e envolveu a cintura do marido com os braços, permitindo que Hannah visse a fonte de seu desespero. Na grama diante dela jazia um pardal morto.

— Por que ele morreu, Marshall? — A mulher lamentava-se. — Por quê? Este lugar deveria ser um santuário.

— Está tudo bem, Jolene. Tudo morre mais cedo ou mais tarde.

— Mas não aqui. Nada poderia morrer aqui. — O tremor contínuo dos ombros de Jolene indicava que ela recusava-se a ser consolada.

— O que isso significa, Marshall?

— Não significa nada — insistiu. Ao levantar a mulher do chão, olhou para cima e viu Hannah na janela. — Venha beber uma xícara de chá — disse à esposa, que se deixou conduzir docilmente para a casa.

Antes de entrar na cozinha, ele acrescentou:

— Você está apenas nervosa com sua exposição. Não há nada de errado com isso. É normal. Tudo está perfeitamente normal.

Hannah sentiu que as palavras dirigiam-se mais a ela do que a Jolene.

CAPÍTULO

23

A GALERIA PRISM SITUAVA-SE NO SEGUNDO ANDAR de uma casa reformada em Newbury Street, em cima de uma loja chique de artigos de banho e produtos de beleza. Não havia elevador, mas um pôster colocado em um cavalete na entrada indicava a escada.

"Visões e Vistas"

Nova York de Jolene Whitfield
2 a 25 de Setembro

A abertura estava marcada para às 17h, porém, quando Hannah e Marshall chegaram um pouco antes (Jolene passara a tarde inteira na galeria revendo os últimos detalhes), várias pessoas já estavam lá, movendo-se barulhentas. Um barman servia vinho branco e refrigerantes em uma mesa lateral, enquanto um garçom circulava com uma bandeja de aperitivos.

Incerta como deveria se comportar, Hannah parou na porta. Ela classificava igrejas e museus — e por extensão, galerias de arte — na mesma categoria de lugares, onde as pessoas deveriam demonstrar seu respeito mantendo a voz baixa e uma atitude de reverência. No entanto, a exposição parecia mais um coquetel elegante com pessoas rindo e conversando em voz alta.

— Não fique intimidada — disse Marshall, sentindo seu nervosismo. — Todos aqui são amigos e patronos de Jolene. Os críticos chegarão mais tarde.

Hannah olhou rapidamente a multidão e viu o dr. Johanson entre os convidados. A mulher ao seu lado parecia familiar, mas só quando ela virou-se de lado Hannah percebeu que era a recepcionista do consultório, que trocara seu uniforme branco por um vestido preto, com um decote ousado na frente. Pelo menos, ela conhecia um casal essa noite.

— Vou dizer a Jolene que chegamos — disse Marshall. — Quer um refrigerante?

— Ainda não, obrigada — respondeu Hannah. — Vou olhar as pinturas antes. — Caso se mantivesse nas extremidades da sala, pensou, talvez ficasse menos exposta.

Mais de uma dezena de grandes telas penduravam-se nas paredes da galeria. Hannah as achou mais inquietantes nesse local do que no ateliê em Acton. Em Acton, ela as aceitava como um estranho lazer de Jolene. Contudo, aqui as pessoas as examinavam de perto, acenavam com ar de conhecedores e faziam comentários apreciativos. Portanto, obviamente elas tinham mérito.

Hannah aproximou-se de uma, que estava dividida em quatro sessões desiguais por uma grossa linha marrom de cima para baixo e, em cerca de um terço da altura, por uma segunda linha pintada da esquerda para direita. Uma incisão de 70 centímetros fora feita no centro da tela com uma faca sem fio. Jolene costurava a incisão com barbante, mas os pontos eram rudimentares e davam a impressão ao espectador que os dois lados iriam se romper. Isso, Hannah supôs, deve ser uma das "feridas" que Jolene infligia às telas e que lhe era tão penoso de curar.

Um material esponjoso dava textura à parte mais baixa da tela. Entretanto, o que mais intrigou Hannah foram os riscos. Jolene parecia ter deliberadamente jogado água marrom-avermelhada do topo da tela e deixado escorrer como filetes.

Hannah tentou lembrar-se do que Jolene lhe dissera uma vez — uma pintura significa o que você quer que ela signifique —, mas ela não tinha a menor idéia do que essa queria exprimir. Não era bonita. Não deveria ser agradável acordar de manhã e deparar-se com uma pintura como essa, pensou.

Aproximou-se para ler a etiqueta à direita, na expectativa de ter algum indício. "Renovação", dizia. Não ajudou nada.

Dirigiu-se para a próxima pintura identificada como "Catedral". Um homem musculoso com uma camiseta preta apertada e — sim, Hannah não estava imaginando coisas — o cabelo tingido de azul a estava examinando com um amigo, um homem magro, míope e com orelhas de abano, que parecia um contador. Os dois homens deram-lhe um olhar furtivo, e partiram deixando-a contemplar a tela sozinha.

Consistia em dois grandes fragmentos de vidro colorido, incrustados de espessos borrões de tinta preta. Hannah não viu nenhuma catedral, a menos que fosse alguma destruída por uma bomba ou um incêndio. Havia definitivamente um sentimento de violência no trabalho, como se Jolene estivesse descarregando toda sua agressividade na tela. Bem, Hannah já a vira trabalhar!

— Diga olá para Ivette.

A voz aguda vinha detrás dela. Hannah virou-se e viu uma mulher pequena e enrugada com um turbante violeta. Uma sacola de tapeçaria pendurava-se em seu ombro ossudo.

— Desculpe?

A mulher abriu a sacola e Hannah olhou para dentro. Em meio a borrifos de pêlos brancos e pretos havia uma minúscula Shih Tzuh.

— Em geral, ela grunhe para estranhos. Entretanto, insiste em conhecê-la.

Hannah fez um carinho na cachorrinha, que respondeu com uma lambida em sua mão.

— Está vendo? — trinou a mulher em êxtase. — Ivette reconheceu você imediatamente como uma pessoa muito especial. Não foi, amorzinho?

— Ela é muito amigável.

— Oh, nem sempre. No início, quase não falava comigo. Levou dois meses para sair da concha. E nunca deu atenção ao meu falecido marido, Deus abençoe sua alma. Gostaria de segurá-la?

— Está tudo bem. Não quero incomodá-la.

Olhou por cima do ombro da mulher, torcendo para que Marshall voltasse. A galeria estava repleta e o nível de decibéis aumentara proporcionalmente. Hannah viu Jolene no meio de uma multidão de admiradores e acenou para ela, mas antes que ela acenasse de volta, diversos novos admiradores a assediaram. Suas pinturas eram de fato um sucesso.

— Você não está incomodando Ivette de modo algum — insistiu a mulher de turbante. — Ao contrário. Se você segurá-la por um minuto, nós duas consideraríamos isso uma honra.

No momento em que começou a tirar a cachorrinha da sacola, uma mulher elegantemente vestida com brincos de pérolas surgiu diante dela e segurou as mãos de Hannah.

— Esperava encontrá-la aqui hoje! — Voltando-se para a mulher com o cachorro, Letitia Greene disse:

— Você se importa se eu a interromper?

— Bem, estava deixando-a...

— É que Hannah e eu não nos vemos há séculos! E temos tantas coisas para conversar! Vamos ver se encontramos um lugar tranqüilo, Hannah.

O cão voltou para dentro da sacola.

— Foi um prazer conhecê-la e a Evelyn... quero dizer, Ivette — falou Hannah sobre o ombro, enquanto Letitia a levava para os fundos da galeria e para uma sala de exposição menor, onde a multidão, no momento, era menos densa.

As pessoas afastaram-se sorridentes para deixá-las passar. Essa era uma vantagem de estar grávida, pelo menos, Hannah pensou. Nunca é preciso forçar a passagem. Um caminho abre-se automaticamente para você.

— Obrigada por me resgatar, Letitia.

— Devo isso a você — respondeu Letitia. — Quando Jolene me contou que você fora a Boston para me ver, me senti muito culpada. Lembrei-me como sinto falta de você. Tenho estado ocupadíssima. Oh, eu sei, eu sei. Não é desculpa. Nem estou pretendendo que seja. Deve-se guardar um tempo para aqueles a quem amamos.

Ainda segurando a mão de Hannah, ela deu um passo para trás e a olhou com uma expressão apreciadora.

— Meu Deus, o que temos aqui? A mulher grávida mais bonita que já vi! Você está absolutamente radiosa, Hannah!

— Obrigada. Depois que o enjôo passa...

Letitia Greene levantou uma das mãos.

— Não diga mais nada! Não há nada pior! Algumas das minhas clientes juraram que nunca mais tocariam em comida. Mas você está comendo, espero?

— Muitíssimo.

— Eu também. Infelizmente, não tenho sua desculpa. — Letitia revirou os olhos com uma exasperação zombeteira e riu. — A propósito, a exposição está maravilhosa! O trabalho de Jolene é fantástico.

— É... diferente, sem dúvida.

— Eles vão ser uns pais esplêndidos. Imagine! Um executivo como pai e uma artista como mãe. E uma mãe que não trabalha fora também. É sempre melhor para a criança ter uma mãe sempre presente. Esse foi o motivo pelo qual fechei o escritório em Revere Street. Quero dizer, pode-se muito bem trabalhar em casa.

Sacudiu os ombros, como se a conclusão fosse auto-evidente.

— Aquele escritório elegante era uma extravagância. "Você não é uma mulher de negócios", disse meu marido. "Apenas ajuda pessoas." E ele estava 100% certo. Os clientes não se importam em ir à minha casa. Na verdade, minha casa é a última coisa em que eles pensam. É o serviço que procuram. Querem uma família. Eu poderia morar em um trailer e isso não faria a menor diferença. Bem, viver e aprender. Falando em família...

Abriu a bolsa e mexeu nas fotografias, até achar a que queria.

— Você lembra do meu filho, Rickey. Esta é a última foto dele. No dia do seu aniversário de 8 anos.

— Ele vai ser um jovem bonito.

— Crescendo cada dia mais parecido com o pai! A melhor coisa é que estou em casa quando ele chega da escola. Se uma reunião demorar ou se eu tiver um compromisso de última hora, pouco importa. Já estou em casa. Oh, acho que as mulheres devem trabalhar. Algumas não têm escolha. Mas não temos de passar por toda essa confusão só para deixar o filho na creche, não é? As babás são eficientes, porém nada substitui uma mãe 24 horas. Como Jolene será. Ouça-me, sempre em cena... Como você está, Hannah?

— Cansada, algumas vezes. Mas basicamente bem.

— E os Whitfield?

— São muito atenciosos.

— Minha intuição dizia que vocês seriam uma combinação perfeita. Todos trabalhando para uma meta comum. São as crianças que importam. Havia alguma razão para que quisesse me ver, quando foi a Boston outro dia?

— Oh, nada importante. Eu estava lá e fui lhe dizer um alô.

Letitia Greene deu um enorme suspiro de alívio.

— Bem, alô. Alô para você agora. Por acaso, tive um pressentimento que você poderia estar aqui hoje e, então, trouxe seu cheque do mês de setembro. "Entrega especial para a srta. Hannah Manning." Você notará que está com o endereço antigo. Não tive ainda a oportunidade de imprimir os novos. Mas tenho a certeza de que o banco o honrará da mesma forma. Ainda não fali!

Deu outra risada sonora quando Hannah pôs o cheque no bolso.

— Essas pinturas! Vou lhe mostrar minha favorita. Chama-se "Arauto". É claro, que não tenho a menor idéia do significado do título, mas os tons de azul são divinos.

Segurando de novo a mão de Hannah, Letitia voltou para a outra sala. As pessoas educadamente davam um passo para trás, abrindo caminho mais uma vez, quando de repente uma moça saiu da multidão e bloqueou a passagem delas. Hannah a conhecia de algum lugar. Aí se lembrou. As tranças no alto da cabeça! Ela a vira no outro dia em Boston Common empurrando um carrinho de bebê.

— Olhe você! Apenas um olhar! — A moça deu um grito penetrante, com os olhos brilhando. — Posso?

— Desculpe, não entendi — disse Hannah.

— Você não se importa, não é? É só por um segundo. — Estendeu as mãos em direção ao ventre de Hannah, como se fosse acariciá-lo.

— Não agora — falou Jolene com rispidez. A moça ficou paralisada, as mãos no ar.

O que estava acontecendo esta noite? Hannah questionou-se. Todos a estavam tratando como se fosse um espécime raro. Isso era o que Jolene queria dizer em relação às liberdades que as pessoas assumem com mulheres grávidas. Até mesmo completos estranhos pareciam ter um interesse de proprietário por você.

Do outro lado da sala ouviu-se um tilintar de uma faca batendo em um copo. As conversas cessaram e uma voz falou:

— Silêncio, por favor. Gostaria de propor um brinde. — Era o dr. Johanson.

— Venha, Hannah. Precisamos ouvir isso. — Com destreza, Letitia conduziu as duas através da sala até chegarem ao lado do dr. Johanson.

— Creio que todas as pessoas concordam que esta noite é uma ocasião muito especial — disse, elevando a voz para atingir os fundos da galeria. — Toda essa beleza exposta para nós. É uma honra e um privilégio estar aqui. Portanto, peço que se unam a mim para agradecer à pessoa que nos proporcionou isso. Como dizem em meu país, "o pomar que é cuidado com mais carinho produz as frutas mais doces na época da colheita". É uma palavra correta em inglês, pomar?

O homem com o cabelo tingido de azul confirmou que sim.

— Bom! Então levantem seus copos, senhoras e senhores, como eu ergo o meu para brindar uma visionária notável e a guardiã do pomar, Jolene Whitfield.

— Você não está contente de estar aqui? — sussurrou Letitia Greene no ouvido de Hannah. — Momentos como esses não acontecem com freqüência ao longo da vida. Devemos acalentá-los.

— Quando fechou o escritório, Letitia?

— Desculpe?

— Seu escritório em Boston. Quando o fechou?

— De pronto, não consigo lembrar. Que dia é hoje?

— Dia 2.

— É claro. Logo chegará o outono. Então, ontem fez um mês.

— Um mês?

— Sim. Shhh. Jolene vai falar.

Com o rosto rubro de excitamento, Jolene parou diante da multidão, enquanto os aplausos e vivas irromperam explodindo como fogos de artifício.

— Não consigo exprimir o que tudo isso significa para mim — disse, quando o barulho cessou. Seus olhos brilhavam de emoção. — Tantos amigos. Tantos patronos! Tantas pessoas especiais para agradecer.

Impulsivamente, segurou a mão de Hannah.

— Estou de fato sem palavras.

Hannah teve a estranha impressão que embora fosse a grande noite de Jolene, todos os olhos estavam voltados para ela.

CAPÍTULO 24

Padre Jimmy levantou o cálice sobre sua cabeça, os olhos erguidos para o céu e, então, ajoelhou-se sobre uma perna diante do altar.

A missa nas noites de sábado na Nossa Senhora da Luz Perpétua tornara-se uma alternativa popular para as celebrações nas manhãs de domingo, que impediam que se dormisse até mais tarde. Além disso, após a missa havia uma reunião no porão onde ficava o hall social, as mulheres da paróquia traziam biscoitos e bolos, e as pessoas gostavam de se reunir em torno da poncheira.

Hannah sentou-se em seu lugar de hábito no último banco. As fileiras da frente estavam quase todas cheias, mas havia espaços vazios em volta dela. No domingo, os habitantes das casas milionárias compareciam à missa, porém nas noites de sábado a igreja pertencia àqueles que prestavam serviços à comunidade rica durante a semana — donos de lojas, entregadores, jardineiros e membros de suas famílias.

No momento da comunhão, a maioria levantava-se dos bancos e fazia uma fila na ala central caminhando em direção ao altar. Um sentimento vago de autoconsciência reteve Hannah em seu assento.

Contentava-se em olhar para o padre Jimmy. Ela ficara surpresa com sua extrema juventude no dia em que conversaram no jardim. Aqui, com suas vestes verdes, tinha um ar de segurança que ela não havia ainda percebido. Parecia dispensar a bênção pela primeira vez — o ritual tal como ele fazia ainda não era monótono em virtude das centenas de milhares de repetições, tinha frescor e espontaneidade com sua milagrosa promessa de salvação. A mensagem de aceitação incondicional brilhava em seus olhos.

Ela levantou-se e juntou-se à fila.

— O corpo de Cristo — entoou padre Jimmy quando pôs a hóstia sagrada na língua de Hannah.

Deixou-a dissolver devagar na boca, consciente do êxtase, da leveza, que concedia aos devotos e queria vivenciá-la.

— Amém — disse, abaixando os olhos.

E, na verdade, sentiu essa misteriosa leveza, apesar do peso adicional que carregava quando voltou para o banco detrás.

Depois do serviço, ela esperou até a igreja esvaziar, antes de descer para o porão e reunir-se aos demais, que já tinham feito uma investida significativa no lanche.

Uma mulher robusta vestida com uma saia e uma blusa de brim tocou em seu ombro.

— Não creio que já a tenha visto antes, sra... sra...?

— Manning. Hannah Manning.

— Bem-vinda, sra. Manning. Sou Jane Webster. Os Websters donos da Hardware. Esse é meu marido, Clyde.

Clyde Webster murmurou algo amigavelmente.

— Você se importa se eu perguntar? — A mulher continuou, com as sobrancelhas levantadas de expectativa. — Para quando é? O pequenino?

— Oh, dezembro.

— Que maravilha! Bem na época do Natal.

— Bem na época de uma dedução de impostos, você quer dizer — contrapôs o marido, um homem pragmático ou um aspirante a humorista.

— Sim, isso também, Clyde — disse Janet impaciente. — Você bebeu o ponche? Posso lhe fazer uma pequena sugestão? Não deixe de experimentar a torta de maçã temperada com canela da sra. Lutz.

Hannah falou que iria experimentá-la e dirigiu-se para a poncheira, passando com dificuldade entre as pessoas que, assim que percebiam seu estado, imediatamente davam um passo para trás para abrir caminho. Jolene estava certa sobre uma coisa: não havia segredos na cidade.

Alguns minutos mais tarde, padre Jimmy apareceu na porta. Ao ver Hannah do outro lado da sala, caminhou em sua direção o mais rápido possível, o que não foi nada rápido, porque todos tinham alguma coisa a lhe dizer quando ele passava e invariavelmente ele respondia.

— Ufa! — falou alto quando conseguiu liberar-se. — Estou contente de ver você aqui esta noite, Hannah. Espero que volte.

Hannah sabia que ele estava falando com ela como seu confessor, mas ruborizou-se de qualquer modo.

— Fiquei muito comovida com a missa — disse. — Você estava tão envolvido nela que eu quis também me envolver.

— A missa é sempre uma experiência muito pessoal para mim, porém agora que eu a celebro, tive de aprender a torná-la pública — disse. Contudo Hannah percebeu que ele gostara de sua observação.

— Você sempre quis ser padre?

— Desde que eu me lembro. — Olhou-a mais de perto, indeciso se ela estava conversando educadamente ou se, de fato, desejava mesmo saber. Decidiu que o interesse dela era genuíno. — Fui coroinha desde o segundo grau. Casamentos, funerais, batismos... encontrava qualquer pretexto para ir à igreja. Pensei que era algo apenas instintivo na época, no entanto, quando fiquei adulto constatei que não havia nada mais que eu gostaria de fazer e que nunca haveria.

— Eu o invejo. Saber o que quer fazer ao longo da vida. Gostaria de ter esse conhecimento. A propósito, obrigada por me ouvir aquele dia.

— Pensei muito no assunto desde então. Os fatos estão mais claros para você agora?

— Temo que esteja mais confusa do que nunca.

Nesse momento, a sra. Webster afastou-se da multidão. Em sua mão direita havia um prato de papel que ela exibia triunfante como se tivesse roubado ambrosia de ouro dos deuses.

— Olá, padre Jimmy aqui está o senhor — disse. — Não vou deixá-lo partir sem comer um pedaço de torta de maçã da sra. Lutz. É absolutamente divina.

Ele aceitou o prato com delicadeza, depois se voltou para Hannah.

— Talvez fosse melhor conversarmos em um lugar mais reservado.

A igreja estava escura, exceto pela luz de duas lâmpadas que lançava uma película branca sobre os bancos e fazia com que parecessem cobertos de gelo. Umas poucas velas votivas ainda estavam acesas. A reunião social no porão parecia um eco distante.

— Você viu a senhora da agência? — perguntou padre Jimmy.

— A sra. Greene? Sim, mas não consegui lhe contar meus pensamentos angustiantes.

— Por quê?

— Não soube como iniciar a conversa. Ela é muito gentil, amistosa e tudo o mais, porém... bem, não achei que poderia confiar nela.

Padre Jimmy esperou uma explicação mais elucidativa.

— Ela fechou o escritório em Boston e nunca me disse. Até mesmo mentiu em relação ao fato. Não que isso seja muito importante. É muito ocupada. Por isso, não quis que eu ficasse acompanhando seus movimentos... Você já se sentiu posto de lado, padre Jimmy?

— Algumas vezes. Todos nós sentimos.

— Acho que a sra. Greene e os Whitfield estão com esse cuidado excessivo comigo porque lhes sou útil. Assim que o bebê nascer, não se incomodarão mais. Vão mandar eu seguir meu caminho. Eu sei, faz parte do acordo, mas é tão estranho ter pessoas cuidando de você o tempo inteiro, mimando e protegendo, quando, na verdade, estão protegendo o bebê. É como se eu não tivesse nenhum significado. Sei que não poderia tocar nesse assunto com a sra. Greene, pois ela contaria aos Whitfield e, então, eles ficariam ainda mais atentos. Aliás, Jolene está cada vez mais nervosa.

— Talvez estejam percebendo seus sentimentos. Já pensou no contrato que fez com eles?

— Não verifiquei meus direitos legais. Vou fazê-lo.

— Quero dizer seu contrato moral. Deu sua palavra que os ajudaria. Em sã consciência poderia voltar atrás? Aos olhos de Deus, não precisaria de uma razão extremamente importante para fazer isso?

— Suponho que sim.

— Você me contou que esse casal não conseguiu gerar um filho. E agora Deus forneceu os meios para que eles o tivessem. E o meio é você, Hannah. Você e seus sentimentos fazem parte de um plano muito mais amplo. Como todos nós. É capaz de pensar dessa forma? Não está sendo posta de lado. Está sendo incluída em algo muito maior do que imagina.

Hannah sorveu as palavras.

— Como pode ser tão seguro de si mesmo, padre? Sempre me senti insegura em relação a tudo.

— Nesta igreja sinto-me seguro dos planos de Deus. No mundo externo, seria difícil para mim como é para você. Retornei há pouco tempo de alguns dias passados com minha família em New Hampshire. Meus pais têm um chalé lá e nos reunimos todos os anos na época da comemoração do Dia do Trabalho, desde que meus irmãos e eu éramos garotos. É uma tradição. Mas logo que chegamos lá meus pais começam a nos tratar como crianças de novo. É a Nossa Senhora que ensino aos jovens o tempo inteiro! Porém lá, meu pai grita comigo porque comi o último pote de manteiga de amendoim e não o substituí e não pensei nas demais pessoas em nenhum momento. E a pior parte é que começo a gritar de volta! Viro uma criança.

Riu de uma maneira infantil e Hannah riu também.

— O que quero dizer é que ninguém está certo de si mesmo o tempo todo. Ter essa criança lhe deu um propósito na vida. Contudo, você é jovem e saudável, Hannah, com uma longa vida diante de si. Um dia você terá seu bebê.

Uma voz profunda ressoou na igreja vazia e uma figura corpulenta surgiu das sombras.

— Ah, encontrei você! A sra. Forte disse que saíra com uma mulher jovem e bonita e pensei: "Meu Deus, mais um que perdemos."

Quando se aproximou da luz, monsenhor Gallagher tinha um sorriso forçado no rosto.

— Espero não estar interrompendo nada.

— Não — respondeu Hannah. — Já ia embora.

— Algumas pessoas no porão precisam de sua atenção, padre James. Você sabe como a sra. Quinn sente-se quando não experimentamos sua torta de pêssego. E creio que a sra. Lutz lhe roubou a cena esta noite com sua torta de maçã com canela.

— Espero ter ajudado — disse padre Jimmy para Hannah. Desculpando-se (e parecendo ligeiramente culpado, ela pensou), voltou para a reunião.

Monsenhor Gallagher ficou calado até ele desaparecer.

— Algumas vezes, penso que não somos mais padres. Nos transformamos em degustadores. O alimento espiritual foi substituído nesta paróquia por doces caseiros! No sábado passado, uma das senhoras trouxe uma sobremesa chamada Divindade Tripla de Chocolate! Ora, diga-me, quais são as implicações disso?

Sua segunda tentativa de falar frivolidades foi acompanhada por um ligeiro sorriso mais evidente.

— Vai se reunir a nós, sra. Manning?

— Tenho de voltar para casa.

— Compreendo. Seu marido não deve gostar que fique fora muito tempo.

O que esse homem estava pensando dela?

— Sim... bem, boa noite, monsenhor.

Vários carros ainda estavam no estacionamento. Hannah sentou-se no Nova e ficou pensando no que padre Jimmy dissera. Ele estava certo, é claro. Fizera uma promessa e agora tinha de cumpri-la. Afinal de contas, era uma incubadora. Não foi isso que ele dissera. Um meio para um fim. Uma parte de um plano maior.

Girou a chave na ignição. O motor deu um ligeiro clique e mais nada. Tentou de novo. Ainda nada. Verificou se o carro estava em ponto morto (estava) e olhou no painel se alguma luz vermelha acendera (nenhuma), e girou mais uma vez a chave na ignição. Dessa vez, nem um clique se ouviu. Estranho. Dirigira o carro sem problemas para a igreja.

Mas, sem dúvida, agora estava morto.

CAPÍTULO 25

Hannah e Jolene ficaram paradas no final no estacionamento da igreja na segunda-feira de manhã, enquanto Jack Wilson preparava-se para rebocar o Nova. Ao vê-lo prender dois grandes ganchos sob o pára-choque dianteiro e ajustar as grossas correntes que retiniram como na história de Scrooge e os fantasmas,* Hannah sentiu sua tristeza aumentar. O Nova era só uma grande peça de metal, mas lhe pertencia e viveram muitos momentos juntos. Quando seus tios a irritavam, era o Nova que a levava para longe deles, nem que fosse para ir ao shopping ou a um cinema. Fora responsável pela liberdade que tivera. E agora...

A voz de Jolene interrompeu seus pensamentos.

— Eu já havia dito que isso aconteceria. Será melhor para você ficar sem esse carro. Sem querer ser repetitiva, tenho o maior prazer de guiar para você a qualquer momento, por qualquer motivo. É só pedir.

Uma Cassandra cujos piores vaticínios se concretizaram, Jolene parecia alegre hoje.

Dr. Johanson não estava nada contente. Na visita de Hannah ao seu consultório que agora passara a ser semanal, ele manteve um ar preocupado durante todo o tempo do exame. Até mesmo seus galanteios exuberantes desapareceram.

— Sua pressão arterial está extremamente alta — disse em um certo momento. — Isso me preocupa. — Mas não explicou por que estava

*Os autores se referem a "A Christmas Carol", de Charles Dickens. (N. da E.)

com essa expressão sombria, que se agravou à medida que o exame prosseguia.

Em um dado instante, Hannah perguntou sem rodeios se alguma coisa estava errada e ele mencionou algo sobre o inchaço de suas mãos e pernas.

— Isso é sério?

— Não é um bom indício — foi tudo que disse.

Fez algumas observações na ficha de Hannah.

— Você mudou sua dieta?

— Não.

— Está comendo e bebendo as mesmas coisas, a mesma quantidade de antes. Pelo menos oito copos de água por dia?

— Sim.

— Dores de cabeça?

— Não tenho o que me queixar.

— Prisão de ventre?

— Não.

— Hummmm. — Dr. Johanson franziu a testa enquanto fazia outra anotação. — Vou colher sua urina hoje. Depois, você poderia, por favor, se vestir e encontrar-me no consultório.

Com um aceno brusco, dr. Johanson virou-se e saiu da sala de exames. A impessoalidade de sua partida deixou-a preocupada. Onde estavam os sorrisos encorajadores e as manifestações calorosas de segurança que ele sempre lhe dispensava? Tentou conter sua imaginação.

Bateu suavemente na porta do consultório e o médico mandou-a entrar. Estava sentado atrás da mesa, sua cabeça e seus ombros destacados pela luz da janela. Jolene ocupava uma das cadeiras diante dele. Parecia arrasada.

— Não há nada de errado, espero. Estou bem, não é? O bebê está bem?

Dr. Johanson esperou que Hannah se sentasse.

— Não há motivo para um alarme indevido. Tudo ficará bem, Hannah. Só precisamos tomar algumas precauções a partir de agora. Esse é o motivo por que quis que a sra. Whitfield estivesse presente. Estamos todos juntos, não?

Esfregou o queixo e olhou suas anotações.

— Você parece ter desenvolvido alguns sinais precoces de eclampsia. É uma palavra muito forte, eclampsia, e não quero intimidá-la. Significa apenas hipertensão arterial na gravidez. No entanto, devo adverti-la que o inchaço em seus pés e tornozelos não me agrada. A retenção excessiva de água não é um bom sintoma. Em especial, a pressão arterial é um mau sinal.

— Mas eu me sinto bem, de verdade.

— E quer continuar assim, não é?

— É claro.

— Por isso, precisa controlar a hipertensão.

— O que preciso fazer? — perguntou Hannah, subitamente nervosa.

— Ah! Essa é exatamente a questão. Muito pouco. O menos possível. A análise da urina nos ajudará a determinar a gravidade do problema. Até lá, repouso, repouso e mais repouso. Gostaria que a sra. Whitfield cuidasse para que você não se cansasse.

Jolene contorcia as mãos compulsivamente.

— Espero que minha exposição não tenha sido um estresse demasiado. Todas aquelas pessoas e o barulho. Se tiver provocado esse problema, jamais me perdoarei.

— Nenhum dano aconteceu até agora, sra. Whitfield. Percebemos a tempo. E vamos tomar nossas precauções. Isso é tudo.

— Eu não compreendo — disse Hannah, contagiada pela ansiedade de Jolene. — Minha amiga Teri trabalhou até o parto. Em ambas as vezes.

— Cada pessoa é diferente — respondeu dr. Johanson, sua voz mais austera do que antes. — Cada gravidez é diferente. Não quero assustá-la, mas me ouça. Não é uma brincadeira. A hipertensão significa um fluxo sanguíneo extremamente pequeno para o útero. Isso pode afetar o crescimento do bebê e ameaçar sua saúde. O parto prematuro é, às vezes, necessário. Parece muito difícil que eu lhe peça para diminuir seu ritmo por algum tempo?

— Quase não tenho feito nada.

— Isso é mais que suficiente para me convencer, doutor — disse Jolene. — Pode certeza de que Hannah não levantará um dedo.

Dr. Johanson fez um aceno de aprovação com um ar cansado.

— Isso seria muito aconselhável, sra. Whitfield, para todos que estão envolvidos. Você está me ouvindo, Hannah?

— Sim, senhor — disse, sentindo-se com 10 anos de idade.

— Então, não há nada de errado com seus ouvidos hoje, graças a Deus. — Hannah não conseguiu discernir se ele estava fazendo "uma piada" ou não.

Era tudo que a incisiva Jolene queria. O papel lhe caiu como uma luva agora que tivera a sanção oficial do dr. Johanson. Fazia suas tarefas de cozinheira, dona de casa e empregada com o maior entusiasmo, subia e descia a escada correndo com tanta freqüência que Hannah começou a se preocupar com a hipertensão dela. Servia o café-da-manhã de Hannah na cama, arrumava a cama depois que ela se levantava, recolhia suas roupas, as lavava, a levava para a cidade onde insistia em fazer todas as incumbências para ela, enquanto Hannah ficava na minivan.

Toda essa energia frenética que, em geral, ela direcionava para curar suas pinturas, agora estava canalizada em Hannah.

Quando Hannah se queixava que era tedioso não fazer nada, Jolene retrucava.

— Estamos cuidando de sua saúde! Isso não é nada? — Após uma semana, Hannah não se sentiu melhor, mas, também, não piorou. No exame seguinte, dr. Johanson disse que estava "um pouco mais otimista em relação à sua saúde", porém "isso não significa que você possa dançar".

O mais aborrecido na verdade era ficar deitada o dia inteiro cochilando, com os pés para cima, ou balançando-se sem cessar em uma cadeira de balanço para estimular a circulação nas pernas, e as noites tão maldormidas. Ao passo que antes acordava duas ou três vezes durante a noite, agora acordava de uma em uma hora.

Isso a deixava de mau humor quase todas as manhãs.

Não estava em uma cadeira de rodas, mas tinha uma enfermeira permanente, que a confinava no terceiro andar. Se isso continuasse assim, os Whitfield logo poriam uma corrente em seu pescoço! O humor de Hannah não melhorava durante o dia, porém teve a impressão que Jolene estava, pelo menos, fazendo um esforço para se manter mais afastada.

Na parte da tarde, sentava-se na sala ensolarada e tentava ler o novo romance que o bibliotecário recomendara. A história era sobre uma mulher cujo marido a maltratava, e que decidira fugir com o filho de 10 anos para recomeçar uma nova vida, com um nome diferente na Flórida. Mas a sala era quente e depois de 40 páginas, sentia uma espécie de letargia e cochilava. Fazia um esforço para se levantar e dar um passeio no jardim.

— Lembre-se, não vá muito longe agora — ouvia a voz de Jolene.

— Vou ver se consigo ir até o chafariz dos pássaros e retornar — respondia Hannah. Jolene não percebia o sarcasmo ou preferia ignorá-lo.

Tal como Hannah temera, dormiu muitíssimo mal esta noite. Deitou-se às 22h, mas acordou à meia-noite, depois à 1h, às 2h, regular como um relógio. Quanto mais se inquietava, mais difícil era adormecer. Às 3h, desistiu de conciliar o sono, acendeu o abajur da mesa-de-cabeceira e tentou distrair-se com o romance. Suas costas doíam, mas quando deitava de lado não conseguia ver as páginas muito bem e, então, mudou de posição e o livro caiu no chão.

Exasperada e totalmente acordada, levantou-se para apanhar um copo de água (embora soubesse muito bem as conseqüências disso), quando ouviu um movimento no andar de baixo e o que parecia vozes — uma voz, de qualquer forma — e passos descendo a escada. O barulho foi seguido pela batida da porta dos fundos e Hannah percebeu que alguém saíra.

Rapidamente apagou a luz do abajur e esgueirou-se para a janela.

O céu estava sem nuvens e a lua cheia iluminava o pátio com um brilho prateado. Os Whitfield tinham saído da casa. Marshall vestia um pijama listrado e um roupão de flanela, que mantinha aberto. Jolene nem se preocupara em vestir um roupão e sua camisola de seda branca parecia quase luminescente no luar. A impressão é que haviam sido acordados abruptamente por um barulho estranho no jardim e que procuravam a fonte.

Jolene andou na frente do marido, até chegar à metade do gramado, onde parou e ficou olhando para um ponto distante. Marshall a seguia a alguns passos atrás, mas parou no mesmo momento que ela. Ambos ficaram estáticos, como se esperassem alguém ou alguma coisa surgir do bosque de pinheiros no final do jardim. Contudo, nada apareceu. A noite estava silenciosa e as árvores pareciam estalactites à luz brilhante da lua. A água no chafariz tinha a espessura e a resplandecência do mercúrio.

Se os Whitfield estivessem voltados em sua direção, Hannah tinha a certeza de que poderia ver a expressão mais sutil de seus rostos, os olhos piscarem ou os lábios moverem-se. Mas estavam de costas, como transfigurados pelos galhos entrelaçados e prateados dos pinheiros. Alguns minutos se passaram sem que nada se movesse.

Então, Hannah viu os ombros de Jolene vergarem-se e as costas curvarem-se, como se um plugue na base de sua espinha tivesse sido removido e toda a tensão de seu corpo estivesse esvaindo-se. Virou-se e aproximou-se de Marshall. O intruso, caso houvesse, parecia ter partido. O mais silenciosamente possível, Hannah levantou o caixilho da janela. Um golpe de ar frio entrou pela janela com o som das vozes. Os Whitfield falavam apressados, mas concentrando-se Hannah conseguia ouvir algumas palavras.

— O que ela disse? — perguntou Marshall à mulher.

— Que haverá perigo — respondeu Jolene. Agora Hannah podia ver seu rosto com clareza. Ao luar parecia uma máscara lívida.

— Disse quando?

— Já está aqui. O mal tentando penetrar. Tentando atrair e engambelar. Será uma luta. Um combate que poderemos perder, se não formos cuidadosos.

— O que devemos fazer?

— Ser vigilantes. Ela disse para nos mantermos vigilantes. Mas estará ao nosso lado, quando for preciso. Ficará perto e nos dará força.

Marshall tirou o roupão e o colocou nos ombros da mulher.

— De que modo iremos reconhecer esse mal?

— Surgirá como uma espécie de ajuda. "Virá em meu nome", disse. Daqui. Virá de lá! — Jolene levantou o braço e apontou para Alcott Street em direção à cidade.

CAPÍTULO 26

QUANDO JOLENE SERVIU O CAFÉ-DA-MANHÃ no dia seguinte, Hannah perguntou-lhe com ar displicente se dormira bem.

— Como um bebê — respondeu Jolene. — Marshall diz que quando eu adormeço nem uma banda de rock consegue me acordar. — Parecia especialmente cheia de energia. Tinha os olhos penetrantes e o rosto corado. Nada indicava que estivera acordada às 3h perambulando de camisola e descalça.

Não importa o que tivesse acontecido, os Whitfield queriam manter em segredo. Em seu passeio diário até o chafariz dos pássaros, Hannah propositadamente ultrapassou o limite e caminhou até o bosque de pinheiros no final da propriedade. Mas não havia nada lá, a não ser pinhas e folhas no chão e uma pipa de uma criança espetada em um dos galhos mais altos.

Nas noites seguintes, quando se levantava para ir ao banheiro, como fazia com uma freqüência incômoda, andava silenciosa até a janela e olhava para fora. Porém o jardim estava sempre vazio. Por fim, sua curiosidade desvaneceu-se e os acontecimentos bizarros daquela noite passaram a preocupá-la menos do que sua rotina nos próximos dias, tediosos e iguais. Sob as ordens do médico ela estava cada vez mais gorda, lerda, aborrecida, preguiçosa e irritada!

Telefonou para Teri e lhe contou o destino do Nova e seu repouso forçado na cama. Teri imediatamente respondeu:

— Não diga mais nada. Vou visitá-la o mais cedo possível, querida.

Mas depois seus turnos no restaurante, a consulta ao dentista, uma festa de aniversário que os meninos tinham sido convidados e o jogo de pôquer de Nick protelaram sua visita para o início da semana.

— Porém, assim que eu deixar os meninos na escola de manhã na segunda-feira vou para aí. Aguarde a poeira do meu carro!

Em um pequeno gesto de rebelião, Hannah decidiu contar a visita de Teri a Jolene no próprio dia. De outro modo, ela insistiria em organizar um almoço ligeiro, que se converteria em uma megaprodução e Hannah não poderia ajudá-la nos preparativos porque seria muito cansativo. Mas teria de ouvir seus comentários incessantes, o que seria igualmente extenuante, embora Jolene não pensasse dessa forma. Não, Hannah refletiu, Jolene só saberia da ida de Teri quando ela chegasse. Nem um minuto mais cedo.

Na manhã de segunda-feira, o outono chegara e o frio intenso servia como um lembrete, para aqueles que prestam atenção a esses sinais, às tempestades de granizo que faziam parte do inverno da Nova Inglaterra. O céu, cinza-escuro e metálico, cobria a paisagem. Era um desses dias em que se tinha vontade de ficar na cama embaixo dos cobertores. A visita próxima de Teri seria um antídoto bem-vindo para esse tempo sombrio.

Em benefício da harmonia, Hannah pensou que não poderia adiar mais a notícia da ida de Teri, mas não encontrou Jolene em parte alguma da casa e, então, vestiu uma jaqueta e saiu para o jardim. As folhas da glicínia que cobria a treliça do caminho para a garagem estavam secas e quebradiças, e ela podia entrever o céu desencorajador. Assim que chegou ao ateliê, notou que a minivan não estava em seu lugar habitual.

Hannah encostou a testa na grande janela de vidro. A escuridão lá dentro dificultava a visão, mas o cavalete no meio da sala estava vazio. Os quadros de Jolene estavam no chão apoiados na parede. Hannah reconheceu um deles — a catedral bombardeada com os fragmentos de vidro colorido. Não deve ter sido vendido na exposição.

Jolene e Marshall comentaram durante dias o sucesso da noite — "a melhor que nunca" nas palavras de Jolene — mas julgando pela quantidade de quadros guardados, Hannah concluiu que eles haviam vendido muito pouco, ou talvez nada. Viu a grande tela com os filamentos de água vermelha amarronzada escorrendo nela. Como Jolene a chamou? "Renovação." Aparentemente, também não achara comprador.

Intrigada, Hannah girou a maçaneta da porta. Estava aberta. À direita da entrada, localizou o interruptor e ligou a luz. Em contraste flagrante com a casa bem-arrumada, o local de trabalho de Jolene parecia um monumento a um redemoinho. O chão estava coberto de pedaços de formas estranhas de couro e tecido de vela, capacho de borracha, feltro, cordas e folhas-de-flandres, todos os detritos deixados ao fazer suas obras. Alguém fizera um esforço insignificante para limpar toda essa confusão, porque uma grande lata de lixo de plástico diante da porta estava transbordando. Mas quem quer que fosse desistira e deixara a vassoura e a pá no chão com o lixo.

Hannah sentia a poeira e a fuligem entrando em suas narinas e penetrando nos poros de sua pele.

A desordem reinava também na bancada de trabalho de Jolene, onde recepientes de cola amontoavam-se com latas de tinta, vidros de óleo de linhaça e até mesmo uma lata de óleo lubrificante para motores. Os pincéis estavam mergulhados em jarras de vidro de terebintina, mas esta se evaporara e os pincéis agora se grudavam dentro das jarras. Acima da bancada, a parede tinha ganchos para prender os utensílios de Jolene, porém ela fazia pouco uso deles, preferindo deixar as ferramentas de cortar lâminas, os martelos, os alicates e os cinzéis jogados.

Na prateleira embaixo, a cabeça de um manequim atraiu a atenção de Hannah. Não tinha olhos nem boca, só um sulco para o nariz, e parecia mais com um ovo do que com uma pessoa. Abaixou-se para pegá-la quando de súbito ouviu a voz de Jolene. Virou-se para a porta, mas não havia ninguém lá. A voz ecoava da parede à sua direita. Não da parede, exatamente, mas atrás de uma pilha de farrapos e telas enroladas no canto da bancada de trabalho.

"... deixe uma na mensagem após o bipe."

Ela estava escutando uma secretária eletrônica.

"Bipe."

"Oi, mãe. É Warren. O que é isso, outro número novo? Você já ocupou uma página e meia do meu caderno de telefones. Quando você e Marshall vão parar com essa vida de nômades? Bem, não estou muito melhor. O Alasca é muito divertido, mas oito meses foram suficientes.

De qualquer forma, estou pensando em visitá-los nas férias. O que você acha? Telefone para mim e diga onde vocês estão agora. Tchau, mãe."

Hannah olhou incrédula para a parede. A voz estava abafada, porém ela estava certa de que ouvira dizer "Mãe". Duas vezes. Não podia julgar se era uma voz de um homem jovem ou mais velho. Jolene não podia ter um filho. Isso não fazia sentido.

O barulho de um carro no caminho de cascalho a sobressaltou uma segunda vez, agora por que se sentia parcialmente culpada, embora não tenha feito nada de errado, apenas olhara as pinturas. Mas mesmo assim, um instinto de autoproteção a advertiu que era melhor que Jolene não a encontrasse dentro do ateliê. Desligando a luz, Hannah saiu a tempo de ver o carro de Teri e, inclinada no volante, a boca aberta de surpresa, a própria Teri. O carro parou e a porta se abriu.

— Eiiiii! — a garçonete gritou ao ver Hannah. — Olhe para você! Está grande como uma casa! Quero dizer, linda como uma casa. Grande como essa bonita casa antiga. O que seja.

Teri abriu os braços, moveu-se em direção à amiga e a abraçou. Hannah havia esquecido como seu entusiasmo podia aquecer um quarto — e esquece um quarto, todo o ambiente externo — e como ela sentira falta disso. Nada mudara na amiga, exceto, talvez, as mechas de um vermelho vivo no cabelo.

— Então, este é o lugar — disse olhando ao redor. — Nada modesto. Você nunca me contou que estava vivendo como uma herdeira.

— É bastante agradável.

— Agradável! Acostumamos muito rápido ao luxo, não é? Isso não é apenas agradável, querida. É soo-berbo! Que história é essa sobre o repouso forçado na cama? Você disse que estava inchada como um baiacu. Mostre suas mãos e tornozelos. Eles me parecem normais.

— Creio que as cochiladas estão fazendo bem. Porém é muito tedioso não fazer nada o dia inteiro, sem levantar a mão.

— Minha querida, chegará o dia que você lamentará ter dito essas palavras. Vamos fazer um grande passeio?

— Por que não? — Mas Hannah pensou em Jolene que já devia estar chegando. — Que tal almoçar antes? Existem lugares muito charmosos na cidade. Mostrarei a casa e o jardim depois. Eu ocupo o terceiro andar.

— Um andar só para você. Olhe lá! Deixe-me contar o que tenho para mim. Metade de uma cama de casal. E arqueada.

Escolheram o restaurante Summer porque tinha uma imagem de uma cascata colorida de palhas de milho secas, variedades de abóboras na janela e toalhas brancas impecáveis nas mesas. O cardápio do lado de fora mostrava saladas de 12,95 dólares em diante e sopa de milho fresco por 7,95 dólares, o que era mais caro do que elas esperavam.

— Dane-se — disse Teri. — Só vivemos uma vez. Podemos muito bem morrer pobres.

Uns poucos minutos de conversa foram suficientes para restabelecer o antigo relacionamento. Teri demonstrou ser um manancial de fofocas e novidades. Os meninos continuavam "uns terrores, mas sempre meigos", uma contradição que ela ignorava sem problemas. Nick tivera um aumento salarial, mas estava na estrada quatro a cinco dias por semana. Nesta última semana, os Ritters apareceram no Blue Dawn Diner. Herb estava gripado e Ruth parecia o de sempre — louca — e eles conversaram um pouco.

Há apenas seis meses, Hannah refletiu, esse fora seu mundo. Agora parecia existir em outra dimensão, excluído da realidade como um vilarejo em miniatura dentro dessas bolas de vidro com flocos de neve rolando em espiral.

— Agora vem a melhor notícia de todas — anunciou Teri. — Está segurando a cadeira, meu amor? Bobby tem uma namorada! Você pode acreditar?

— Não, quem é?

— Uma puta qualquer de New Bedford. O pensamento de alguém dormindo ao lado daquele pedaço de carne é mais do que posso suportar.

— Como ela é?

— Gorda. Como ele. Acho que é uma vendedora em uma dessas lojas de varejo. Provavelmente, encontraram-se no Blimpies.

— Teri, isso é incrível!

— Vou lhe contar o mais extraordinário! Desde que conheceu essa baleia, está sempre de bom humor. Sorrisos de manhã até a noite. Não brigamos mais. Agora não tenho mais a quem descarregar minhas frustrações. Nick diz que era muito mais fácil de conviver comigo antes. Eu as consumia com Bobby o dia inteiro e quando chegava em casa, não sentia mais raiva de Nick. Agora sou um poço de tensão represada. Então esse cretino de cozinheiro apressadinho conseguiu minar meu casamento. Isso é sério, querida. Vou precisar de uma terapia.

As novidades de Hannah consistiam em boletins médicos que Teri achou normais, confortando a amiga que as oscilações de ânimo eram um padrão normal. Só quando Hannah mencionou o padre Jimmy, Teri ficou atenta, com os olhos contraídos pela atenção.

— Agora percebo tudo!

— O quê? — perguntou Hannah.

— Finalmente, você se apaixonou por alguém e, por acaso, inatingível.

— O que você quer dizer com inatingível? Ele é um padre!

— É bonito?

— Só falei que era um padre!

— Padres não podem ser bonitões?

— Francamente, Teri! Só conversamos umas poucas vezes. É um bom ouvinte.

— É mesmo? Gostaria de ter um espelho para mostrar seu rosto agora. Este rubor não se origina do bebê, minha doçura.

Hannah dissimulou seu constrangimento com um riso afetado.

— Você não mudou nada, Teri!

A campainha da porta do restaurante tocou abruptamente duas vezes. Hannah surpreendeu-se ao ver Jolene Whitfield na entrada.

— Aqui está você, Hannah. — A voz de Jolene soou mais alto que o barulho do restaurante, enquanto passava entre vários grupos que conversavam e comiam suas saladas Cobb. — Meus olhos não estavam me enganando. Vinha da Hardware dos Websters quando a vi pela janela. Supostamente, você não deveria estar descansando em casa?

— Olá, Jolene. Esta é Teri Zito, uma amiga antiga de Fall River. Teri me surpreendeu com uma visita hoje. Teri, esta é Jolene Whitfield.

— É um prazer conhecê-la. — Jolene exclamou. — Imagino que seja uma surpresa. Deveria nos ter prevenido antes. Hannah poderia tê-la convidado para almoçar em casa. Teria feito um almoço gostoso. Hannah não pode movimentar-se muito, são as recomendações do médico.

— Foi ... bem... uma idéia que tive de repente — disse Teri, olhando confusa para Hannah.

— Gostaria de se juntar a nós, Jolene?

— Não, tenho mais algumas coisas a fazer. E vocês duas devem ter milhares de coisas para conversar. Velhos tempos etc. Não quero me intrometer. Vou comprar algo na padaria antes de ir para casa. Depois que vocês acabarem o almoço, voltem para a casa e comeremos uma sobremesa juntas no terraço onde bate sol. Isso me dará uma oportunidade de conhecer... Teri?

— Sim, Teri Zito. Não quero incomodá-la, sra. Whitfield. — Procurou ajuda em Hannah, mas Jolene já decidira o programa.

— É impossível aceitar um "não" como resposta, Teri. É o mínimo que posso fazer. Afinal de contas, a casa de Hannah é sua casa. Eu me sentiria relapsa se não a recebesse. Não me faça sentir pior. Então, boa conversa. Eu as vejo daqui a pouco.

Sem esperar uma resposta, abriu apressada a porta, com um novo tilintar da sineta e desapareceu na calçada.

— É um tanto autoritária, não? — disse Teri depois que ela partiu. — Não acho que ficou muito contente em me ver.

— Eu não lhe contei que você vinha me visitar. Ficou surpresa. Queria você toda para mim hoje. Jolene tem boas intenções, mas tem mania de imiscuir-se em algo que não lhe diz respeito.

Teri observou com atenção a amiga.

— Está tudo bem?

— Sim. Jolene me deixa nervosa de vez em quando. Ela é estranha.

— Fale um pouco mais sobre seu comportamento.

— Isso, por exemplo. — Levantou a mão esquerda. — Ela e seu marido quiseram que eu usasse uma aliança de casamento em público, para que todos pensassem que eu era casada.

— Até quando você conseguir manter essa situação.

— Acho que em breve não poderei me mostrar em público.

— Por alguma razão?

— Eles são reservados. Bem, esta não é a palavra correta. São muito discretos. Algumas vezes, penso que os desconheço totalmente.

Contou a aparição deles no jardim de madrugada e como os dois ficaram parados à luz do luar durante minutos, e jamais mencionaram esse episódio depois. E nesta manhã, a voz na secretária eletrônica no ateliê de Jolene.

— O que há de estranho nisso?

— Eles me disseram que não tinham filhos. Que não podiam ter. Por isso, estou aqui fazendo esse papel!

— Você está certa de que essa pessoa falou "mãe"?

— Sim. — Hannah ficou nervosa diante do olhar de Teri. — Tenho certeza. Não sei agora. Estou confusa. Sinto-me desorientada o tempo todo. Alguns dias, penso que nunca deveria ter ouvido falar do Partners in Parenthood.

— Não fique aflita, meu bem. Você não está lidando com uma simples dor de ouvido. Seu corpo não lhe pertence mais. Está possuído por essa pequena pessoa dentro de você e o que está acontecendo é perturbador, angustiante e extremamente complicado. Nick diz que dirigir um caminhão de carga é um trabalho difícil. "Nick", digo, "ter uma criança é um trabalho penoso. Dirigir uma droga de um caminhão não é comparável."

Teri deixou Hannah assimilar sua argumentação e acrescentou:

— Vamos ver o que Jolene preparou para nós.

— Chama-se "Delícia de Ameixa e Uva-passa" — explicou Jolene ao servir o prato para Teri. — Pouca gordura, pouca caloria, caso queira acreditar no padeiro.

— Tem um gosto diferente — observou Teri educadamente.

— Vocês se conheceram no restaurante em Fall Rivers, não é isso?

Estavam sentadas à mesa redonda do terraço, onde Jolene pusera o chá e a espécie de torta que se parecia lastimavelmente a um bolo de carne. Hannah pensou que ela estava exagerando em seu papel de anfitriã, bombardeando Teri com perguntas e depois vibrando com as respostas que não tinham nenhum interesse para ela.

— O Blue Dawn Diner, o orgulho interestadual.

— Tenho certeza que sim. Não conheço restaurantes. — Jolene cortou outra fatia de bolo e serviu a Hannah. — Você vem aqui com freqüência?

— Não muito. Até Hannah mudar-se para cá, não conhecia ninguém na cidade.

— Bem, espero que volte. Sua visita rápida estimulou imensamente o ânimo de Hannah.

— Tentarei, mas com dois meninos na escola não é fácil sair.

— Dois? Santo Deus. Você deve ser muitíssimo bem organizada.

— Dou um jeito. Faço o melhor que posso. Eu os alimento, os educo, e não deixo se matarem. Mas logo você passará por tudo isso. É seu primeiro filho?

Jolene depositou a faca do bolo com cuidado e retirou algumas migalhas invisíveis dos dedos com um guardanapo.

— Sim. Meu primeiro e provavelmente o único. Você não imagina como estou emocionada. É um mundo totalmente novo para mim.

CAPÍTULO 27

HANNAH OUVIU OS PASSOS NA ESCADA, a leve batida na porta e, por fim, a voz de Jolene.

— Bom dia... Hannah?... Você está acordada, Hannah?

Ela ficou deitada imóvel na cama de dossel com os olhos fechados fingindo que dormia, caso Jolene abrisse a porta e entrasse no quarto. Ouviu mais uma batida, mas a porta permaneceu fechada. Então os passos mudaram de direção e o som diminuiu, à medida que Jolene descia para a cozinha.

Hannah sabia que logo estaria de volta. O café-da-manhã na cama era agora uma rotina firmemente estabelecida. O dia sempre começava com Jolene. Mesmo que Hannah acordasse cedo, parecia que Jolene levantava-se ainda mais cedo. O dia também terminava com Jolene (e algumas vezes com Marshall), olhando-a subir o segundo lance de escada para seu quarto, a fim de terem certeza, como dizia a piada noturna, que "chegasse sã e salva em casa". Como se alguém pudesse raptá-la entre o quinto e o sexto degrau!

Jolene controlava suas horas de acordar.

Hannah aninhou-se sob as cobertas, amassando-as para dar impressão que passara uma noite agitada, e esperou o retorno dos passos da mulher.

Como previsível, 45 minutos depois lá estavam eles acompanhados pela batida mais forte na porta.

— Hannah... Hora de acordar! — (A voz mais alta também.) — Desta vez, Jolene pôs a cabeça dentro do quarto. — Não quero acordá-la, mas são quase 10h. O café-da-manhã está ficando frio.

— Tudo bem, vou levantar. — Hannah deu um bocejo de tortura, os cantos dos olhos indicando (assim esperava) que só neste momento percebera a claridade do dia e isso a desorientava. — Não sinto nenhuma energia — disse, esticando os braços acima da cabeça.

— Veja como você se cansa rápido — declarou Jolene com ar autoritário. — Foi muito simpática a surpresa que sua amiga lhe fez ontem, mas penso que deveria nos avisar com antecedência da próxima vez, não acha? Assim, podemos planejar seu tempo e conservar suas forças. Ela sabia que por ordens médicas você tem de fazer repouso?

— Foi por isso que veio aqui.

— Oh! — Jolene ocupou-se com a bandeja do café. — Você conversa com ela com freqüência? Nunca notei. Estou sempre no ateliê... O suco de maçã está bom esta manhã?

— Sim, ótimo.

Ela deu a Hannah um copo gelado.

— Acho que todos devemos fazer um esforço especial para manter contato com os nossos antigos amigos. Marshall e eu não os vemos tanto como gostaríamos. Portanto, convide Teri para almoçar a qualquer momento que você quiser. Ou alguém mais. O único favor que peço é que no futuro você me dê 48 horas para eu verificar se a geladeira está abastecida e se as roupas sujas de Marshall não estão espalhadas pela casa.

Hannah nunca vira uma gravata em cima de uma cadeira, muito menos uma camisa ou uma meia no chão. A casa era compulsivamente limpa. O ateliê de Jolene é que era uma bagunça. Então qual era a Jolene real — a maníaca por limpeza parada diante dela agora ou a artista que parecia florescer no caos?

Obediente, comeu umas colheradas de mingau de aveia quente e depois colocou o pote na bandeja com um suspiro.

— Não está com fome? — perguntou Jolene.

— Você está provavelmente certa. O almoço na cidade com Teri me deixou exausta. Perdi o apetite... O que você vai fazer hoje, Jolene?

— Só umas pequenas tarefas. Vou comprar algumas coisas na mercearia e deixar os ternos de Marshall na lavanderia.

— Você se importaria de comprar xampu para mim?

— É claro que não.

— Obrigada. Eu queria o xampu de camomila da Avedo. Eles os vendem na Craig J's .

— Craig J's? — Hannah percebeu um tom reticente na voz de Jolene.

— O cabeleireiro. No Framingham Hall. Vou lhe dar dinheiro.

— Não é uma questão de dinheiro, Hannah. É que não pretendia dirigir até tão longe.

— Oh, então não se importe. — Virou de lado, dando as costas para Jolene.

— Bem, suponho que possa ir... Se for muito importante para você.

— Na verdade, é. Olhe meu cabelo? Eu o detesto. — Sentou-se abruptamente e puxou com força uma mecha. — Está ressecado e fraco. E estou ficando uma baleia gorda e feia.

— Não seja tola. Se você precisa do xampu, eu o comprarei. Com duas condições. Que você termine seu café-da-manhã e permaneça na cama até eu voltar.

— Obrigada, Jolene. Prometo. — Cobriu a boca com a mão e deu um novo bocejo. — Vou dormir agora mesmo.

Esperou até ouvir o barulho da ignição e o som das rodas da caminhonete de Jolene no caminho de cascalho, antes de se levantar e vestir sua roupa de sempre — umas calças com elástico na cintura e um suéter sem forma que pertenceu a Marshall. No banheiro, pegou um vidro pela metade de xampu Prell na prateleira da banheira e o escondeu embaixo da pia, esperando que Jolene não se desse o trabalho de checar. Nunca usara produtos Avedo em sua vida. Eram muito caros. Mas ela os vira na vitrine do Craig J's.

Escovou rapidamente os cabelos, desceu apressada a escada e saiu pela porta dos fundos.

Uma vez dentro do ateliê de Jolene, teve a sensação que as obras de arte a estavam olhando. Na realidade, não eram os rostos nas telas, mas, sim, os jatos de tintas que gotejavam e os cortes que pareciam gritar por ajuda. Jolene dissera que o observador lhes imprimia o significado. Não poderia ser nada de bom, pensou Hannah. Quanto mais olhava para elas, mais se tornavam desagradáveis.

Encaminhou-se diretamente para a bancada de trabalho, pôs de lado os rolos de telas e a pilha de farrapos. Encobriam um armário construído dentro da parede. Lá, encontrou um telefone sem fio e uma secretária eletrônica, como previra. Não ouvira o som do telefone ontem, só a voz de Jolene e a mensagem recebida. Verificou os botões ao lado do aparelho. A campainha fora desligada. Isso parecia um arranjo bem conveniente — aliás, todos eles.

Um pensamento cruzou sua mente. Pegou o telefone, ligou para a casa e assim que o número começou a tocar, foi para a porta do ateliê e ficou escutando. Ouvia-se da cozinha os toques da campainha, regulares e insistentes. Desligou o botão do telefone sem fio e a campainha da cozinha parou. Então, a linha telefônica do atelier era privada.

Perplexa, ela repôs o telefone no suporte e viu que a luz de mensagem da secretária eletrônica piscava. Hesitou um momento, antes de ativar o mecanismo de voltar a fita.

"Oi, mãe, é Warren..."

Mãe! Ela ouvira corretamente. Jolene e Marshall tinham um filho adulto. Hannah fechou a porta do armário e colocou as telas e as pinturas esfarrapadas de volta em seu lugar. Já estava saindo quando notou um arquivo de metal embaixo da bancada de trabalho de Jolene. Sua curiosidade aguçou-se e ela abriu a gaveta de cima. Como a maioria dos arquivos, continha uma série de documentos legais e papéis semi-oficiais. Diversas pastas destinavam-se a contas e recibos de vários fornecedores de material artístico. Jolene guardara alguns catálogos de exposições antigas e de vendas em leilões. Um material bem previsível para um artista.

A última gaveta estava cheia de brochuras sobre molduras, catálogos de cores e amostras de tintas. A espessura de uma pasta com o nome "viagem" testemunhava o gosto dos Whitfield pelas viagens ao redor do mundo. No fundo da gaveta encontrou dois arquivos com divisórias sem anotação. O primeiro parecia ser o repositório de antigas fotografias, algumas ainda nos envelopes de revelação. Elas mostravam reuniões familiares, aniversários, churrascos — todos os tipos de eventos que as pessoas sentem-se impelidas a guardar como um registro para a posteridade e os esquecem uma semana depois.

Havia também fotos de antigas viagens. A mulher em muitas delas era, sem dúvida, uma Jolene mais jovem, vestida com uma jaqueta de couro elegante, carregando uma bolsa de palha colorida e já usando o batom vermelho que era sua marca registrada. Mas seu cabelo na época tinha uma bela cor acobreada que brilhava ao sol, levando Hannah à conclusão que agora o tingia de preto. A menos que o pintasse antes.

Ao lado dela estava um garoto magro, de cerca de 11 ou 12 anos, com o mesmo cabelo acobreado brilhante. Pareciam estar em um país estrangeiro. Ao fundo via-se uma catedral ornamentada. A flecha da torre de pedra era adornada com filigranas e circundada por flechas rendilhadas menores, fazendo com que o conjunto parecesse um bolo de noiva esmaecido. Diversas fotografias foram tiradas diante da catedral em uma praça espaçosa ladeada por prédios amarelados, telhados vermelhos e balcões de ferro fundido, que bem poderiam ter sido palácios alguma vez.

Havia outra foto do menino de pé na praça tomando um sorvete e sorrindo, seus lábios escuros por causa do chocolate. Hannah imaginou se era essa pessoa que se identificara como Warren na secretária eletrônica.

Mais tarde, Hannah se questionaria o que a fez permanecer no ateliê (uma forte intuição, uma premonição, uma das pinturas gritando por ajuda?) e o que a levou a examinar a última divisória do arquivo. Mas sentiu-se tonta, assim que viu o conteúdo.

Continha mais fotografias, desta vez tiradas com uma Polaroid, dezenas delas, porém nenhuma agradável como as outras que acabara de examinar. Essas fotografias eram aterrorizantes. Elas mostravam — bem, Hannah não soube dizer exatamente o que estava acontecendo, mas as manifestações de sadismo e violência eram evidentes. Olhou mais de perto.

Em uma delas um homem com um manto sobre a cabeça ou um saco de tecido parecia estar amarrado em algum lugar por uma corda. A foto fora tirada da cintura para cima e seu dorso estava nu. Os braços fortes estavam levantados, como se cada um deles tivesse sido puxado para cima e para o lado em direções opostas, e sua cabeça coberta pelo saco de tecido inclinava-se para o lado e apoiava-se no ombro direito. O sofrimento deveria ser indizível, se o homem ainda não tivesse morrido sufocado. Em fotos subseqüentes, o ângulo variava, contudo a posição distorcida do corpo permanecia a mesma. Eram fotografias policiais tiradas na cena do crime? Ou, pior, alguma forma horrenda de pornografia?

Toda a série de fotografias era similarmente patológica e perturbadora, e uma delas mostrava o corpo pendendo dos ombros de uma pessoa que aparentemente o estava levando embora. O corpo pendurava-se flácido e a cabeça estava virada para baixo ainda com o infernal saco de juta.

De vez em quando, a visão de Hannah enevoava-se como se seus olhos estivessem se recusando a registrar a evidência repulsiva diante dela, e precisava desviar o olhar para outra coisa, algo inconseqüente no ateliê como a lâmpada do teto ou as pernas do cavalete de Jolene, para conseguir focar de novo.

Havia fotografias de equipamentos estranhos, em especial o que parecia ser um torniquete preso na cabeça por espinhos nas têmporas. Fora testado na cabeça de um manequim, mas Hannah podia imaginar o sofrimento que esse instrumento infligiria em um ser humano. E o corpo voltou à cena, deitado no chão agora, destroçado, inerte, morto. Que terrível acontecimento, que encontro aterrorizante, fora registrado pelo fotógrafo?

As fotografias remanescentes na divisória do arquivo não forneceram respostas. Eram quase todas abstratas, meros borrões, sinuosidades e gotas que se assemelhavam mais às telas de Jolene. Se fossem *close-ups*, o tema era indistinguível. Provavelmente, pensou Hannah, foram fotos malsucedidas. A câmera não fora focalizada de modo apropriado ou o fotógrafo mexera-se no momento de bater a foto. Imaginou que tipo de pessoa tiraria fotografias como essas. Ou, as guardaria.

Perdeu a noção do tempo que ficara sentada lá, pensando em uma história, um conjunto inteligível de circunstâncias que elucidaria essa descoberta. Mas o desafio era muito grande para sua imaginação. Nada lhe ocorreu. Juntou as fotografias, sem perceber que uma escorregara do seu colo e caíra no chão, e tentou apagar os pensamentos angustiantes de sua mente.

De súbito, sentiu um golpe agudo no ventre, depois outro e o terror apossou-se dela, até que percebeu que era apenas o bebê chutando.

Agora, chutava mais forte e com mais freqüência. Pôs as mãos no abdome. Em geral, esses pequenos golpes dentro de seu ventre a faziam se sentir muito feliz. Hoje os chutes ocasionais dessa minúscula criatura pareciam agourentos, como se tivessem comunicando um sinal de advertência em algum código Morse primal, prevenindo-a com cada chute agudo e rápido que tomasse cuidado.

CAPÍTULO 28

— ELES SÃO UNS MENTIROSOS. Não vou lhes dar esse bebê. Mentiram para mim. — Hannah caminhava na sala de recepção da reitoria, furiosa, enquanto padre Jimmy escutava seu desabafo, sentindo-se um pouco incapaz de ajudar, embora tentasse disfarçar essa impotência de seu rosto. Hannah Manning parecera totalmente normal quando tocou a campainha da reitoria há alguns minutos e perguntara se poderia conversar com ele rapidamente. Com um tom de desculpas, disse que não tomaria muito seu tempo.

Mas à medida que começou a falar, ficou cada vez mais perturbada. O problema — e ele não estava certo se o compreendera bem — era que Hannah agora se sentia ameaçada pelas pessoas com quem morava, os Whitfield. Ou para ser mais preciso, sentia que seu bebê estava ameaçado. É óbvio, no entanto, que não era seu bebê. Fizera um contrato — legal, presumia — para carregar o bebê para eles.

Agora que queria ficar com bebê, pretendia mover uma ação judicial contra os Whitfield. Mas a evidência, pensou o padre, era tênue. A agência de adoção mudara de endereço sem informá-la. A sra. Whitfield dissera-lhe que não podia ter filhos, porém Hannah estava convencida que tinha um filho adulto — uma conclusão tirada de uma mensagem deixada em uma secretária eletrônica —, nada mais que isso. Havia também o passeio dos Whitfield no jardim no meio da noite, o que era estranho, sem dúvida, mas não incriminador. As pessoas que gostam de seus jardins apreciam vê-los em diferentes momentos do dia, sob luzes diversas. Até sob a luz do luar.

O que padre Jimmy tinha dificuldade de desconsiderar era o estado emocional de Hannah. Perdera grande parte de sua compostura desde o verão e ficara mais nervosa e irrequieta. Estava contente que ela tivesse voltado a freqüentar a igreja e a se confessar regularmente, porém o entristecia ser incapaz de lhe proporcionar todo o conforto que precisava. Seu conselho para ser franca e sincera com os Whitfield e a senhora da agência a fizera ficar ainda mais desconfiada.

Sabia que a gravidez era um período de turbulência na vida de uma mulher. Ainda assim, relutava em concluir que eram apenas seus hormônios que provocavam sua perturbação. Alguma coisa estava errada e o pior é que ele não sabia como repará-la.

— Você pensa que isso é fruto da minha imaginação, não é — disse Hannah.

— Não, Hannah. Tenho a certeza de que existem razões verdadeiras para que se sinta dessa forma. A maternidade reativou todas as memórias que você tinha de seus pais. Você me contou como se sentiu abandonada, após o acidente de carro. Talvez tenha medo, se entregar a criança aos Whitfield, de ter a sensação que a está abandonando.

— Você está dizendo que estou angustiada por causa de um acidente que aconteceu há sete anos?

— Não é isso que estou dizendo. — Suspirou fundo. — Só estou mencionando que seus sentimentos podem ser mais complicados do que pensa. Está sob um grande estado de tensão. E esse estresse provoca essa reação. Não se trata dos Whitfield. Você acha realmente que se eles fizeram um enorme esforço para ter uma família, iriam causar algum mal a você ou ao bebê? Pense como devem estar ansiosos.

— Você está do lado de quem?

— Não é o caso de tomar partido, Hannah. Só gostaria que você se sentisse mais em paz. — Segurou sua mão e a olhou com um ar sério para convencê-la de sua sinceridade.

— Sinto muito, padre. Você está certo. — Hannah abaixou a cabeça. — Posso lhe mostrar uma coisa?

— O quê?

Apanhou sua mochila e retirou um pacote de fotografias e o entregou a ele.

— Isso.

A primeira foto mostrava um menino com um sorvete de pé ao lado de um poste de luz. As outras fotografias tiradas com uma Polaroid eram menos inócuas. Ele as examinou rapidamente.

— Onde as encontrou? Quem são?

— Creio que o menino é o filho de Jolene Whitfield. Não sei quem são os outros. Encontrei-as em seu ateliê. Parece alguém sendo torturado. Por que ela teria essas fotos?

Padre Jimmy olhou-as de novo mais devagar, antes de formular cuidadosamente sua resposta.

— Você disse que ela é uma artista. Talvez isso se relacione às suas pinturas.

— Ela não pinta pessoas, padre. Pinta quadros estranhos e abstratos. Podem significar qualquer coisa, porém de nenhum modo pessoas...

— Bem, talvez sejam fotos de uma performance *avant-garde*, ou de um protesto. De súbito, não poderia lhe dizer. Há tanto material bizarro hoje em dia no mundo artístico. O National Endowment teve um problema terrível há pouco tempo em razão disso. Uma mulher besuntou seu corpo com calda de chocolate, não foi? Minha opinião é que as fotos provavelmente não significam o que parecem.

A explicação, notou, não a satisfez nem a ele. Compreendia com facilidade por que Hannah ficara abalada com essas imagens.

— Você poderia deixar essas fotos comigo? Assim, teria mais tempo para estudá-las? Vou ver o que posso fazer.

O estado de ânimo de Hannah mudou de imediato.

— Então você me ajudará? Oh, obrigada. Não há mais ninguém com quem eu possa falar. — Impetuosamente, abraçou o padre. O gesto o espantou, mas sem querer perturbá-la ainda mais, esperou que o abraço cedesse.

— É claro que vou ajudá-la. Essa é a razão por que estou aqui. É meu trabalho — disse, colocando suas mãos nos ombros dela e a afastando com gentileza. Esperou que Hannah não interpretasse o gesto como uma rejeição. Gostava de tê-la perto de si.

— Minha amiga Teri diz que mulheres grávidas têm o direito concedido por Deus de serem emotivas.

— Não estou certo de que isso esteja na Bíblia — respondeu.

— No entanto, é muito provável que Jesus tivesse concordado com ela.

Padre Jimmy não conseguiu dormir esta noite, pensando na jovem aflita e de como ela contava com ele para ajudá-la de alguma forma em sua vida. Pensou em conversar com o monsenhor Gallagher. Talvez essa situação estivesse além de sua capacidade. Não queria dar nenhum conselho que resultasse em uma decisão errada. Ainda acreditava que Hannah cumpriria seu compromisso, mas o importante é que *ela* pensasse assim. No final, qualquer decisão seria sua e ela sofreria suas conseqüências, boas ou más.

Contudo, não era apenas isso que o incomodava. Percebeu que estava desenvolvendo sentimentos fortes por essa jovem mulher, que não conseguia definir. Ela o atraía, embora estivesse seguro que a atração não era sexual. Já lidara com sensações sexuais antes, rezara para se libertar de sua tirania e suas preces foram atendidas. Valorizava profundamente o celibato. Nesse caso era diferente, esse impulso, essa ânsia de cuidar de Hannah. Gostaria de abraçá-la, confortá-la e lhe assegurar que não corria perigo.

De algum modo, ela sentira que deveria procurá-lo. E ele de alguma forma sentia que fora uma decisão correta, pois estavam destinados — não, destinados era uma palavra muito intensa — a se unirem de certa maneira elementar. O que ela precisava, ele precisava dar. Um completava o outro.

Sentou-se e acendeu o abajur da mesa-de-cabeceira. Sobre a mesa estavam as fotografias que ela deixara com ele. Folheou a pilha. Qualquer que fosse a explicação, elas eram perturbadoras. Um ser humano, privado de sua identidade, de sua capacidade de ver, falar ou ouvir. Os terroristas faziam isso com seus reféns para destruir sua força de vontade e reduzi-los a animais. Exceto... exceto... não conseguia identificá-las. As fotos tinham uma essência estéril. Na verdade, não pareciam reais.

E esse equipamento? A cabeça do manequim? O que tudo isso significava? Parecia ser um tipo de experimento laboratorial. Padre Jimmy olhou a foto do homem encapuzado com os braços levantados. Ele fazia parte também de um experimento? Em caso positivo, o que estava sendo testado? Força muscular? Resistência? Um medicamento?

As mãos do homem não estavam visíveis na fotografia, mas a tensão no braço e a forma pela qual sua cabeça caíra para um lado, indicavam que fora levado ao seu limite de resistência física. Era jovem? Velho? Possivelmente, mais novo do que velho em virtude da musculatura. Só seu rosto estava coberto.

Desconcertado, padre Jimmy pôs as fotografias na mesa e olhou para a parede diante dele. Estava vazia, salvo por um crucifixo de ébano, de 70 centímetros, feito por um artista anônimo de Salamanca. Seus olhos fixaram-se nele, forçando tirar de sua mente os pensamentos atordoantes. De repente, teve um sobressalto.

Ajustou a sombra do abajur para que a luz incidisse diretamente nas fotografias. Seus olhos não o desapontaram. A inclinação da cabeça era similar. Assim como o ângulo dos braços estendidos.

E a menos que estivesse totalmente errado, as outras fotos — a maneira pela qual o corpo fora carregado por uma segunda pessoa; o corpo deitado no chão — elucidava o resto da história.

O que fora fotografado pela câmera Polaroid era uma encenação da crucificação e seu resultado.

CAPÍTULO 29

HANNAH CONSEGUIU LER COM DIFICULDADE as letras minúsculas escritas no prédio no fundo da fotografia, acima do ombro esquerdo do menino tomando um sorvete.

Comparou-a com a foto de Jolene e do garoto — *era* seu filho? — em frente da catedral que parecia ser feita de cera desbotada. Essa poderia ter sido tirada em qualquer lugar. Catedrais não eram exatamente uma raridade no mundo. Mas a fotografia do menino com o sorvete era diferente.

Mostrava a praça diante da catedral sob outro ângulo e um dos prédios de pedra polida onde estavam escritas as palavras. Ela as copiou em um pedaço de papel,

`Oficina de Turismo de Astúrias`

olhou-as por um momento e pensou o que deveria fazer em seguida. Afinal de contas, eram só cinco palavras na entrada de um prédio antigo.

Porém, tinha de começar de alguma forma.

Olhou pela última vez a fotografia das figuras sorridentes defronte da catedral e passou-a por baixo da porta.

Na biblioteca de East Acton procurou direto a *Encyclopedia Americana*. Logo descobriu que Astúrias era uma província no Norte da

Espanha. Nas prateleiras, o bibliotecário mostrou onde os guias turísticos estavam guardados. Havia vários sobre a Espanha. Hannah procurou "Asturias" no índice de um dos mais grossos, foi para a página 167, como indicado, e piscou surpresa. Lá havia uma grande foto colorida da mesma catedral que ela vira há uma hora. Localizava-se em Oviedo, a capital cultural das Astúrias. A estrutura esmaecida com suas flechas rendilhadas, dizia a legenda, era um dos marcos mais famosos da cidade.

Hannah desceu apressada os degraus da biblioteca, ansiosa para compartilhar a informação com padre Jimmy, mas correr requeria muito esforço e depois de alguns passos ficou exausta. Ao parar para recuperar o fôlego, percebeu que estava correndo à toa.

Ou por muito pouco.

Jolene e Marshall (presumiu que Marshall tirara as fotos) estiveram na Espanha. E daí? Letitia Greene lhe contara com inveja no primeiro dia em que se encontraram, que eles viajaram por quase o mundo inteiro. E não havia nada de estranho em posar na frente de uma catedral antiga. Era o que os turistas sempre faziam ou pelo menos desde que a câmera fotográfica incorporou-se ao equipamento turístico. Paravam diante de uma igreja, uma estátua ou uma cachoeira, sorriam de modo mecânico, e suas fotografias eram tiradas. Era uma tentativa de imortalizar o momento, prova que eles, como Kilroy, haviam estado lá.

Mesmo o cartaz que Hannah preocupara-se tanto em decifrar converteu-se em desapontamento. A "Oficina de Turismo de Astúrias" era obviamente nada mais que uma agência de turismo local.

Diminuiu a velocidade do seu ritmo para um passeio tranqüilo. Não havia nada para contar a padre Jimmy que não pudesse esperar a reunião social no sábado à noite.

Monsenhor Gallagher olhou as fotos da Polaroid que padre Jimmy espalhou diante dele na mesa da cozinha na reitoria, olhou e suspirou silenciosamente. Padre Jimmy não lhe dera tempo de terminar seu almoço e ele teria de comentar este mistério.

Gostava do jovem, mas como a maioria dos jovens, a paciência não era seu forte. Isso viria com a idade — depois que celebrasse centenas de missas e ouvisse muitas confissões. Agora, estava ansioso por algo que o monsenhor Gallagher considerava apenas uma história fantástica e complicada.

Relacionava-se à jovem mulher grávida, que era nova na paróquia. Ela era, como o padre lhe explicara com demasiados detalhes, uma mãe de aluguel, que encontrara essas fotos em algum lugar, fotografias bem incomuns, como monsenhor Gallagher admitia. Porém, não podia aceitar a conclusão de padre Jimmy.

Uma crucificação em nossa época? Era um sem propósito.

Por um momento, o monsenhor sentiu-se velho e cansado. Falar o que precisava ser dito, de uma maneira sem fazer concessão nem parecer autoritário, era um ato difícil com os paroquianos. Com o homem que ele se considerava responsável, era ainda mais penoso. Valorizava a confiança e a sinceridade do jovem padre que o procurara para contar todos esses problemas e não queria pô-lo em risco com uma reflexão errônea.

Continuou a contemplar as estranhas fotos da Polaroid, consciente do par de olhos do outro lado da mesa.

— O que o senhor pensa? — perguntou padre Jimmy.

— Penso... que isso não nos concerne, James — disse, por fim. — Você não é um policial. É um padre. — Empurrou seu prato, pois perdera o apetite.

— Mas ela acredita que está realmente em perigo. Quer minha ajuda.

— É mesmo?

— Acha que o bebê está ameaçado.

— Percebo. — O monsenhor esfregou o queixo. — Penso que temos um problema mais grave que merece nossa atenção. É a sua relação com a sra. Manning.

Surpreso com a resposta que não esperava, padre Jimmy respondeu contrafeito:

— Ela não é casada, padre.

— E a aliança?

— É apenas para evitar perguntas.

O monsenhor levou um momento para digerir essa informação, o que aumentou ainda mais sua convicção que padre Jimmy percorria um caminho ainda mais perigoso do que o dessa mulher.

— Casada ou não, isso faz pouca diferença.

— Não compreendo.

O monsenhor levantou-se da mesa e colocou a mão no ombro do padre.

— Somos testados o tempo inteiro, James. Como servos do Senhor, somos testados todos os dias. E não há um teste maior do que uma mulher desejável. A sra. Manning, se na verdade for o caso, procurou-o para pedir ajuda. Por que não a atenderia? Ela é muito atraente. Parece confusa, vulnerável. Mas você não deve deixar-se impregnar pela confusão dela.

— Eu não penso...

— Ouça-me, James, não estou dizendo que essa moça seja má. Porém, ela é fraca e o diabo age por meio dos fracos. Sei que é uma idéia antiquada — o diabo conduzindo a humanidade à perdição. Ninguém acredita nisso mais. Portanto, talvez devemos falar de desejo. Desejo que pode assumir muitas formas e disfarces. Você refletiu se sua vontade de protegê-la pode estar mascarando outras intenções?

"Esse seu desejo de acreditar que ela é uma inocente em perigo impediu-o de constatar uma realidade muito mais excepcional — ela é uma jovem neurótica que parece profundamente arrependida da escolha que fez. Você tem um futuro auspicioso diante de si. Não deixe a moça estragá-lo.

Padre Jimmy ficou calado. O que podia dizer? Envergonhado, juntou as fotos da Polaroid.

O monsenhor estava certo. Sempre estava certo.

A reunião social no porão da igreja estava repleta. Mesmo o monsenhor comparecera. Acima do vozerio das conversas, Hannah ouviu a sra. Lutz apregoar as virtudes da torta Sunshine com uma cobertura especial de chocolate de amêndoas.

Padre Jimmy já estava rodeado por diversas senhoras tagarelas, então Hannah dirigiu-se para a mesa do ponche e deixou que Janet Webster da loja de ferragens lhe servisse um copo.

Conversou educadamente, respondeu as perguntas habituais dos curiosos para quando era o "pequenino" e confessou que ainda não escolhera um nome.

— Sempre achei que Grace é um nome bonito — disse um homem jovial que penteava os poucos fios de cabelo para o lado da cabeça careca, fazendo com que parecesse estar usando fones de ouvido. — Gloria também. Para uma menina, é claro.

Hannah conseguiu captar o olhar do padre Jimmy, mas a sra. Lutz o estava chamando em voz alta para que experimentasse sua torta Sunshine e ele olhou em outra direção. Não havia como atrair sua atenção agora. Conversaria com ele quando a multidão diminuísse.

Meia hora mais tarde, ela ainda o esperava.

— Sra. Manning? Que bom vê-la esta noite. — Era o monsenhor.

— Oh, como vai o senhor?

Houve uma pausa constrangedora.

— Penso que é meu dever monitorar essas sobremesas semanais e evitar qualquer nível elevado de açúcar — disse. A frivolidade não lhe era um dom espontâneo. — Você está bem? Você e o... — fez um gesto vago para seu ventre protuberante.

— Muito bem, obrigada.

— Nenhum problema?

— Nada.

— Isso é bom. — Começou a falar alguma coisa, mas mudou de idéia. — A gravidez deve ser uma época muito feliz na vida de uma mulher.

Finalmente, diversos paroquianos começaram a retirar os pratos da mesa de sobremesa, enquanto os demais subiam as escadas para partir. Só havia uns poucos retardatários, quando padre Jimmy procurou Hannah. Parecia mais reticente que nunca.

— Eu a vi conversando com o monsenhor.

— Sim.

— Sobre algo especial?

— Só uma conversa ligeira.

Enfiou a mão no bolso e retirou as fotos da Polaroid.

— Não tenho notícias encorajadoras para você, Hannah. Não consegui decifrá-las.

— Nada...

— Sinto muito, não.

— E a mensagem na secretária eletrônica? Do filho de Jolene?

— Se isso é importante para você, terá de lhe perguntar. Lembre-se Hannah, não é seu papel julgar os futuros pais dessa criança.

Estava agindo de forma estranha, evitando-a.

— Creio que está pensando que inventei tudo isso?

— Não, não é isso. Penso... que você se expôs a uma pressão demasiada e desnecessária.

Seu estado de espírito abateu-se rápido. Supostamente, ele era seu aliado.

— Nesse caso, desculpe por ter incomodado, padre.

— Você não me incomodou. É meu trabalho ajudar.

Encolheu os ombros desanimada e pegou as fotos da Polaroid.

— Acho que realmente não significam nada. Tudo o que pude descobrir foi que a fotografia de Jolene e do menino foi tirada em uma cidade na Espanha. Um lugar chamado Oviedo.

A conduta de padre Jimmy mudou instantaneamente. Seus olhos ficaram de súbito negros por um interesse renovado e os fixou no rosto dela. Hannah recuou diante da intensidade inesperada desse olhar.

— O que você disse?

— Oviedo — murmurou ela. — Por quê?

CAPÍTULO 30

UMA LUA CRESCENTE BRILHAVA alto no céu, quando Hannah e padre Jimmy cruzaram o jardim para a reitoria.

— Oviedo é famosa por sua catedral. O sudário é guardado lá — ele disse.

— O que é o sudário?

— Você vai ver. Agora a história começa a fazer sentido para mim.

O gabinete de estudo ficava no primeiro andar em direção oblíqua à cozinha onde antes fora uma grande despensa, na época em que quatro padres viveram na reitoria. Nas prateleiras, onde eram guardadas as provisões, havia livros de referência, tratados filosóficos e estranhamente um romance aprovado pelas autoridades. No canto via-se um globo mundial ultrapassado que ainda mostrava a África pertencendo aos poderes coloniais. Uma mesa comprida de pinho em frente à janela servia de escrivaninha, embora na verdade parecesse uma mesa de cozinha com uma grande vasilha de frutas, em vez do computador Macintosh apoiado nela.

Padre Jimmy sentou-se na cadeira de espaldar, ligou o computador e fez uma busca por "sudário", e uma lista de sites apareceu na tela. Ele rolou o mouse sobre eles e clicou em

História do Sudário

— Você ouviu falar do Sudário de Turim? — perguntou a Hannah.

— Creio que sim.

— É uma antiga peça de linho com a impressão de um homem nela. Muitas pessoas acreditam que foi a mortalha de Jesus e que o vestígio é dele. Está em uma catedral em Turim, Itália, e é uma das relíquias mais veneradas da Igreja Católica.

— Lembro agora — disse Hannah, colocando uma cadeira perto da tela. — Qual é a conexão?

— Bem, algumas vezes o sudário de Oviedo é chamado "o outro sudário" e pensa-se que foi o tecido que cobriu o rosto de Jesus, após ter morrido na cruz. A palavra vem do latim "*sudor*" que significa "suor". Quer dizer literalmente o "tecido do suor".

— Por que colocaram um pano sobre sua face?

— Era um costume judeu. Antigamente, quando alguém morria em agonia e o rosto ficava contorcido de dor, era oculto da visão do público. Isso pode muito bem ter sido o caso de Jesus. Assim, o sudário pode ser esse tecido. De qualquer modo, é isso que os fiéis dizem.

— Como isso explicaria as fotografias?

Padre Jimmy pegou uma das fotos do homem cuja cabeça estava coberta por um manto.

— É um pouco complicado. Olhe o crucifixo lá. — Apontou para a parede oposta a ela. — Está vendo?

— O quê?

— A similaridade. Entre o homem nessas fotografias e Jesus na cruz.

— Você quer dizer que essas fotos são de um homem sendo crucificado?

— Não, mas alguém pode ter *reencenado* a crucificação.

O movimento nos ombros de Hannah demonstrou sua perplexidade.

— Para mim — continuou ele —, o que parece estar acontecendo nas fotos é algum tipo de experimento, ou seja, para mostrar que o sudário pode ter envolvido o rosto de Jesus. Houve um grande esforço para duplicar a posição da cabeça de maneira exata. Creio que essa foi a razão pela qual a cabeça do manequim foi usada. Na verdade, ninguém foi torturado.

— Graças a Deus. Então seria uma espécie... de pesquisa?

— Imagino que sim.

A tela agora continha várias informações sobre a história do sudário. Surpreendentemente, a história do "outro sudário" estava mais bem documentada e era mais precisa do que a do sudário de Turim. Havia lacunas desconcertantes na história deste último, durante as quais seu paradeiro e sua propriedade foram desconhecidos. A história do sudário, se o que eles estivessem lendo fosse fidedigno, remonta aos tempos bíblicos. Depois da crucificação, ele permaneceu na Palestina até o ano 614 quando Jerusalém foi conquistada pelos persas. Para protegê-lo, foi levado para Alexandria no Egito e quando Alexandria foi atacada pelos persas transportaram-no em uma arca de relíquias através do Norte da África até a Espanha.

Por volta de 718, ficou em Toledo, mas de novo, para evitar uma destruição iminente nessa época pelas mãos dos mouros que estavam invadindo a Península Ibérica — a arca foi transferida para o Norte e guardada em uma gruta a cerca de 15 quilômetros de Oviedo. Neste momento, uma capela especial, a Câmara Santa, foi construída para abrigá-la na cidade.

O rei Alfonso VI e o nobre espanhol conhecido como El Cid presidiram a abertura da arca no dia 14 de março de 1075, quando seu conteúdo foi oficialmente inventariado. O sudário era a mais importante das relíquias, eclipsando em importância os fragmentos de ossos e de calçados que o acompanhava. Desde então, permaneceu em Oviedo e é exibido para o público apenas em alguns dias sagrados. A catedral, de fato, fora um local muito popular de visitação na Idade Média, embora no século XX a tendência tenha sido de visitar outros locais.

Perdidos em mundos divididos por um oceano, nenhum dos dois ouviu a porta da reitoria ranger ao abrir e o caminhar cansado na entrada.

— Você ainda está acordado, James? — chamou.

Hannah deu um salto ao ouvir o som de sua voz. Padre Jimmy pôs um dedo em seus lábios indicando que deveria ficar calada.

— Sim, padre — respondeu. — Estou acabando um trabalho no computador.

— De onde tira toda essa sua energia? Essas noites de reunião semanais me exaurem. Essas mulheres e suas horríveis sobremesas! Não fique acordado até muito tarde.

— Não vou demorar muito mais. Boa-noite, padre.

— Boa-noite, James.

Os passos pesados subiram a escada. Uma porta fechou-se. O silêncio voltou à reitoria. Padre Jimmy lembrou o que o monsenhor falara com ele outro dia. Hannah não deveria estar em sua companhia na reitoria a essa hora.

— Algum problema? — sussurrou Hannah.

— Não — disse padre Jimmy, jurando que contaria tudo ao monsenhor de manhã. — Pode relaxar agora, ele dorme profundamente.

Apertou outras teclas e de repente a fotografia do sudário apareceu na tela. Sua aparência era insignificante, uma peça de linho que media cerca de 81 centímetros por 50 centímetros com manchas esparsas cor de ferrugem. Mas condizia com uma das fotos indefinidas que Hannah pensara ser um erro do fotógrafo.

— Marshall e Jolene visitaram essa catedral — disse Hannah. — Eles devem ter tirado fotografias do sudário.

— Provavelmente. Alguém tirou.

— Para seu trabalho artístico?... — Sua voz extinguiu-se, como se estivesse imaginando outras possibilidades.

Quase tudo sobre o tecido foi analisado — desde a tecedura das fibras até os traços de pólen do linho, que se originava, segundo um estudo científico, de plantas típicas de Oviedo, Toledo, Norte da África e Jerusalém e, portanto, confirmava a sua rota histórica.

As evidências mais instigantes, no entanto, eram as várias manchas no sudário, cuja análise revelou serem nódoas de sangue e de um líquido marrom-claro. A partir disso, deduziram que o homem cuja face o tecido cobrira, morrera de pé, "sua cabeça inclinada 70 graus para a frente e 20 graus para a esquerda".

As marcas de sangue dos ferimentos em toda a cabeça e na parte detrás do pescoço feitas por "pequenos objetos pontiagudos", logicamente foram os espinhos da coroa. Quanto às manchas amarronzadas, como uma espécie de muco, foram provocadas por um fluido pleural que se acumula nos pulmões de pessoas que morrem sufocadas, a causa imediata da crucificação. Esse líquido é ejetado pelo nariz quando o corpo sofre um rude solavanco, como acontece ao se retirá-lo da cruz.

Inúmeras experiências foram realizadas pelo Centro Espanhol de Sindonologia em Valência, que mostraram como o tecido fora dobrado e preso de modo que o sangue e o fluido produzissem esse padrão preciso de nódoas. O pesquisador chegou até mesmo a superpor a imagem do sudário à imagem do sudário de Turim e concluiu que havia 120 "pontos de coincidência", nos quais as manchas em cada tecido coincidiam. A conclusão: as duas peças de pano haviam envolvido o mesmo homem.

— Mas para começar, como sabiam que havia dois tecidos? — perguntou Hannah.

— Isso é fácil. — Padre Jimmy pegou a Bíblia na prateleira. — O evangelho de João. Capítulo 20, quando Simão Pedro e outro discípulo entraram no sepulcro sagrado.

Encontrou a passagem e a leu, sua voz quase um sussurro na reitoria silenciosa:

> Maria Madalena veio ao sepulcro bem de madrugada, quando ainda estava escuro, e viu que a pedra tinha sido removida do sepulcro. Então foi correndo até onde estava Simão Pedro e outro discípulo e disse-lhes: "Tiraram o Senhor do sepulcro e não sabemos onde o puseram."
> Pedro saiu com o outro discípulo e foram ao sepulcro. Corriam juntos, mas o outro discípulo correu mais depressa e chegou primeiro. Inclinando-se, viu as faixas de linho no seu lugar e o tecido que tinha estado sobre a cabeça de Jesus. O tecido não estava com as faixas de linho, mas enrolado num lugar à parte. Eles viram e acreditaram.

— O tecido que estava sobre sua cabeça era o sudário — disse Hannah. — Então é verdade.

— Como podemos ter certeza? Tudo que sabemos é que havia um — respondeu, esfregando os olhos que começavam a ficar cansados de ler.

Lembrou-se da peregrinação que fizera a Roma como um jovem seminarista, cada parada no caminho despertando sentimentos mais fortes que os anteriores. Esperara ficar deslumbrado com a igreja de São Pedro e com a breve audiência que ele e seus colegas seminaristas teriam com o papa. E ficou. O esplendor eterno da cidade e de seus monumentos também o arrebataram — sobretudo vindo de Boston, onde os poucos vestígios do século XVIII eram considerados notáveis.

Mas a maior revelação ocorreu quando ele e seus colegas seminaristas foram a Turim. Lá havia uma caixa de vidro na catedral que exibia o sudário e a imagem indiscutível de Jesus impressa no linho frágil que, de alguma forma, sobrevivera quase dois milênios — a incêndios, guerras, zombarias de incrédulos e críticas de cientistas, alternadamente inclinados a certificar sua autenticidade ou a declarar seu embuste.

Os debates, padre Jimmy decidiu, não eram importantes para ele. As relíquias não lhe transmitiam fé: ele depositava sua fé nas relíquias. Elas o ajudavam a colocá-lo, mental e fisicamente, em contato com as pessoas santificadas que haviam partido. Nesse sentido, ele as considerava metáforas ressoantes. A imagem de Jesus no sudário, genuína ou não, comunicava-se com ele com urgência. "Dissemine minha palavra", dizia. "Não deixe essa imagem desvanecer-se mais do que essa marcada nesse tecido." "Torne-me vivo para milhões." "Mantenha-me vívido em seus corações."

Olhou para Hannah.

— Sempre fui fascinado pelas relíquias. Elas me servem como lembrete de que os santos não eram caracteres ficcionais. Eram pessoas de verdade, que viveram vidas reais e que tiveram contato com o divino.

Ela refletiu um pouco.

— Imagino o que deve ser... ter contato com o divino.

— Mas você tem. Sempre que comunga.

— Ah, sim.

— Isso não representa nada? — falou com ar de reprovação gentil e ela se sentiu envergonhada. Podia ver o estacionamento pela janela. Todos os carros haviam partido. O encontro social há muito tempo acabara. Teria de voltar para casa o mais cedo possível, porque senão Jolene começaria a fazer um escarcéu. Qualquer ausência esses dias, era pretexto para uma cena. Quanto mais tarde, maior a cena.

— Hannah, olhe isto.

Enquanto olhava pela janela, padre Jimmy encontrara uma nota bizarra sobre o passado do sudário, o relato em um jornal de um padre idoso que morrera quando estava pondo de volta o sudário na Câmara Santa, após os serviços do domingo de Páscoa. Ele fora encontrado morto no chão de pedra por um empregado e o sudário tinha sido prontamente colocado em seu lugar de honra em um armário trancado, sem nenhum dano aparente.

O falecido, dom Miguel Alvarez, tinha 79 anos e possuía um histórico de problemas de coração, portanto as autoridades não viram nada suspeito em relação à sua morte. O escritor do artigo chegou até mesmo a dizer que a "morte chegara pacificamente" para ele, o que poderia ser atribuído à bênção do sudário sagrado.

— Os jornais espanhóis fizeram muitos comentários sobre sua morte no domingo de Páscoa com o sangue de Jesus em suas mãos — disse padre Jimmy. — Veja isto.

Hannah redirecionou sua atenção para a tela.

— É aqui que o sudário é guardado. Dentro de um armário dourado atrás da cruz com os dois anjos ajoelhados em sua base.

— É um pouco assustador — disse Hannah.

— O quê?

— Tudo isso — o sudário, as pessoas, as fotografias.

Padre Jimmy tinha de admitir que era verdade. O sudário fomentara uma atividade informal, secundada apenas por aquela inspirada por ele próprio. As pesquisas presumivelmente realizaram-se com espírito de excelência acadêmica e congressos especiais foram organizados com regularidade para anunciar descobertas relevantes. Porém, ele sentia que toda essa atividade tinha um aspecto preocupante de fanatismo. Não era perigoso pôr a ciência a serviço de uma causa sagrada? A fé é a fé, em si mesma. Sustentada pela ciência, corria o risco de se tornar algo diferente, mais ruidoso e agressivo. Quando, pensou, a piedade foi levada em conta em todo esse zelo? Quando a investigação fortaleceu um programa de ações?

Havia sites de computador no mundo inteiro. Quase não havia controle sobre eles. A Sociedade do Santo Sudário de Nevada tinha seu endereço em uma caixa postal em Reno, enquanto o Instituto Italiano de Sindonologia localizava-se em Roma. O Centro de Investigação do Enterro de Cristo funcionava em Long Beach, Califórnia. Uma organização chamada Sociedade Nacional do Sudário situava-se em Massachusetts.

Concluindo a busca, padre Jimmy digitou o endereço do site de Oviedo e instantaneamente reconheceu a catedral na parte de cima da fotografia. Embaixo havia uma mensagem de boas-vindas (era o visitante número 603) e uma declaração das metas e propósitos da sociedade.

A fundadora da sociedade, uma mulher com uma aparência jovial, aparecia em uma grande foto colorida com um convite pessoal para tornar-se membro da sociedade. Um subtítulo a identificava como Judith Kowalski. As propostas dos candidatos poderiam ser enviadas por e-mail ou pelo correio normal; os endereços de cada um deles eram fornecidos.

— Não é possível — Hannah deu um grito sufocado, hipnotizada pelo rosto na tela. — Essa é a senhora de quem lhe falei.

— Quem?

— A que dirige o Partners in Parenthood.

— Tem certeza? Acho que você disse que o nome dela era...

— O nome sob a foto é diferente, mas é Letitia Greene sem sombra de dúvida.

— Que estranho.

A campainha da porta da frente tocou estridentemente sucessivas vezes. Padre Jimmy levantou-se e olhou o relógio. O tempo passara sem que percebesse. Eram mais de 23 horas. Ninguém chamava a esta hora, a menos que fosse uma emergência.

A porta abriu-se e quando houve uma troca de diálogo, Hannah ouviu seu nome. Levantou-se, foi para o hall e encontrou Jolene, com aspecto desmazelado e os olhos esgazeados.

Dispensando qualquer cumprimento, a mulher agarrou-a pelo braço.

— Você sabe que horas são? Você me deu um susto enorme. Contou-nos que ia à reunião social e que voltaria às 10 horas. Quando você não retornou para casa, pensamos o pior. — Jolene não conseguia controlar o tremor em sua voz. — Perdoe-me, padre, mas o senhor consegue entender o que estou sentindo. Vim procurá-la e encontrei a igreja às escuras! Nem uma alma à vista! O que acha que eu poderia ter pensado?

— Falei a Marshall que telefonaria se precisasse de uma carona — disse Hannah com um tom de penitência que esperou que parecesse convincente. — Não quis preocupá-la.

— É minha culpa, sra. Whitfield. — Padre Jimmy interveio. — Peço desculpas. Começamos a conversar, eu a levaria para casa.

As palavras do padre pareceram acalmar um pouco Jolene.

— É muito gentil de sua parte, padre. Porém não é essa a questão. No momento, o fato principal é que todo mundo está vivo e bem. Precisamos voltar para casa e tranqüilizar Marshall. — Empurrou Hannah com força em direção à porta como uma criança desobediente.

— Só um segundo, Jolene — disse Hannah, soltando-se. — Esqueci uma coisa. — Partiu apressada para o gabinete, pegou um bloco de notas na mesa e escreveu:

`Dr. Erick Johanson!!!!`

Depois colocou o bloco no teclado do computador onde padre Jimmy não poderia deixar de ver.

No caminho de volta, Jolene tentou minimizar a explosão na reitoria.

— Você sabe o cuidado que temos com seu bem-estar. Por isso, fiquei tão nervosa quando você não voltou para casa. Não sabia o que pensar.

— Não há nada para pensar. Padre Jimmy é meu confessor, é tudo. Estou segura com ele.

A boca de Jolene retorceu-se com um quase imperceptível esgar de desprazer.

— Confessor? Isso é realmente necessário nos dias de hoje? E o que teria de tão importante para confessar, uma pessoa tão doce como você?

— Oh, todos nós temos algum segredo para confessar, não é, Jolene?

Hannah virou-se e entrou na casa, deixando a mulher parada no caminho de cascalhos.

CAPÍTULO 31

O SONO DE HANNAH FOI INTERMITENTE esta noite. Algumas vezes, só uns poucos sons mais leves a acordava, a explosão do motor de um carro em Alcott Street ou um cachorro uivando nos bosques atrás da casa, nenhuma ocorrência anormal em East Acton era suficiente para perturbá-la.

O som que interrompeu mais uma vez seu dormitar foi um ruído ao pé de sua cama. Ao desistir de seu último apelo ao sono, Hannah percebeu que o barulho vinha do andar inferior, onde Jolene e Marshall faziam o melhor possível para conversar em voz baixa. Pelo menos Marshall tentava. A voz de Jolene soava mais alta e ela parecia agitada, suas palavras ouviam-se com facilidade.

Hannah olhou o relógio de cabeceira e viu que marcava 3h52. Por que estavam acordados a esta hora?

— Em seu nome, foi isso que ela disse. Seu nome. — Isto era a voz de Jolene. — Falou nitidamente que alguém viria em seu nome. Agora, está muito claro para mim o que ela queria dizer.

A resposta de Marshall foi ininteligível, mas exasperou Jolene porque ela começou a falar mais alto.

— Era ele que mencionava, Marshall. Por esse motivo levou-me lá. Para que eu pudesse ver com meus próprios olhos.

Novamente, Marshall falou algo que Hannah não entendeu.

Jolene interveio.

— Ela prometeu nos guiar. Não foi, Marshall? Não é verdade?

— Sim, prometeu, Jolene.

— É óbvio que é exatamente o que está fazendo. Alertando-nos. Mostrou o perigo. Porque tivemos dificuldade de acreditar nisso?

As vozes extinguiram-se e logo se ouviu o som de Jolene e Marshall descendo a escada, abrindo e fechando a porta da cozinha. Hannah sabia o que estava acontecendo. Haviam ido para o jardim de novo. Como fizera da última vez, Hannah levantou um pouco o vidro da janela e escondeu-se atrás da cortina.

Não havia lua essa noite e a escuridão era total. Levou algum tempo para enxergar algumas formas vagas nas sombras do jardim. Se não se enganava, viu Jolene de joelhos diante do chafariz de pássaros, com os braços estendidos. Marshall estava parado atrás, mantendo a distância. Era uma presença passiva nessas vigílias noturnas, uma testemunha das ações de sua mulher. Ela é que estava encarregada de fazê-las. Murmurava algo agora, mas como a estridência de sua voz desaparecera, ouvia-se apenas um tom monótono de despedida.

Então todo o movimento, todo o som cessou. Sem o movimento e o som para orientá-la, por menor que fosse, Hannah perdeu o rastro de seus corpos na escuridão. Depois de algum tempo não tinha mais certeza se os Whitfield ainda estavam lá. O silêncio do jardim era tão profundo que ela podia ouvir sua própria respiração.

Por fim, um murmúrio.

Um sussurro. Alguém andando.

Ainda estavam lá.

Jolene falou:

— Temos de partir. Está na hora de preparar o caminho.

O outono foi intenso na região leste de Massachusetts. As árvores explodiram em cores, muitas das quais desapareceriam em algumas semanas. Mas montes de abóboras e pirâmides de crisântemos cor de ferrugem e vermelho-escuro ainda eram vistos nos quiosques da beira da estrada, e mesmo o céu tentava exibir um pôr-do-sol respeitável.

Ninguém mencionava que o inverno estava a caminho, só se falaria nisso quando fizesse sua aparição. Em um único dia, o vento do norte desnudaria as árvores e o céu ficaria cinza-chumbo. Nesse meio-tempo, a estação parecia estar assistindo a um armistício cordial.

Hannah ressentia-se com as horas mais curtas de luz diurna, porém gostava da temperatura mais fria. Agora que estava no oitavo mês de gravidez, sentia-se enorme. Bem, ela *estava* enorme — carne e formas volumosas da cabeça aos pés, como a versão feminina do boneco da Michelin.

A boa notícia é que não cresceria mais. No próximo mês, o bebê começaria a descer para a pelve e, apesar disso não emagrecê-la, sua aparência seria diferente. A má notícia é que suas calças com elástico haviam perdido toda a elasticidade e mantê-las no lugar era uma tarefa hercúlea, e o bebê chutava como um atacante em uma partida de futebol.

Dr. Johanson fizera uma brincadeira com isso colocando um pedaço de papel em seu abdome e olhando o bebê chutá-lo.

— É engraçado, você vai ver!

Tão engraçado quanto, Hannah pensou, estar embaixo de uma colisão no campo de futebol Notre Dame.

Hannah não mencionou as saídas noturnas recentes de Jolene.

Jolene parecia estar comportando-se como sempre — um pouco mais mãe protetora do que o habitual, talvez, mas não havia nada suspeito em relação a isso.

Desde a sua explosão na reitoria ela ficara mais solícita com Hannah, como se sua raiva àquela noite tivesse sido uma preocupação legítima de uma mãe por sua filha.

— Você é a filha que Marshall e eu nunca tivemos — dizia com freqüência agora.

Hannah sabia que deveria responder que eles eram como seus pais... seus novos pais, mas não conseguia.

O humor agradável de Jolene surpreendeu Hannah por sua especial expansividade durante um jantar em um sábado, com produtos frescos de um quiosque da beira da estrada. Marshall abriu uma garrafa de Chardonnay e começou a falar sobre seu assunto favorito — as alegrias de viajar e como era essencial mudar de cenário de vez em quando.

— Penso o mesmo — disse Jolene enquanto servia sopa de batata-doce em uma tigela e a passava para Hannah. — Sempre disse que gostaria de ir a qualquer lugar, pelo menos uma vez. Posso não voltar, mas até ver o local, não sossego.

— E você, Hannah? — perguntou Marshall.

— Nunca fui a lugar nenhum. Só a Nova York em uma viagem da escola. Meus tios preferem ficar em casa.

— Então, onde gostaria de ir?

— Não sei. Europa, algum dia.

— Algum lugar mais?

— Nunca pensei muito nisso.

Ele mexeu o vinho no copo.

— O que você acha da Flórida?

— É quente, imagino. As fotografias são bonitas.

— Você já ouviu falar das ilhas da Flórida? Key Largo? Key West?

— Ficam bem na extremidade da Flórida. Longe no oceano, não é?

Jolene interrompeu.

— Oh, Marshall, chega. Pare de torturar a menina. Fale logo. — Pôs a concha na sopeira e olhou para o marido. — Marshall tem uma pequena surpresa. Conte para ela, querido.

— Temos um amigo que possui uma pequena ilha na costa entre Marathon e Key West. Não há outras casas lá. A única maneira de chegar à ilha é com um barco particular. O lugar é lindo, isolado e tem até mesmo uma praia adorável privada.

— Assim, temos a certeza de que não seremos incomodados por turistas chatos — acrescentou Jolene.

— É muito calmo. Só o som das ondas e das gaivotas. De qualquer forma, ele nos ofereceu para passar algumas semanas na época da Ação de Graças. E visto que a companhia de seguros me deve muito tempo de férias, pensei...

Jolene limpou a garganta.

— Sim, querida. *Nós* pensamos que poderia ser uma escapada agradável. Um pouco de paz e relaxamento longe da multidão exasperadora. Sem tráfego, sem televisão. O que você acha?

Hannah não soube o que responder. A data do parto não estava longe e, mesmo assim, Marshall propunha que todos fossem viajar. O oferecimento era inesperado. Então se lembrou das noites que vira Jolene e Marshall no jardim — Jolene andando de um lado para o outro falando sobre perigo, um perigo terrível que chegaria e a necessidade de estar vigilante. Na última noite, ela dissera... O que foi? Temos de estar preparados para partir, ou algo semelhante. Estavam fugindo de alguém?

Quando sentiu que ela estava reticente, Marshall disse:

— É claro, temos de perguntar ao dr. Johanson se é possível. Não iríamos a nenhum lugar sem sua aprovação oficial. Portanto, não precisa decidir agora, Hannah. Mas pense nisso.

Mudou de assunto e passou o resto do jantar falando sobre uma proposta de legislação que causaria um grande prejuízo à indústria de seguros. Jolene o interrompeu com um discurso entusiasmado louvando as folhas do outono.

Hannah comeu um pouco de Apple Crisp, depois afastou o prato. Seu apetite desaparecera.

CAPÍTULO 32

HANNAH NÃO SE SURPREENDEU quando no exame semanal dr. Johanson disse que sua saúde melhorara de uma forma extraordinária.

Todos os problemas de hipertensão tinham desaparecido! Pressão arterial normal! O exame de urina não revelou nenhum traço de proteína! O inchaço em suas mãos e tornozelos acabara! Todos os prognósticos de eclampsia tinham sido revertidos.

— Faça o que eu digo e verá os resultados — disse dr. Johanson, com um meneio de cabeça de autocongratulação. — A situação está tão melhor que não vejo razão para não viajar de avião para a Flórida.

Os olhos de Jolene brilharam de entusiasmo e ela bateu as mãos com uma veemência exagerada. Dr. Johanson levantou uma mão cautelosa.

— No entanto... não gostaria que você surfasse ou fizesse mergulho submarino. Por outro lado, se evitar o sol e ficar embaixo das palmeiras, uma viagem seria benéfica. Você deixaria de se preocupar tanto. Então, por que não iria para a Flórida?

A principal razão, Hannah estava prestes a dizer, é que não estava com vontade de ir. A vida com os Whitfield era inibidora o suficiente em East Acton. Ela podia imaginar como seria conviver com eles sozinha em uma ilha remota, com praia particular ou não.

A segunda razão concernia ao próprio dr. Johanson. Seu diagnóstico de pré-eclampsia há alguns meses e sua insistência de permanecer na cama coincidiu com o desejo de Jolene de que ela permanecesse em casa.

E agora que os Whitfield queriam viajar para algum lugar, ele estava pronto a dizer que ela poderia ir com eles. O tempo de seu diagnóstico fora bem programado, era o mínimo que se podia concluir.

— Vai ser tão divertido — falou Jolene com vivacidade. — Mal posso esperar para telefonar para Marshall e começarmos a fazer os planos definitivos.

— Telefone para ele agora. Use meu telefone — ofereceu dr. Johanson, empurrando o aparelho em sua direção.

— Oh, não. Quero que acabe a consulta com Hannah. Usarei o telefone da sala de espera.

Quando ela saiu, dr. Johanson disse:

— Pergunte a Marshall se há um quarto para mais uma pessoa e eu iria também. Sentaríamos todos juntos na praia. — Piscou os olhos maliciosamente para Hannah.

Como eram calorosos e cooperativos, pensou Hannah. Tal como no dia que os vira examinando sua ultra-sonografia. A relação deles definitivamente não era de médico e paciente.

Percebeu que seus pensamentos aleatórios a tinham afastado do dr. Johanson, que estava falando sobre alguns exercícios que ela deveria começar a fazer. Exercícios de relaxamento e respiração que ajudariam no parto e diminuiriam a dor... Ela não sabia que música ajudava? Sim, acalma e relaxa — Shakespeare não escreveu sobre isso? Então seria bom se ela escolhesse a música que seria tocada durante o parto, sua "música do parto" e começar a ouvi-la a partir de então...

Tentou fixar a atenção em suas palavras, mas o que ressoou em sua mente é era quão pouco conhecia esse homem. Não sabia nem mesmo sua nacionalidade. Os diplomas na parede indicavam universidades estrangeiras. Em março, quando fora recomendado por Letitia Greene — fosse qual fosse seu verdadeiro nome —, Hannah notou que ele era o médico oficial do Partners in Parenthood. Então, nunca o questionou. Agora, perguntava-se o que esse pacto acarretava. Pensou se padre Jimmy conseguira achar alguma coisa a respeito dele.

— O Selo de Excelência de Boa Saúde foi oficialmente devolvido a srta. Hannah Manning — anunciou dr. Johanson quando a levou para a sala de espera.

Jolene estava entusiasmadíssima.

— Marshall vai fazer as reservas hoje. Daqui a uma semana estaremos nos divertindo ao sol. Oh, exceto Hannah, é claro. Providenciarei para que ela se divirta na sombra. E Marshall disse que é óbvio que o senhor está convidado, dr. Johanson. Poderá ter sua rede especial!

O entusiasmo da mulher tinha quase um ar de sedução impulsiva. Ultimamente, tudo que fazia era exagerado e exibicionista, como se tivesse perdido o senso de moderação.

— Você me colocará do lado de fora, não é? Como um animal de estimação ou um lagarto. Tenho de refletir sobre o significado disso.

Embora sua voz fosse áspera, Hannah teve a impressão que ele estava respondendo à sedução. A familiaridade que demonstravam entre si transcendia um comportamento puramente profissional. Não achava que estivessem tendo um caso, mas tampouco não agiam como estranhos.

— Aproveitem, aproveitem a viagem — disse com um tom caloroso quando elas saíram do consultório. — Não pensem mais no pobre dr. Johanson.

Porém, Hannah pensou.

CAPÍTULO 33

— VOCÊ PARECE QUE TEM UM SEXTO SENTIDO, belezoca. Estava pensando neste minuto em telefonar para você. — A voz de Teri soou indistinta e amorosa através dos fios.

— Eu a antecipei — respondeu Hannah.

— Pode ter certeza de que sentimos sua falta no restaurante. A nova moça que Bobby contratou é uma débil mental. Qualquer mesa com mais de dois clientes a faz suar frio. Sei que você provavelmente nunca mais vai querer ver esse lugar de novo, mas se algum dia decidir voltar haverá uma banda de música para recebê-la.

— Como está Bobby?

— Completamente diferente. Sua namorada lhe deu um fora. Vem aqui, olha distraído em torno e vai para casa. Não consigo nem mesmo ter uma discussão com ele. Nunca pensei que sentiria pena desse gordo idiota. Como você está? Ainda de repouso?

— Não, o médico diz que estou bem agora. Teri, não tenho o tempo inteiro para conversar. Você se importa se eu for direto ao assunto?

— Vá lá, querida.

— Eu poderia ficar em sua casa por algum tempo?

— Claro que sim. Por quê? O que está acontecendo?

Hannah explicou as férias iminentes e que não queria acompanhar os Whitfield. Eles estavam muito nervosos e a última coisa que ela precisava era uma proximidade forçada em algum refúgio deserto no meio do oceano.

— O Nova está parado inutilizado em alguma garagem e eu sei que eles não vão querer que eu vá sozinha para aí.

— Eles preferem levá-la para um lugar com um calor de 35 graus? Em seu estado? São loucos?

— Nem teria de ficar em sua casa. Poderia ir para um motel.

— Com oito meses de gravidez e quer ficar em um motel! *Você* também está louca? Ouça, meu bem, a cama é sua desde que não se importe com dois caubóis barulhentos às seis horas. Devo preveni-la, Nick comprou uns revólveres de brinquedo para eles. É Dodge City aqui dia e noite.

— Nunca foi exatamente pacífico e tranqüilo na casa de Ruth e Herb.

— Aposto que continua o mesmo. Quando os Whitfield pretendem partir?

— Domingo de manhã.

— Tenho meu turno à noite no sábado. Então poderia apanhá-la no sábado por volta do meio-dia. Acho que você está precisando ver pessoas diferentes. Talvez possa ir ao restaurante para dizer alô pelos velhos tempos. A saleta dos fundos está vazia esperando por você.

— Tive um pensamento horrível, Teri.

— O que foi, querida?

— Não caberia nela!

Quando desligou, Hannah ainda podia ouvir a risada de Teri. A perspectiva de visitar a antiga amiga a alegrou imensamente e de repente sentiu-se menos confinada. Mas de quem era a culpa? Jolene não precisava pairar sobre ela a cada segundo, atendendo a todas as suas necessidades. De alguma forma, Hannah permitira que isso acontecesse pouco a pouco. A partir de agora, tinha de impor-se, ter mais personalidade. Como Teri. Ninguém lhe dava ordens.

Ela começaria a agir assim esta noite no jantar.

Padre Jimmy ligou a Internet e foi direto para a página da web da Comunidade de Massachusetts. No link de Proteção ao Consumidor encontrou uma lista de indústrias e profissões regulamentadas e clicou no Conselho de Registro de Medicina.

"Bem-vindo aos Perfis dos Médicos de Massachusetts" surgiu na tela. Havia 27 mil médicos licenciados para praticar medicina em Massachusetts.

Ele conhecera esse site há um ano, quando seu pai recebeu o diagnóstico de câncer na próstata. Chegara em casa uma noite e encontrou o homem idoso folheando freneticamente as páginas amarelas, disposto a confiar sua vida ao primeiro cirurgião que atendesse ao seu telefonema. Felizmente, um amigo seminarista mencionou o site "Perfis Médicos", que fornecia uma informação biográfica básica sobre cada médico no estado, de modo que ele e seu pai puderam fazer uma escolha mais racional (e por fim bem-sucedida) de um cirurgião.

Além de dados específicos sobre a formação e o treinamento, cada perfil incluía as afiliações do médico com os hospitais, áreas de especialidade, anos de prática, honrarias, prêmios e publicações profissionais. Igualmente importante, qualquer acusação de negligência no exercício da profissão ou processos criminais movidos contra o médico nos últimos dez anos, bem como medidas disciplinares tomadas pelo Conselho do Estado ou por um hospital de Massachusetts.

Padre Jimmy digitou "Johanson" e "Eric" na caixa específica e clicou "Iniciar pesquisa".

De súbito, o currículo do médico apareceu diante dele. Nascido em Gotemburgo, Suécia, dr. Johanson licenciara-se em Massachusetts há 12 anos, aceitara a maioria dos planos de saúde e era afiliado ao Emerson Hospital. Estudara na Escola Médica da Universidade de Estocolmo e depois na Escola Médica de Columbia graduando-se em 1978. Sua especialidade era médico de reprodução humana, o que padre Jimmy presumiu que fosse um termo sofisticado para designar obstetra.

Segundo o perfil, dr. Johanson nunca fora processado por negligência médica nem por ações disciplinares. Não havia nada de desabonador em sua carreira. Pertencia a inúmeras associações profissionais na Suécia e nos Estados Unidos, embora padre Jimmy tenha reconhecido poucas. No tópico de produção intelectual, via-se que dr. Johanson trabalhava arduamente.

A entrada dizia: "Mais de 50 artigos em publicações como *Lancet*, *Tomorrow's Science*, *La Médicine Contemporaine* e *Scientific American*, incluindo "*Looking Ahead: The Future of Genetics and Reproduction*."

Durante toda a refeição de "bon voyage", Letitia Greene não parou de elogiar Jolene. Para começar, o *ragout à la marocaine* estava perfeito, macio e delicadamente temperado, mas também muito saboroso, além de um "prato tão original". Havia ainda a casa tão bem decorada, porém o que poderia se esperar de uma artista?

— Artistas não têm a mesma visão que você e eu, Hannah — explicou. — Seus olhos são diferentes dos nossos. São sensíveis às cores. Na verdade, vêem sombras que não registramos em nossas retinas.

Bastava olhar para o trabalho artístico de Jolene, disse, para perceber que ela tinha uma "sensibilidade original". (Hannah notou o uso do termo original pela segunda vez, mas não seguramente pela última.) Nem todos apreciavam seu valor, contudo isso sempre acontecia com os visionários. Leva uma geração para que pessoas normais compreendam.

Hannah escutava com polidez, esperando uma interrupção na conversa, mas Letitia Greene não dava sinais de diminuir o ritmo, e Marshall não estava ajudando a situação mantendo seu copo de vinho cheio de um delicioso merlot.

Agora Letitia começou a falar que família agradável eles formavam, uma família adorável, porém o que havia de tão surpreendente nisso? Você tem uma intuição sobre essas coisas desde o início ou não. Se não tiver, forçar uma parceria só causa um desastre. No entanto, se tiver essa intuição especial — como ela tivera, lembram? Ah, a alegria, a satisfação!

— Gostaria de felicitar vocês pelo que realizaram — disse, levantando seu copo de vinho. — Um brinde a uma maravilhosa viagem. Sabe, Hannah, não existem muitos casais que fariam isso. Você não está entusiasmada?

Levou o copo de vinho aos lábios, parando momentaneamente o ímpeto das palavras.

Hannah percebeu que chegara o momento.

— Oh, creio que é muito generoso da parte de Jolene e de Marshall. Extremamente generoso!

— Tolice! — interveio Jolene.

— Não, é mesmo. Estava justamente pensando que seriam suas últimas férias antes de tornarem-se pais.

Marshall acenou com a cabeça.

— Por isso, devemos ir agora. De outro modo, não viajaremos tão cedo pelo mundo.

— Sim... o que quero dizer... bem, acho que deveriam fazer essa viagem sozinhos. Vou ser um estorvo.

Marshall pôs o copo de vinho na mesa e tocou na mão de Hannah.

— Mas queremos que você vá.

— É muita consideração sua — disse Jolene. — Entretanto, as férias são para nós todos. Então, nenhuma palavra mais. Está decidido! — Ela também estendeu a mão, porém sentindo que havia algo errado retirou-a. A sra. Greene trocou um olhar preocupado com ela.

Voltaram a comer e a sala permaneceu silenciosa até que Hannah falou:

— Gostaria de agradecer a vocês por tudo que fizeram e pelo convite para essa viagem, mas decidi que não vou.

Marcas vermelhas apareceram no rosto de Jolene, como se tivesse sido esbofeteada em ambas as faces.

— O que você quer dizer? — disse Letitia Greene. — Qual é o problema?

— Nenhum.

— Esse comportamento não é uma maneira de agradecer a Jolene e a Marshall. Você compreende isso, não é?

— Não queria aborrecer ninguém. Apenas não gostaria de ir.

— Você poderia dizer o porquê? — Exuberante e de bom humor por causa do vinho segundos atrás, a sra. Greene ficou sóbria instantaneamente. Sua voz tinha a autoridade severa de uma diretora de escola repreendendo um aluno volúvel. — Esperamos uma explicação.

— Sra. Greene, no meu contrato de mãe de aluguel existe uma cláusula determinando que eu deveria morar em um lugar em particular ou ir a qualquer local que me ordenassem?

— Você sabe que não.

— Muito bem, então. Apreciei muito o convite. Mas tenho de recusá-lo.

— Só há uma solução — disse Jolene de modo dramático. — Cancelaremos a viagem.

— Por favor, não quero que façam isso — insistiu Hannah.

— Você não nos deu muita escolha. Acha que deixaríamos você sozinha aqui? No Dia de Ação de Graças? Como faria as refeições e outras coisas? E se algo acontecesse com você? Quero dizer, existe um bebê para considerar!

— Pensei em tudo isso. Planejei passar o feriado em outro lugar.

— Você fez isso?

Jolene retesou-se na cadeira.

— Não sei se podemos permitir isso, Hannah — replicou rápido a sra. Greene.

— Permitir? Eu sou uma prisioneira aqui?

— É claro que não é.

Marshall levantou a mão pedindo silêncio.

— Acho que devemos nos acalmar. Estamos levando demasiado a sério essa conversa.

Mas Jolene não se acalmava com facilidade.

— Estamos, Marshall! Hannah tinha conhecimento dessa viagem há mais de uma semana. Por que esperou até agora para nos dizer que não quer ir? Todo esse tempo dissimuladamente fazia seus próprios planos. Não gosto desse tipo de conduta ambígua.

Hannah surpreendeu-se com a veemência de sua reação.

— Não acho que ninguém nessa mesa tem o direito de falar em dissimulação. Nem você, Jolene. Tampouco a sra. Greene. Nenhum de vocês. — O silêncio carregado que se seguiu às suas palavras mostrou que ela tocara em um ponto sensível.

— O que você quer dizer com isso, Hannah? — disse Marshall por fim.

Hannah amassava seu guardanapo nervosamente no colo. Não deixaria que eles a fizessem se sentir culpada, pois nada fizera de errado. Tia Ruth usara essa tática com ela por muitos anos. Para lhe dar coragem, pensou no conselho do padre Jimmy. Se ela tinha perguntas a fazer aos Whitfield, cabia a ela tomar a iniciativa. Agora, não havia como retroceder.

Voltou-se para Jolene.

— Quem é Warren?

Jolene deu um pequeno sorriso.

— Alguém andou espionando meu ateliê. Você conhece o ditado, "a curiosidade matou o gato"!

— Eu apenas olhei.... fotografias.

— Sei disso muito bem. Caso você tivesse perguntas a fazer deveria ter me procurado diretamente. Warren é meu filho.

— Jolene! — protestou Letitia Greene.

— Não, ela tem o direito de saber. Pensei que havia contado a todo mundo que já tinha um filho e que, portanto, seria mais difícil conseguir uma mãe de aluguel. Mas não é assim tão simples. Warren não é filho de Marshall e queríamos ter *nosso* filho. Tive Warren quando era muito jovem e nem era casada. Foi criado pela avó. É uma vida passada. Deveria ter contado a você. Está satisfeita agora, Hannah?

— Meu Deus! Era isso que estava perturbando você essa noite? — disse Letitia, com um suspiro de alívio. — Não culpe Jolene, Hannah. Culpe a mim. Não lhe contei esse fato em nosso primeiro encontro, porque achei que não era importante. Isso com certeza não invalida o que você fez depois. Isso é real. Ela e Marshall precisam de você. Todos nós. Isso prova o que sempre acreditei. A boa comunicação é o lubrificante que mantém o Partners in Parenthood funcionando sem atritos.

— Poderia perguntar algo mais?

— É claro que sim.

— Quem é Judith Kowalski?

— Perdão?

— Judith Kowalski. Você a conhece, não é, sra. Greene? Conhece-a muito bem.

— Não tenho a menor idéia do que você quer dizer com isso.

— A verdade.

— A que verdade você se refere? — A voz da mulher estava seca e dura, e seu rosto parecia uma máscara de rigidez. Inconscientemente, sua mão segurou o pingente de prata pendurado no pescoço.

O pingente! Hannah o reconheceu. Uma cruz. Com uma forma quadrada. Apoiada por dois anjos. Era uma cópia da cruz da catedral de Oviedo.

— Fale sobre o sudário.

— O quê?

— O sudário. Não finja que desconhece. Vi as fotografias no ateliê de Jolene.

A sra. Greene levantou-se abruptamente e alisou as dobras da saia.

— Você nos desculparia um momento? — Acenou cortesmente para Jolene e Marshall, que a seguiram para a cozinha.

Hannah ouviu vozes sussurrantes atrás da porta fechada. Quando abriu, a sra. Greene saiu primeiro, os outros seguindo-a a uma distância respeitosa. Demonstrava uma eficiência gélida.

— Hannah — disse. — Creio que chegou o momento de conversarmos um pouco.

CAPÍTULO 34

A MENTE DE PADRE JIMMY FERVILHAVA com toda a informação que baixara no computador e imprimira. Já passava da meia-noite e ele quase não se levantara durante três horas, exceto uma vez para alongar-se e outra para jogar água fria nos olhos exaustos. As páginas estavam espalhadas por toda parte. Queria ligar para Hannah, mas era muito tarde e sabia que tinha de refletir bem sobre esse assunto primeiro, antes de chegar a uma conclusão.

Conseguira localizar o artigo do dr. Johanson, "Olhando para a frente: O futuro da genética e da reprodução", nos arquivos online da *Tomorrow's Science*. A maior parte do texto era muito técnica para que ele pudesse entender e sentiu-se intimidado com termos como "embriologia", "quiescência" e "biotecnologia". Porém, após ler o artigo três vezes compreendeu o sentido geral.

Aprendeu que em experimentos laboratoriais uma agulha controlada podia ser utilizada para extrair material genético de uma célula cumulus de um rato. (Milhares delas circundam o ovário.) Esse material genético ou DNA podia ser transplantado no óvulo de um segundo rato, do qual o DNA fora sugado. Quimicamente estimulado, o óvulo desenvolveria um embrião que poderia ser implantado no útero de um terceiro rato, o portador. E, por fim, esse terceiro rato daria luz a um bebê que seria uma cópia genética exata do primeiro rato. Um clone!

Se essas técnicas funcionam em mais de uma espécie, dizia o artigo, por que não teriam êxito nos seres humanos? Dr. Johanson exprimiu sua crença que a clonagem humana não era apenas factível, mas, na verdade, desejável como "uma expressão de liberdade de escolha reprodutiva", uma escolha que "não podia nem devia ser limitada pela legislação".

Intrigado, padre Jimmy aprofundou a leitura e logo se viu submerso pela quantidade de material, indicando que o tema estava mais desenvolvido do que ele supunha. Carneiros e vacas tinham sido clonados com sucesso, o processo tornara-se uma "rotina" e os procedimentos cada vez mais eficientes. A pesquisa genética de reprodução florescia. Não era uma idéia irracional pensar que um ser humano poderia ser replicado "mais cedo ou mais tarde". Os médicos no mundo inteiro já falavam a respeito disso abertamente.

As considerações éticas formuladas por legisladores e líderes religiosos acirraram o debate. No entanto, a opinião já parecia estar polarizada entre os que consideravam esses experimentos repugnantes e aqueles que os viam como um grande progresso do século XXI. Padre Jimmy não pensara muito acerca do assunto. Tinha a convicção básica de que o milagre da vida e da procriação faziam parte da permanente glória de Deus e não do ser humano. E homens assumindo o papel de Deus era um ato perigoso.

Esfregou a testa esperando dissipar um início de dor de cabeça. Seus ombros estavam endurecidos pelas horas inclinado sobre o computador. Os mistérios da ciência o confundiam e o faziam se sentir inferior, ao passo que o mistério da fé o enaltecia e provocava a sensação de ser maior do que era na realidade. As possibilidades ilimitadas, acreditava, deveriam ser encontradas em Deus e não na ciência, que só poderia alcançar os limites externos do infinito. Cientistas eram como detetives que alegavam saber o conteúdo de um quarto escuro, quando mal tinham aberto a porta.

Decidiu olhar alguns sites sobre o sudário que localizara no outro dia. Nesse campo, pelo menos, sentia-se em terra firme.

Olhou mais uma vez a fotografia de Judith Kowalski e estudou seu rosto — caloroso e sociável. (O site recebera oito visitas desde então.) Releu a missão da sociedade: "Disseminar informação sobre o sudário de Turim e o sudário de Oviedo no mundo inteiro, e promover e encorajar pesquisas científicas sobre sua autenticidade." Nada havia de suspeito, embora ele achasse que a informação e a pesquisa provavelmente seriam acompanhadas por uma boa dose de proselitismo.

Afinal de contas, se minúsculos fragmentos da verdadeira cruz podiam inflamar a paixão da fé, quão maior era o potencial desses sudários que envolveram o corpo de Cristo e mostravam o sangue de seu martírio.

No final da página da web no link "Mais Leituras" havia uma lista de publicações que a sociedade vendia por 9,95 dólares cada, mais o envio e a entrega. Padre Jimmy não vira esse link antes. Olhou a lista. Os títulos pareciam áridos e acadêmicos.

- *Polens do Egito e do Norte da África, e suas implicações*
- *Formação da imagem do sudário*
- *A datação de carbono como um instrumento*
- *O sudário do túmulo de Jesus: esse é o DNA de Deus?*

Cada um deles escrito em uma linguagem técnica, padre Jimmy imaginou, garantindo o sono do leitor depois da primeira página.

No momento em que ia desligar o computador e deitar-se, de súbito diversas peças do quebra-cabeça juntaram-se em sua mente. Ele não estava nem mesmo consciente do que estava acontecendo.

Surgiram do nada. Como um raio em um céu sem nuvens. Sentou-se ereto na cadeira. A tela do computador estava embaçada, mas o que via em sua mente era claro e penetrante.

Disse para si mesmo que era impossível. O cenário que visualizara, quase desabrochado, era por demais insano para ser verdade. Já era muito tarde. Sua imaginação fervia. Ou estava sonhando. Afastou-se da mesa e olhou para o crucifixo na parede, tentando voltar à realidade. O único barulho na reitoria eram o zumbido baixo do computador e o ronco leve do monsenhor Gallagher no quarto, no andar superior. Mas o silêncio aumentava o terror que padre Jimmy começava a sentir. As peças — dr. Johanson, o sudário, DNA, as fotografias do arquivo de Jolene Whitfield, Partners in Parenthood — tudo fazia sentido para ele. Encaixavam-se!

E Hannah estava presa nesse horror!

CAPÍTULO 35

AINDA ESTAVA ESCURO quando Hannah cambaleou para o banheiro. Sentia-se estranhamente tonta, mas não quis acender a luz com medo de não conseguir dormir mais. Urinou no escuro e depois andou hesitante, como uma pessoa cega, para a cama de dossel. As cobertas estavam emaranhadas e foi difícil esticá-las. Aos poucos, sentia a consciência voltar em minúsculos instantâneos e quando conseguiu deslizar para baixo dos lençóis, colocar os travesseiros em uma posição confortável e puxar o cobertor até o queixo, estava mais acordada do que adormecida.

Ficou deitada pensando como a dinâmica da casa estava diferente agora. Sua posição mudara. As palavras, "Você foi escolhida" ecoavam em seus ouvidos. Isso era possível? De fato, alguém falara isso para ela na noite passada? Então lembrou-se de alguém dizendo que tudo fora "preordenado".

Por um momento, pensou que eram apenas fragmentos de um sonho que recordava em um estado de semi-sonolência. Como bolhas de sabão translúcidas que arrebentariam tão logo se levantasse e se ocupasse com suas atividades diurnas. Agora, estavam flutuando para longe dela, para cima, desaparecendo na luminosidade do céu.

Vagarosamente, percebeu que a luminosidade era a luz do sol entrando pelas venezianas. Levantou-se de novo e fez uma nova viagem ao banheiro, dessa vez para jogar água fria no rosto. Precisava clarear sua mente para pôr em ordem os acontecimentos da última noite. Uma xícara de café forte e uns poucos momentos para refletir, antes que as outras pessoas acordassem era tudo que precisava.

Os tacos do chão rangeram um pouco quando se dirigiu para a porta. Girou a maçaneta e surpreendeu-se que estivesse emperrada. Empurrou-a com força. Não cedeu e então ela empurrou-a com ambas as mãos. E uma terceira vez antes de perceber que a porta não estava emperrada. Eles a haviam trancado no quarto.

Devagar o jantar de "bon voyage" surgiu diante dela e lembrou-se que a sra. Greene a olhara bem nos olhos e dissera que era um recipiente. Um recipiente. E as palavras incoerentes de como ela fora levada para eles, assim como eles tinham sido guiados para ela.

— Você é uma abençoada entre as mulheres — acrescentou Jolene, elevando a voz com um tom esganiçado. Hannah lembrava-se com clareza. E quando perguntou como? Por quê? Um olhar de êxtase surgiu no rosto da mulher que respondeu simplesmente. — É um milagre. Você não percebe isso? Um milagre! — Repetiu.

— Não cabe a nós questionar os desígnios de Deus — insistiu a sra. Greene. — Ele nos uniu. Ele velará por nós.

Tudo retornava à sua lembrança. Seus pensamentos voltaram-se para os estranhos episódios noturnos no jardim, quando Jolene dissera palavras muito semelhantes a essas, ajoelhada no gramado, transfigurada, não pelos pinheiros escuros no final do jardim nem pelas nuvens que se deslocavam velozes, mas, sim, por alguma outra coisa, ou alguém. E perguntou abruptamente:

— Era com Ele com quem Jolene falara no meio da noite no jardim? Deus?

— Não com Deus — respondeu Jolene, ainda em estado de êxtase. — Com sua mãe. Tal como você será a mãe dele, dessa vez. — Começou a balançar-se para trás e para a frente, e o movimento ficou tão forte que Hannah temeu que pudesse cair. Marshall e a sra. Greene aproximaram-se para segurá-la, porém agora Hannah não tinha dúvida que o momento fora também significativo para eles.

Depois de muito tempo, eles a deixaram subir a escada para o quarto. Ao chegar no segundo andar, a sra. Greene falou:

— Foi uma honra especial que lhe foi concedida. Nunca esqueça isso, Hannah. Uma honra para a eternidade. — As palavras ecoando na escada soavam quase desencarnadas.

Nada disso fora um sonho.

A luz que penetrava pelas venezianas estava ficando mais forte, indicando que o sol estava acima do celeiro. Hannah virou-se de costas para a porta, encostou-se nela e estremeceu. Como isso acontecera?

Envolveu o ventre com os braços para acariciar a criança dentro dele. "Ele", disseram. Então estava carregando um menino. Como sabiam disso? A ultra-sonografia, é claro. Isso, pelo menos, ela podia acreditar.

Porém, quanto ao resto? Toda essa história sobre Deus e recipientes, e o destino unindo-os para o nascimento dessa criança. Não estavam enganados? Pensavam, de fato, que ela estava carregando o filho do... O pânico apossou-se dela, amargo e frio, antes que pudesse completar o pensamento. Tentou mais uma vez abrir a porta e começou a bater nela, até machucar o pulso. Ninguém se movia embaixo, então bateu com mais força e, por fim, ouviu passos na escada.

Deu um passo para trás e esperou. Uma chave girou na fechadura, a porta se abriu devagar e o dr. Johanson apareceu. Atrás dele, com a bandeja do café-da-manhã nas mãos, estava Letitia Greene.

— Como está se sentindo nesta manhã agradável? — perguntou o dr. Johanson como se fosse outra visita ao consultório.

— Estou bem — murmurou Hannah, recuando até bater na cama.

— Bom, bom. Mais do que nunca o sono é importante. — Deixou que a sra. Greene passasse e colocasse a bandeja na cômoda.

— Mingau irlandês — explicou. — Perfeito para uma manhã fria de inverno.

— Obrigado, Judith. Você pode ir agora.

Relutante, a mulher obedeceu ao dr. Johanson e começou a sair. Parou na porta e impondo sua autoridade, que se eclipsara temporariamente, disse a Hannah:

— Não deixe esfriar. Mingau frio não é gostoso, você sabe.

O dr. Johanson esperou ela sair.

— Então — disse, esfregando as mãos como se as estivesse lavando sob uma pia imaginária —, soube que tiveram uma noite bem agitada ontem — ainda a mesma atitude jovial, as rugas em volta dos olhos quando sorria. No entanto, havia algo mais que Hannah não conseguiu definir com exatidão. Parecia mais denso, mais compacto, como se sua carne volumosa tivesse sido comprimida, como terra. O brilho dos seus olhos não mais exprimia o charme antiquado e pareciam mais incisivos como reflexos de um espelho.

Ela desviou o olhar.

— Vocês estão todos juntos, não é?

— Sim, estamos. Mas isso inclui você, Hannah. Você é a parte mais importante.

— Nunca pedi para participar.

— Nenhum de nós pediu, Hannah. Fomos chamados, cada um para colaborar segundo suas aptidões. A sua contribuição é a mais íntima e crucial. Certamente compreende esse fato.

— Por que o senhor mentiu para mim? Por que a sra. Greene? Todos vocês?

— Mentir? Pediram-lhe para carregar uma criança para os Whitfield, é tudo. Você concordou. Agora descobre que não é a criança deles, mas uma criança para a eternidade. Que diferença isso faz?

Deu alguns passos em direção a ela e Hannah afastou-se, esperando que ele não a tocasse.

— Por que eu?

— Por que Maria? Por que Bernadette de Lourdes, uma menina inocente de 14 anos? Há uma razão para ser escolhida? Não podemos responder a essas questões. Pode me dizer por que você, uma garçonete de 19 anos, sem namorados nem família, sentiu-se impelida a ser mãe? O que a levou a ler o anúncio no jornal? Não há resposta. É importante que cada um de nós aceite nosso papel e seja grato a ele.

Ele a estava atordoando com essa conversa. Sim, ela procurara algo para direcionar sua vida. E a idéia de ter um bebê a enchera de alegria e não de medo. Afinal, tinha sido sua escolha, de ninguém mais. O anúncio ela vira no jornal de Teri, portanto isso significava que Teri também fazia parte dos planos de Deus? Não, tudo isso era absurdo.

— Vejo que não acredita em mim — disse o dr. Johanson com ar infeliz. — Talvez não esteja explicando bem. O inglês! Tão cansativo algumas vezes. Sente-se, Hannah.

— Prefiro ficar de pé.

— Como quiser. Vou tentar explicar de outra forma. Jesus falou que ficaria para sempre entre nós. Até o final do mundo. Lemos isso na Bíblia e sempre pensamos que seu espírito nos protegeria. E protege. Porém, quando disse que estaria sempre entre nós, quis dizer de modo literal, não espiritualmente. Primeiro, deixou sua imagem impressa em um tecido de linho, O Sudário de Turim. Ninguém pôde vê-lo por 1.800 anos. Muito antes que o homem inventasse a fotografia, o rosto e o corpo de Jesus já estava revelado. Imagine, 1.800 anos!

"Deixou também impresso seu sangue. No lenço e no sudário. Sangue de seus ferimentos no pescoço e na cabeça, nas mãos e pés. E agora se descobriu que esse sangue, como em cada célula do corpo, é DNA, que contém todo o conhecimento sobre uma pessoa. O DNA é como um esboço. É um código. E se você puder extraí-lo e colocá-lo em um óvulo, pode-se duplicar essa pessoa, trazê-la de volta. Por isso, tantas pessoas acreditam que a ciência nos afasta de Deus. Contudo, isso é uma idéia errônea. A ciência faz parte dos planos de Deus. É o modo pelo qual Ele retornará à Terra. Somos responsáveis por uma segunda vinda. Compreendeu agora?

Não entendia. Sua cabeça latejava. Se tudo o que ele estava dizendo era verdade... mas não, não podia ser verdade. Ela estava grávida de um menino, um menino comum que chutava e mexia-se dentro de seu ventre, como todos os bebês normais fazem. Dr. Johanson podia dizer o que quisesse. Ela sabia o que sentia dentro de seu corpo. Sua conversa era uma loucura.

Notou que esperava sua resposta. Mais do que isso, parecia querer que demonstrasse como estava contente, até mesmo lisonjeada por tudo que lhe contara. Sua respiração estava mais acelerada e profunda. Sentiu que era melhor deixá-lo falar.

— Por que Ele precisa de nós? Não pode voltar sozinho? — disse, na expectativa de que as perguntas não o exaltassem ainda mais.

Em vez disso, sorriu encantado com sua ingenuidade.

— É claro que Ele pode. Contudo, é sua incumbência trazê-lo de volta. Mostrar que queremos aprender de novo, segui-lo, nos prostrar a seus pés. Ele nos escolheu, mas também temos de escolhê-lo. Temos de provar que esse é nosso desejo também. E Deus nos forneceu todos os instrumentos para demonstrar isso. Ele nos confiou a semente sagrada. Estamos apenas plantando-a.

Suas palavras faziam pouco sentido para ela, porém Hannah acenou com a cabeça indicando que estava de acordo. O que ela poderia fazer até que conseguisse falar com padre Jimmy ou com Teri, alguém que a levasse para longe dessa casa?

— Estamos fazendo uma boa ação? — perguntou.

— É a coisa mais grandiosa que poderia acontecer para a humanidade! Ter Jesus entre nós de novo! Todo meu treinamento e estudo tiveram esse propósito. Todos procuram um objetivo. Os Whitfield, Judith Kowalski, até mesmo você, minha querida Hannah.

"E logo perceberá que temos o maior propósito de todos. Você não quer se deitar agora?

— Não.

Sua mão segurou seu ombro com tanta firmeza que ela podia sentir as unhas perfurando sua pele através da camisola de flanela. Conteve a vontade de gritar.

— Seria melhor para você, eu acho. Deixe-me ajudá-la.

Ela retirou a mão dele do ombro.

— Está tudo bem. Não preciso de ajuda.

Observou-a com atenção quando se deitou na cama. Hannah não queria mostrar seu medo, mas as pernas tremiam sob as cobertas. O peso do bebê — seu bebê, não deles — a afundou no colchão macio. Estava chutando de novo. Fixou os olhos no teto.

— Muito melhor, não é? — disse com suavidade ao vê-la deitada.

Uma voz fraca perguntou:

— Por que a porta estava trancada?

— Talvez pensemos que ainda não percebeu inteiramente a importância de nosso propósito — respondeu. — Isso é tudo. Mas você compreenderá. Quer seu mingau agora? Mingau frio não é gostoso. Porém pode ser muito saboroso quanto está bem quente.

Hannah notou com um estremecimento que ele voltara às suas maneiras corteses habituais.

CAPÍTULO

36

ASSIM COMO HANNAH, padre Jimmy levantou-se esta manhã incerto se pensara com clareza a noite passada. Afinal de contas, ele concebera um cenário que qualquer pessoa equilibrada descartaria e parecia absurdo agora, pensou enquanto fazia café na cozinha da reitoria.

O dia estava cristalino e gélido, e a luz do sol que atravessava a janela minimizou as conspirações exageradas que imaginara à meia-noite. Não obstante, após duas xícaras de café e uma vasilha de cereal, ainda pensava na situação difícil de Hannah. Tudo que tinha certeza, até que os fatos se esclarecessem, é que ela estaria melhor em qualquer outro lugar do que naquela casa em Alcott Street.

A acidez de seu estômago mostrou que preparara um café muito forte, a menos que a ansiedade fosse responsável pela sensação de ardência. Discou o número dos Whitfield para tranqüilizar-se, esperando que Hannah atendesse o telefone, porque não saberia o que dizer se outra pessoa o fizesse. Mas depois de o telefone tocar dez vezes desistiu, sem atenuar seus temores. Talvez os Whitfield tivessem antecipado as férias. Essa palavra agora soava menos festiva aos seus ouvidos.

Mais tarde na igreja, enquanto escutava as confissões — a maioria de mulheres idosas lamentando-se dos mesmos pecadilhos antigos e aborrecidos —, seu pensamento voltou-se para Hannah e a acidez do estômago retornou. Quando a última pessoa saiu do confessionário, permaneceu sentado esperando que monsenhor Gallagher estivesse livre.

Padre Jimmy sempre ia ao confessionário do monsenhor para contar suas transgressões da semana. Visto que a doutrina católica reconhecia os pecados do pensamento e das ações, padre Jimmy quase sempre incorria na primeira categoria e, com muita freqüência, os dois padres discutiam a natureza do pecado e suas próprias lutas para resistir a ele. Essas discussões, que poderiam ser feitas na reitoria, eram mais fáceis de formular quando os homens estavam separados por uma grade de treliça.

Como de hábito, padre Jimmy entrou no confessionário e abriu a cortina.

— Abençoe-me, padre, porque pequei. Já se passaram sete dias desde minha confissão. Estes são meus pecados... — Dessa vez não estava seguro de como proceder. O que iria dizer era delicado e dependia de uma escolha cuidadosa das palavras, palavras que não lhe vinham à mente. A pausa foi tão demorada que o monsenhor pensou que o jovem padre saíra do confessionário.

— James, você ainda está aí?

Nunca conseguira chamá-lo de Jimmy. Era muito informal. Barreiras suficientes tinham caído no mundo moderno e, assim, ele aferrava-se à sua crença de que um padre ficava à parte de sua congregação, um guia e um exemplo para aqueles a quem servia e não um amigo e confidente. Ele era monsenhor Gallagher e não monsenhor Frank. Nunca seria outra coisa.

— Sim, padre... creio que posso ter ultrapassado os limites ao confortar uma paroquiana.

Sem perguntar, o monsenhor sabia que ele estava falando da garota Manning e esperou que "ultrapassado os limites" não fosse um eufemismo para uma imprudência carnal. Já o advertira uma vez para manter distância. Certamente James era muito inteligente e tinha um futuro tão promissor para sucumbir a desejos básicos.

— De que forma? — perguntou, tentando manter a voz neutra. Suportou outra longa pausa.

— Creio que permiti que ela se tornasse por demais dependente de mim.

O suspiro de alívio do monsenhor foi imperceptível.

— Isso acontece, James. Com mais experiência, você aprenderá a guardar uma distância emocional. Mas isso não é um pecado. Não é motivo para se confessar. A menos, é claro, que haja algo mais.

— Nada mais, exceto que quero que ela dependa de mim. Gosto da sensação que isso me provoca. Penso nela mais do que deveria.

— De uma maneira inapropriada?

— Possivelmente.

— Ela percebeu esses sentimentos?

— Acho que sim.

— Você os discutiu com ela?

— Não, padre, nunca. Só presumo que ela nota minha... preocupação. Tenho uma necessidade muito forte de protegê-la. É minha necessidade que temo, não a dela.

— Então posso sugerir um remédio imediato. Até que entenda de modo mais completo essa sua "necessidade" e seja capaz de controlá-la, seria melhor que eu guiasse espiritualmente essa pessoa. Tem alguma objeção?

— É em mim que ela confia, monsenhor.

— Não seja vaidoso, James. Ela pode confiar em outra pessoa. Se o está conduzindo para um caminho tortuoso, isso deve parar. É assim que vamos cessá-lo. — Sua firmeza não permitia nenhuma contestação.

— Concordo.

— Estou esperançoso. Algo mais?

— Apenas uma questão teológica, se for possível.

O monsenhor acalmou-se, feliz por abandonar o terreno das paixões incontroláveis para uma base teórica mais elevada.

— Pode falar.

— Com todos o avanços médicos que estão acontecendo hoje em dia, o que a Igreja faria se um cientista tentasse clonar Jesus?

— James! — O monsenhor não conteve a vontade de rir. — Você está lendo de novo esses livros de ficção científica? Esse assunto não merece que se desperdice tempo pensando nele.

— Isso não é mais ficção científica. Já se adquiriu conhecimento. Células humanas já foram clonadas. De qualquer modo, o que estou perguntando é qual seria o procedimento?

— E se o céu caísse! Se crescesse uma terceira perna em mim! Realmente, James. Como isso poderia acontecer? Não é possível clonar algo imaterial. É preciso começar com um ser real. Não estou correto? Como isso poderia ocorrer com o nosso Senhor?

— Seu sangue.

— Seu sangue?

— O sangue que ele deixou no sudário de Turim ou no de Oviedo.

Dessa vez foi monsenhor Gallagher que precisou encontrar as palavras certas. Que tipo de absurdo era esse? Mas tinha uma idéia de onde viera. Todo o tempo que James passava no computador seria mais bem aproveitado em atividades práticas. Teria de impor limites ao seu uso.

— As relíquias são repositórios da nossa fé, James. Não são... tubos de ensaio.

— Sei disso. Estou apenas perguntando as conseqüências desse ato, caso se realizasse. Como lidaríamos com o fato? Como o senhor se comportaria em relação a ele, monsenhor?

— De que forma eu lidaria com o inimaginável? — O monsenhor não tentou esconder o desprezo em sua voz, esperando que atravessasse a divisória de madeira. Uma paróquia tem muitos problemas, problemas reais, para que ele se preocupasse com um cenário que não era nem mesmo digno de Hollywood, um lugar que nunca apreciou muito. Este era o lado ruim da juventude de James: a receptividade às fantasias da cultura popular. — Se alguém realizar tal... projeto, creio que teria de ser interrompido.

— Interrompido? Quer dizer, opor-se?

— Não, James, não quis dizer isso. Os cientistas teriam de pôr termo ao projeto. Esse experimento seria condenado antes mesmo de se realizar. É uma resposta satisfatória?

— Mas se a criança já estivesse crescendo dentro do ventre de uma mulher? O que faríamos então?

A paciência do monsenhor esgotou-se.

— James, acho que basta. Que significa tudo isso? Você parece obcecado pelo assunto.

— Porque acho que já aconteceu.

— O quê? — Monsenhor Gallagher instintivamente persignou-se. — Talvez seja melhor terminar essa conversa na reitoria. — Abruptamente, levantou-se e saiu do confessionário.

Se monsenhor Gallagher pensava que continuar a discussão, face a face, na cozinha da reitoria refrearia um pouco o entusiasmo de padre

Jimmy, logo percebeu que estava errado. No exterior, a veemência dele era ainda mais aparente. Durante quase uma hora explicou a situação, tal como discernia, mostrando documentos da Internet, falando apaixonadamente sobre fotografias e sociedades do sudário.

O arsenal de olhares céticos, o franzir de sobrancelhas e os sorrisos desdenhosos do monsenhor Gallagher foram menos eficazes que bolinhas de papel jogadas em uma cota de malha. Por fim, o homem idoso levantou as mãos com um gesto de desistência.

— É fantástico, James. É tudo que posso dizer. Muito fantasioso para que se possa acreditar.

— Mas precisamos descobrir se é verdade.

— O que está sugerindo? Que eu, o pároco da Nossa Senhora da Luz Perpétua e representante da Igreja Católica, dirija até a casa, bata na porta e diga: "Desculpe, é o bebê Jesus que está crescendo no ventre dessa jovem mulher?" Seria posto para fora imediatamente. Seríamos objeto de zombaria. E com razão. Sempre soube que tem uma mente original e a valorizei até agora. Mas você deixou sua imaginação fluir em demasia. Devo dizer que espero que seja só sua imaginação. Sinto, James. Porém é muito absurdo.

Empurrou a cadeira para trás, indicando que encerrara a discussão.

— Por que os Whitfield esconderam tanta coisa dela? São obcecados com a crucificação de Jesus. Possuem um conjunto de arquivos sobre o tema.

— James! — Seu nome na boca do monsenhor Gallagher soou como uma reprimenda severa. — Pessoas com interesses os mais diversos podem querer ter filhos. De uma mãe de aluguel ou de qualquer outro modo. Já ouvi o suficiente acerca desse assunto.

Respirou profundamente antes de continuar.

— Haverá uma segunda vinda, James, mas será revelada de acordo com os planos de Deus, não de alguns cientistas loucos. Pensar de outra forma é duvidar de Sua onipotência. E agora temo que terei de impor uma regra para seu próprio bem. Não verá mais essa mulher. Sob nenhuma circunstância. Se precisar de ajuda espiritual eu lhe concederei. Se for um conselho psicológico, o conseguirei também. Mas você não mais está envolvido. Entendeu?

— Sim, padre.

— Bom. — Monsenhor Gallagher virou-se e saiu bruscamente da cozinha.

Entorpecido, padre Jimmy ouviu os passos subindo a escada e o ranger da dobradiça de uma porta fechando-se no segundo andar, antes de sentir ânimo de mover-se.

CAPÍTULO 37

FIQUE CALMA, COLABORE. Fique calma, colabore.

Hannah recitava essas palavras respirando, como um mantra.

Não havia nada a ganhar com a raiva que sentia ao pensar como essas pessoas a exploraram; tampouco ajudava o pânico que deixava sua boca seca ao imaginar o futuro. Era essencial parecer dócil e concentrada no presente. Teri viria apanhá-la ao meio-dia. Teri a levaria embora desta casa. E ela jamais retornaria. Era muito simples.

Fique calma, colabore. Fique calma, colabore.

Uma mudança acontecera na casa. Agora Judith Kowalski se incumbia dela, o que significava que tinha a chave do quarto de Hannah e o olhava periodicamente procurando sinais de insurreição. A personalidade sociável que demonstrara como Letitia Greene dera lugar a uma formalidade austera. Judith Kowalski era severa, eficiente e desprovida de humor. Sua saia e o suéter de lã cinza, embora de aparência cara, lhe davam um ar de uma superintendente graduada de uma prisão.

— Devo continuar a chamá-la de Letitia? — perguntou Hannah, quando a mulher entrou no quarto para pegar a bandeja do café-da-manhã.

— Como preferir — respondeu com brusquidão, desencorajando uma conversa.

— Você comeu pouco no café-da-manhã.

— Não estou com fome.

Judith encolheu os ombros com a bandeja nas mãos, saiu do quarto e fechou a porta. Hannah esperou o som da chave na fechadura. Mas não o ouviu e seu primeiro pensamento foi que Judith esquecera de trancá-la. Então percebeu que eles a estavam testando. Assim, permaneceu propositadamente no quarto, fez sua toalete, refestelou-se na banheira até a água esfriar, e escovou o cabelo por 15 minutos até o couro cabeludo formigar.

Judith voltou às 11 horas e anunciou que o almoço seria servido embaixo dentro de uma hora.

— Talvez eu não almoce — respondeu Hannah com um tom casual. — Não estou com muita fome esta manhã.

— Como quiser. Haverá um lugar para você, se mudar de idéia.

Mais uma vez, saiu bruscamente. E de novo, Hannah notou que a porta não fora trancada.

Na verdade, seu apetite desaparecera. Além disso, precisava ficar sozinha para refletir sobre os acontecimentos das últimas 24 horas e o que significavam para ela e sua criança.

Não estava certa se entendera toda aquela explicação científica sem sentido que lhe foi dada, ou se queria compreendê-la. A conversa, sobre DNA e embriões misturada com profecias religiosas, a atordoava e atemorizava. Apenas uma coisa estava clara para ela: se o óvulo em seu ventre tivesse sido alterado de alguma forma após o implante, ele fora modificado geneticamente e, portanto, Marshall e Jolene não eram os pais. Não era filho deles. O bebê lhe pertencia, a ninguém mais. Não era ela que o fazia crescer, o nutria e protegia?

Deitou de costas na cama e passou a mão no abdome, imaginando os contornos da cabeça do bebê, suas mãos minúsculas, a barriga redonda, ficando cada dia mais gordo, e as pernas movimentando-se com uma vitalidade imprevisível. Como fizera antes, enviou mensagens silenciosas de amor para ele, seu filho que logo nasceria, dizendo que o protegeria, o protegeria a custo de sua própria vida se necessário.

Todo esse tempo esperara um sinal e, agora, percebeu que o sinal estava dentro dela. Quem quer que fosse o pai, ela era mãe por direito. Se a criança lhe foi concedida, ela era responsável por cuidá-la no mundo. Ficou imóvel, mas cada fibra de seu ser respondia ao chamado. Ninguém a tiraria dela.

Um barulho levou Hannah a se aproximar da janela. Havia um movimento de idas e vindas no ateliê. Viu Jolene carregar umas telas e colocá-las na parte de trás da minivan. Marshall a seguia levando umas caixas. Hannah especulou se elas continham as pastas do arquivo. O ateliê estava sendo fechado e seu conteúdo transportado para outro lugar.

Não havia menção de férias desde a última noite, então a Flórida não era seu destino. Com Jolene ao volante a caminhonete logo partiu e retornou uma hora depois. Durante toda a tarde, a atividade continuou agitada.

Judith Kowalski apareceu no quarto de Hannah no final da tarde, quando um sol pálido começava a descer no horizonte gelado. Ligou o interruptor da luz ao lado da porta.

— Está ficando escuro. Você deveria ter ligado a luz. Vai jantar conosco esta noite?

Hannah pensou em agir como se tudo estivesse normal. Precisava parecer normal, ao menos até amanhã ao meio-dia, quando iria para longe dessas pessoas. Irritá-los ou provocar suas suspeitas nesse ínterim seria imprudente.

— Acho que sim, obrigada — disse animada. — Não me sentia bem essa manhã. Desculpe. Mas consegui dormir bastante à tarde e estou melhor.

— Vamos começar a jantar daqui a 45 minutos.

— Vou me arrumar e logo descerei — disse com um sorriso.

Vestiu uma blusa limpa e prendeu o cabelo em um rabo-de-cavalo com um elástico. Um pouco de *blush* disfarçou sua palidez. Ao descer a escada, ouviu Judith dando ordens ríspidas. Um prato caiu na cozinha e quebrou.

Fique calma, colabore. Fique calma, colabore.

Durante todo jantar pouco se falou, além de comentar a comida ou pedir algum tempero. Sem os fingimentos do passado, não havia muito a dizer. Os papéis haviam sido redefinidos e o sentimento de união que caracterizara as refeições revelou-se o que sempre fora: uma ficção.

Jolene ia e voltava da cozinha para a sala de jantar, demonstrando extremo nervosismo. Marshall abandonara seu ar de autoridade benevolente com a qual habitualmente presidia a mesa, dispensando comentários sobre os acontecimentos diários. Hannah sempre o achara um homem de certa elegância e sofisticação. Agora parecia insignificante e tímido com seus óculos de aro de metal.

Era Judith, sentada na cadeira oposta a Hannah, que provocava a tensão palpável da mesa. Os Whitfield a olhavam constantemente para descobrir indícios de comportamento, enquanto Judith concentrava-se, com um olhar perfurante, em Hannah. Em algum momento do dia ela saíra, voltara com umas roupas e instalara-se no quarto de reserva do segundo andar.

A mulher pôs o garfo e a faca no prato e limpou a boca com um guardanapo, um sinal que estava pronta para falar.

— Como foi seu encontro com dr. Johanson essa manhã, Hannah?

Hannah engoliu o último pedaço de comida.

— Ele falou a maior parte do tempo.

— Sim, e o que você sentiu em relação ao que ele disse?

O ar parecia ter desaparecido da sala de jantar. Jolene mexeu-se na cadeira que rangeu no silêncio.

O assunto fora introduzido! Hannah sabia que tinha de escolher as palavras com cuidado — e quanto menos, melhor. Tentou não mostrar sua perplexidade.

— É muita coisa para absorver — disse, após uma pausa.

— É claro que é, coitadinha! — Jolene falou pela primeira vez. — Estamos nos preparando para esse momento há anos e de súbito você...

— Basta, Jolene — Judith replicou com rispidez. Jolene obedientemente abaixou o queixo e olhou para seu prato.

Judith quase não desviara os olhos de Hannah. Era como se tentasse penetrar através das camadas de pele e osso no cérebro da garota e escrutinar as partes mais íntimas de sua mente.

— E absorveu? Entendeu tudo que ele disse?

— O melhor que pude. — Hannah viu o maxilar de Judith contrair-se e notou que a resposta fora insatisfatória. Estavam esperando mais. O que ela deveria dizer? Que estava vibrando com a maneira pela qual eles a haviam manipulado? Animada com o plano deles? Estimulada com a loucura deles? Tudo que conseguiu dizer foi: — Espero... ter força... para cumprir... minha parte de modo adequado.

Não era muito. Jolene e Marshall olharam de soslaio para Judith, na expectativa de decifrar sua reação. Por muito tempo, o rosto dela não revelou nada. Então seus lábios descontraíram-se.

— Espero o mesmo — disse. — Ficaríamos terrivelmente... desapontados se não a cumprisse.

Hannah subiu logo após o jantar para o quarto, alegando que queria dormir bem à noite. Dr. Johanson lhe havia lembrado essa manhã que não havia substituto para o sono, disse, sobretudo nessas últimas semanas e, assim, ninguém fez objeção.

Hannah manteve-se controlada até chegar ao segundo andar onde não a podiam ver. Então percebeu o estresse que sentira durante toda a refeição. Como fora tão fácil em todos esses meses conviver com Jolene e Marshall? E com Letitia? Até o nome soava falso agora. Ela estivera muito desesperada para que eles a aceitassem?

Pressionou os lábios com firmeza para não chorar. Seria uma atitude inútil e infantil. O que ela tinha de fazer era controlar-se até amanhã ao meio-dia. Com certeza conseguiria. Amanhã tomaria o café-da-manhã na cama e por volta das 11h30 desceria a escada. Não levaria nada com ela para evitar suspeita.

Decidira ser amigável com todos e, acima de tudo, com Judith. Porém, assim que o carro de Teri entrasse no caminho de cascalho, ela abriria a porta. Antes que percebessem o que estava acontecendo, Teri a estaria tirando de toda essa confusão. Ela poderia até mesmo visitar Ruth e Herb...

Adormeceu, pensando na sua antiga cidade e no Blue Dawn Diner, e não ouviu a chave girando na fechadura.

CAPÍTULO 38

OS SALTOS DOS SAPATOS DOS PAROQUIANOS ressoaram na nave lateral da Nossa Senhora da Luz Perpétua. Após um intervalo correto, padre Jimmy abriu a cortina do confessionário e viu que a igreja estava vazia. Segundo seu relógio, ainda teria de permanecer na igreja por mais 15 minutos. Em qualquer outro dia poderia encerrar suas atividades, visto que não havia mais almas para se confessarem.

Mas ficou lá.

Era ele que precisava se confessar.

O monsenhor estava certo quando dissera que o diabo atua por meio dos fracos? Nunca pensara em si mesmo como uma pessoa fraca, mas como controlaria seus sentimentos? Pensava em Hannah e em sua situação difícil quase todos os momentos do dia. Estaria ameaçando sua carreira com isso? Mergulhando precipitadamente na armadilha do diabo?

Por outro lado, apesar da opinião do monsenhor, Hannah não era uma jovem neurótica, à procura de atenção. Seus medos eram reais. Alguém teria de ajudá-la a sair dessa situação em que se encontrava.

As palavras do monsenhor ecoavam em sua mente. "Você é um padre, James, não um policial."

E era exatamente isso. Tudo que James sempre quisera era ser padre. Mesmo agora. Mas desejava ser um *bom* padre. Compassivo, que não recuava em face de uma dificuldade ou abstinha-se diante de um desafio.

Ultimamente, pensava em demasia e talvez esse fosse o problema. E não rezava o suficiente. Confiava em sua mente para resolver sua luta interna, em vez de procurar o Único que poderia de fato ajudá-lo. Não havia nenhum problema por maior que fosse que Ele não solucionasse. Padre Jimmy teria de confiar em Sua sabedoria para esclarecer tudo.

Com esse pensamento, sentiu as batidas do coração diminuírem e uma espécie de paz envolvendo-o. Sentou-se com os olhos fechados respirando, tentando sentir a presença de Deus. Monsenhor Gallagher teve razão em lembrá-lo qual era seu verdadeiro foco.

Abriu a cortina mais uma vez e olhou pela treliça para se assegurar que não havia retardatários de última hora. Então, preparando-se para partir, girou a maçaneta da porta do confessionário. A porta estava emperrada. Tentou mais uma vez, porém sem sucesso. Inexplicavelmente, a porta recusava-se a abrir. Na penumbra, ajoelhou-se e examinou a fechadura.

De súbito, um barulho alto ressoou no outro lado. Era um som que ele jamais ouvira na igreja, um retinir de metal, acompanhado do que parecia ser um ruído de moedas, que ecoou no local vazio. Sentou-se tão rápido que bateu com a cabeça na parte de trás do confessionário. O que provocara esse barulho? Então ouviu algo mais — os passos de alguém correndo.

— Olá? Tem alguém aqui?

A porta da igreja bateu com força.

— O que você quer?

O cheiro veio depois, formigando em suas narinas, não desagradável a princípio até que ele percebesse o que era. Anéis de fumaça entraram por baixo da porta do confessionário. Através da treliça, vislumbrou um brilho amarelo. Aterrorizado, viu que as cortinas pesadas do outro lado do confessionário estavam em chamas. Era só uma questão de tempo para que o fogo se espalhasse na estrutura de madeira.

Padre Jimmy mexeu desesperadamente na maçaneta, constatando agora que de alguma forma a porta fora trancada e que estava prisioneiro em um cubículo pouco maior do que ele. Tentou jogar seu corpo contra a porta, porém o espaço era muito pequeno para que ele pudesse obter suficiente impacto. O confessionário sólido fora construído para suportar golpes mais fortes.

A janela era sua única forma de escapar.

Inclinando-se no banco levantou os pés e chutou a treliça selvagemente com os saltos dos sapatos, até que a madeira começou a quebrar. Quando o buraco ficou suficientemente grande, atravessou-o, rasgando a batina e ferindo bastante seu braço direito. Do outro lado dele, as chamas crepitavam cada vez mais intensas.

Caiu no chão e afastou-se do confessionário com a ajuda dos joelhos e das mãos, justo no momento em que a estrutura de madeira incendiou-se. Então padre Jimmy notou o que causara o fogo. Uma mesa de velas votivas caíra, derrubando chamas bruxuleantes na base das cortinas do confessionário.

Caíra? Ou alguém a empurrara? Lembrou-se dos passos rápidos e da batida da porta.

Automaticamente, correu para a frente da igreja e lançou-se contra as portas que também estavam trancadas. Retirou as aldrabas e os ferrolhos e as abriu com um movimento violento.

Do lado de fora, sob o toldo, com uma expressão perplexa no rosto, estava monsenhor Gallagher.

— Meu Deus, James! O que aconteceu com você? Quem trancou essas portas?

Sem responder, padre Jimmy acionou o alarme de incêndio. O ruído era ensurdecedor.

CAPÍTULO 39

QUANDO OLHOU O RELÓGIO na mesa-de-cabeceira, Hannah ficou surpresa ao ver que já eram 8h30. Não se lembrava de ter levantado à noite, mas um sono contínuo era impossível no seu estágio de gravidez. Pensou se não lhe haviam dado algo no jantar.

Não se sentia tonta, só com uma sensação de peso no corpo, como se tivesse caído em uma cisterna de mel. Parecia improvável que fizessem alguma coisa que pudesse ameaçar a saúde do bebê. Não, contanto que tivesse o bebê dentro dela estaria segura. Mas depois?

Ficou deitada na cama esperando os passos na escada que anunciavam a chegada do café-da-manhã. Jolene estava mais atrasada do que o habitual. Mais provável que fosse Judith, aproveitando seu tempo. Quando seus olhos acostumaram-se com a penumbra, levantou-se.

A bandeja do café-da-manhã já estava na cômoda. Alguém entrara no quarto, a colocara lá e saíra enquanto ela dormia. Foi até a cômoda e examinou a bandeja. Uma tampa de prata cobria um prato de ovos mexidos e duas torradas de pão integral. As torradas estavam frias, com rodelas de manteiga duras como tijolo e um pote de geléia de morango congelada ao lado. O bule de chá ainda estava quente e, então, encheu uma xícara e alegrou-se de ver um pouco de vapor sair do líquido âmbar.

A bandeja fora posta lá há uns 15 ou 20 minutos, o que era estranho. O menor barulho a acordava. Achando o chá mais amargo que o habitual, Hannah pôs duas colheres cheias de açúcar, mas não o bebeu mais. Não queria ficar paranóica, porém o sabor era diferente. Ou tinham mudado de marca ou eles...

Levou o bule para o banheiro e derramou o chá na privada. Depois cortou as torradas em pequenos pedaços e os jogou junto com os ovos, e deu descarga.

Pouco importava. De qualquer modo, estava sem apetite.

Tentou abrir a porta do quarto e não se surpreendeu ao vê-la trancada. Judith e os Whitfield tinham preocupações mais urgentes hoje do que a vigiar.

Abriu a cortina da janela e olhou o jardim. A cor do céu parecia leite azedo. O chafariz dos pássaros congelara e os pinheiros tinham um aspecto frágil e quebradiço. Enquanto contemplava a cena desoladora, a porta da cozinha abriu-se e Jolene apareceu com um pacote de semente de pássaro que espalhou com profusão no chafariz.

Jolene persistia em sua determinação de converter o jardim em um santuário para a vida animal. Hannah lembrou-se das excursões noturnas de Jolene no outono e seus estranhos transes. Falara de perigo, um perigo que se revelaria "em meu nome". Apontara repetidamente para Alcott Street em direção ao centro de East Acton, como se a ameaça viesse de lá. Subitamente, Hannah percebeu que não era a cidade que assustava Jolene. Era a igreja. Ela apontara para a Nossa Senhora da Luz Perpétua. Padre Jimmy era o perigo que ela temia, a menos que fosse a própria cólera de Deus.

Agora que relembrava os acontecimentos, vinha-lhe à memória que Jolene aparecera na igreja em diversas ocasiões alegando que a estava procurando. Sempre na igreja, nunca na biblioteca ou na loja de sorvetes. Não gostava que Hannah conversasse com o padre. Hannah queria telefonar para padre Jimmy, mas isso só seria possível quando estivesse a salvo com Teri. Seria a primeira coisa que faria quando chegasse em sua casa.

Jolene espalhou as últimas sementes para os passarinhos e entrou em casa.

O resto da manhã foi tranqüilo. Hannah viu a minivan desaparecer no caminho de cascalho. Mais tarde, Judith saiu com seu carro e logo retornou. Qualquer coisa que estivesse acontecendo, ninguém a estava informando. Talvez ela percebesse alguns indícios antes do almoço. Com o passar do tempo, pressentiu assustada que eles a manteriam no quarto o dia inteiro.

Por volta das 11h30, não conseguiu mais ficar sentada e começou a andar pelo quarto. Teri chegaria daqui a meia hora e ainda não havia sinal de movimento embaixo. Bateu na porta, até ouvir passos na escada.

A chave girou na fechadura. Era Judith com roupas de trabalho que contrastavam violentamente com sua elegância habitual e que lhe davam um ar proletário. Sem as jóias e a maquiagem bem-feita, suas feições eram grosseiras.

— Sim? — disse com cortesia.

— Eu... eu... fiquei com medo que você tivesse esquecido de mim.

— É só isso?

— Não vi ninguém essa manhã. Pensei que poderia ajudar a preparar o almoço.

— Jolene ainda não começou a fazê-lo. Vamos almoçar às 13 horas. — Judith começou a fechar a porta.

Hannah parou no vão da porta.

— Tenho certeza de que ela gostaria de um par extra de mãos.

Judith relaxou a pressão na maçaneta.

— Suponho que sim — disse após um momento de reflexão. — Você pode vir agora, isso me pouparia outra viagem mais tarde.

Deixou Hannah passar diante dela e a seguiu tão perto na escada que Hannah podia sentir a respiração da mulher acariciando os cabelos em sua nuca.

Várias malas estavam colocadas na porta de entrada e os objetos haviam sido retirados das prateleiras da sala de estar.

Jolene estava na pia lavando legumes.

— Bom-dia, Hannah. Dormiu bem?

— Sim, obrigada. Posso ajudar em alguma coisa?

Hannah notou o olhar rápido que Jolene dirigiu a Judith.

— É só uma torta de frango. Se você quiser descascar e cortar algumas cenouras e nabos, creio que não lhe faria mal, não é, Judith?

— Tem também algumas beterrabas. — Apontou para a tábua de madeira, na qual estava uma faca de aço limpa. Sem esperar a reação de Judith, Hannah aproximou-se do balcão e a segurou com a mão direita.

— Ótimo dia para comer torta de frango — falou alegre, só para continuar a conversa. — Aproveitar as costelas. Minha tia Ruth costumava fazer algumas vezes. Bem, na verdade ela não a fazia. Comprava congelada no supermercado. Tio Herb gostava muito.

— É um dos pratos favoritos de Marshall — observou Jolene, voltando para seu trabalho.

Satisfeita ao ver que as atividades na cozinha estavam em ordem, Judith saiu. Seus passos logo se desvaneceram. Hannah não saberia dizer para onde fora. Tudo estava tão sigiloso hoje. Só percebia que não permaneceriam muito tempo na casa.

O relógio da cozinha marcava 11h54. Se olhasse para a esquerda podia ter uma visão parcial da alameda pela janela da cozinha. Teri chegaria a qualquer momento. Descascou uma cenoura, concentrando-se em suas tarefas. A faca era afiada e ela não queria se cortar.

Jolene ligou o forno e pôs quatro porções da torta em um papel laminado.

— Onde está Marshall? — perguntou Hannah.

— Não está em casa. Falei que almoçaríamos às 13 horas. Já deve estar chegando.

— Você está zangada comigo, Jolene?

— Zangada? — A mulher pensou um pouco antes de responder. — Não estou zangada. A raiva é um pecado. Desapontada, creio. Esperávamos que você ficasse mais entusiasmada com o que estamos fazendo.

— Mas estou. Realmente.

— Bem, talvez esteja. Judith pensa de outra forma.

— É claro que fiquei perplexa quando vocês me contaram. É compreensível. Contudo, agora que me acostumei com a idéia...

— Você tem consciência de sua missão gloriosa?

— Sim, claro, é uma honra muito especial.

— Espero que perceba. — Sem Judith na cozinha, Jolene demonstrou seu entusiasmo. — Isso foi concedido só para você, Hannah. Você entre todas as mulheres. Muitas tinham esperanças de serem escolhidas.

— Vocês são numerosos?

— Ah, sim. Somos tantos que exércitos O rodearão e realizarão Seu desejo. — Seus olhos tinham um brilho exaltado. — Porém, quando vier dessa vez, só os devotos serão admitidos entre seus membros. Apenas os devotos!

O relógio marcava 11h59.

— E o resto? — perguntou Hannah.

— As outras pessoas...? Aos outros lhes será permitido debilitar-se e morrer. Assim que deve ser. — Parou de falar e olhou os ingredientes. — Oh, querida, esquecemos o aipo. Tem uns talos na geladeira. Você se importaria de cortá-los?

— Sem problema. — A faca fez uma série de pancadinhas cortantes na tábua.

Já era meio-dia e Teri ainda não chegara.

— Bem, está pronto — disse Jolene olhando com ar de aprovação o trabalho de Hannah. — Por que você não vai para a sala de estar e se senta um pouco? As tortas só estarão assadas daqui a 40 minutos.

— Não há nada mais que eu possa ajudar?

— Creio que não. Agora vá para a sala.

O som de um carro no caminho de cascalho atraiu a atenção de Jolene.

— Deve ser Marshall. Chegou mais cedo. — Esticou o pescoço e olhou pela janela. — Não é. Não é a minivan. Não imagino quem possa ser...

Voltou-se no momento em que Hannah abria a porta da cozinha.

— O que está fazendo? Hannah! Está gelado lá fora.

Quando Hannah abriu a porta seu coração contraiu-se. Diante dela, parada no degrau, bloqueando sua passagem, viu Judith Kowalski. Seu rosto tinha uma expressão furiosa.

— Basta! — disse. — Vamos entrar.

Hannah tentou desvencilhar-se, mas movimentos rápidos e angulosos estavam além de suas capacidades. Agora seu corpo parecia mover-se em câmera lenta, como um urso preparando-se para a hibernação. Judith agarrou com força seu cotovelo e a virou como se fosse um aluno malcomportado, sendo conduzido pelo diretor.

— Quem é, Judith?

— Não sei. Uma mulher. Mandei-a embora.

Hannah foi empurrada para o lado e segurou a extremidade do balcão com a mão livre. Na tábua de cortar estava a faca que ela deixara em cima. Tentou segurá-la e tocou-a com a ponta dos dedos, antes que

Judith lhe desse outro safanão para a frente. A faca soltou-se de seus dedos e caiu na pia.

Agora a única coisa que podia fazer era gritar. Se gritasse bem alto e por muito tempo, Teri a ouviria e voltaria correndo. Respirou profundamente e expeliu o ar de seus pulmões com toda a força.

— TEERRRIII...

Um pano de prato enfiado em sua boca interrompeu o grito. Hannah foi amordaçada. Sua visão anuviou-se e seus braços começaram a balançar sem controle, como se obedecessem à própria vontade. Ela iria sufocar.

— Respire pelo nariz — sussurrou Judite em seu ouvido. — Você se sentirá bem respirando pelo nariz. — Quando a pressão em sua boca aumentou, Hannah parou de se debater. Suas pernas cederam e ela caiu no chão.

— Pensou que estava sendo esperta, não é? — murmurou Judith, em pé ao lado dela.

Teri desligou o motor, vestiu o casaco e preparou-se para enfrentar o frio, quando viu Jolene Whitfield andando em direção ao carro. Teri abaixou o vidro.

— Prazer em vê-la — disse Jolene ao se aproximar. — Teri, não é? A amiga de Hannah de Fall River. Que surpresa agradável!

— Como está, sra. Whitfield?

— Nada a reclamar. Exceto por esse frio, é claro. Creio que veio ver Hannah. Gostaria que tivesse nos prevenido. Ela não está.

— Quando vai voltar?

— Saiu há pouco tempo e disse para não esperá-la até antes do jantar, que é servido por volta das 19 horas. Será bem-vinda se quiser juntar-se a nós.

Jolene sorria enquanto se movia para a frente para trás e esfregava os braços bruscamente, como uma tentativa de manter o calor. O convite parecia bastante sincero.

— Curioso. Tínhamos feito planos para nos encontrar.

— É mesmo? Ela não comentou nada comigo.

Óbvio que não, Teri pensou. Seria a última pessoa com quem falaria.

— Ainda vão sair de férias amanhã?

— Gostaria que sim. Mas Hannah ficou nervosa com a perspectiva de viajar em seu estado, então adiamos. Não posso culpá-la.

O que acontecera? Teri conjeturou. Nervosismo? Talvez com a mudança de planos, Hannah tenha esquecido a visita. Parecera confusa ao telefone e Jolene não era propriamente uma influência tranqüilizadora.

— Está tudo bem? — perguntou.

— Graças a Deus. Agora Hannah gosta de passar algum tempo sozinha. Está cada vez mais introspectiva. Mas com o nascimento do bebê em menos de um mês, imagino que ela tenha muita coisa para pensar. Portanto, a deixamos sozinha e somos indulgentes com seus estados de humor... Como estão seus filhos? Dois meninos, não é?

— Sim. Dois delinqüentes, é assim que devemos chamá-los. Agitados como nunca. Bem, sra. Whitfield, adoraria esperar mas tenho de trabalhar hoje à noite. Se Hannah só vai voltar no final da tarde...

— Foi o que ela disse.

— Por favor, peça a ela para me ligar amanhã.

— Direi. Foi uma pena ter feito a viagem à toa.

Jolene olhou o carro partir, parar na cerca de alfeneiro e entrar em Alcott Street. Antes que estivesse fora de vista, levantou a mão e fez um pequeno aceno.

Teri viu o retorno da estrada 128 na próxima rampa e estava preparada para pegá-lo, quando sentiu um impulso. Diminuiu a velocidade do carro, reclinou-se no encosto macio e deixou o motor rodar em marcha lenta. Então, sem saber exatamente o que iria fazer, deu meia-volta e dirigiu-se para East Acton.

Estacionou ao lado da Nossa Senhora da Luz Perpétua e ficou dentro do carro um momento organizando seus pensamentos. Não lembrava o nome do jovem padre. Era um nome comum. Alguma coisa como padre Willy ou padre Joey. De qualquer forma, algo que soava um pouco banal para um padre.

Tocou a campainha da reitoria diversas vezes. Por fim, a porta abriu com um rangido e o rosto de uma senhora idosa de cabelos brancos apareceu.

— O que é?

— Bom-dia. Ou melhor, boa-tarde. Poderia me ajudar? Estou procurando um padre jovem e atraente.

A porta abriu-se mais mostrando a governanta da reitoria com um avental de morim desbotado em cima de um vestido preto e um semblante levemente perplexo.

— Temo que não tenha me expressado bem — disse Teri. — Quero dizer, estou procurando um certo padre dessa paróquia. Não lembro seu nome. Só sei que é jovem e bem-apessoado. Existe alguém que corresponda a essa descrição aqui? É importante que eu fale com ele.

— Deve ser padre Jimmy, suponho — disse a mulher recuando para que Teri entrasse na sala de espera. — Não que o monsenhor não tenha uma boa aparência para um homem de sua idade. Queira sentar-se, vou ver se ele está livre.

Fez um gesto em direção à sala e subiu a escada.

Ah, Jimmy. Chegara perto. Quase não teve tempo para inspecionar o que para ela era uma mobília proibitiva, quando ouviu alguém descendo a escada. Hannah definitivamente não superestimara seu aspecto atraente. Um sorriso bonito, pernas longas, magro e uns olhos escuros que, em geral, sugeriam a intimidade de um quarto. Que desperdício, pensou.

— Você quer me ver? Sou padre Jimmy — disse.

— Olá, padre. Meu nome é Teri Zito. Sou amiga de Hannah Manning.

— Há algo de errado?

— Esperava que soubesse me informar. Parece uma bobagem o que vou contar, mas fui há pouco tempo à casa em Alcott Street e ela não estava lá. Fizemos planos a fim de que ela fosse para minha casa hoje. Moro em Fall River. Quando cheguei lá a sra. Whitfield disse que Hannah saíra.

— E você está preocupada com ela.

— Hannah não é assim. E sei que se sente desconfortável lá ultimamente. De qualquer modo, ela falara a seu respeito e pensei que poderia saber onde está. Na verdade, precisava falar com alguém.

— Posso entender sua preocupação, sra. Zito. — A ordem do monsenhor lhe veio à lembrança, veemente e categórica. — Gostaria de ajudá-la, mas não vejo Hannah há dias. É uma explicação sucinta. Mas se souber alguma coisa, ficarei contente em...

— Está tudo bem. Tenho a certeza de que é apenas um equívoco. Preveni que pareceria uma tolice. Sinto muito tê-lo incomodado.

— Realmente, não é nenhum incômodo.

O padre a acompanhou à porta e a observou subir os degraus do pórtico. Ao chegar ao final, ela parou e olhou para ele.

— Só gostaria que soubesse que Hannah falou a seu respeito com muita admiração, padre. Obrigada por ter sido gentil com ela. É seu único amigo aqui... E, bem, ela é jovem e não sei se inocente é a palavra apropriada. Ninguém é inocente nos dias de hoje. Mas ela é... uma boa pessoa. Você sabe o que isso significa?

Concordou com um aceno. Pensativo, ela achou.

CAPÍTULO

40

ASSIM QUE O CARRO DE TERI DESAPARECEU, Hannah foi levada para o quarto pelas duas mulheres que andavam ao seu lado segurando-a pelos braços. Hannah sentiu-se como um traidor conduzido à prisão.

— Sentimos muito ter de fazer isso, Hannah — explicou Jolene, quando chegaram ao terceiro andar. — Compartilhamos informações muito particulares com você e nos deu a impressão que valorizava a importância de seu papel. Não esperávamos que se comportasse dessa forma. Agora, temos de proteger o que é nosso. Espero que compreenda.

— Não desperdice palavras com ela — disse Judith.

A porta foi trancada e Hannah ficou sozinha o resto da tarde. Seu único pensamento era como poderia escapar da casa o mais rápido possível. Segundo os sinais, eles não pretendiam mantê-la aqui por muito tempo. E depois desse incidente, quem saberia seu paradeiro?

É claro, ela poderia abrir a janela e começar a gritar de novo. Porém, quase não se via a casa mais próxima e logo poderiam tapar sua boca com pano mais uma vez. Ou ela poderia tentar quebrar a fechadura, mas não sabia como, pois os instrumentos disponíveis — um par de tesouras, pinças e a prataria da bandeja do café-da-manhã — não eram aqueles de um perito arrombador.

Também não conseguia se imaginar subindo no telhado! Do lado de fora, o céu estava sombrio e uma chuva fina começara a cair. Com a temperatura descendo, a chuva logo se converteria em granizo e o telhado ficaria escorregadio como a superfície de um óleo. Não deveria testá-lo.

Precisava elaborar um plano.

Quando Marshall trouxe seu jantar, ele lhe perguntou se estava bem.

— Sim.

— Não está machucada?

— Não.

— Fico contente de saber.

Ao sair do quarto, parou como se fosse dizer algo mais, porém mudou de idéia. Trancou a porta atrás de si.

Hannah deitou-se na cama, sua mente vazia, parecendo incapaz de alguma atividade. O grande plano de fuga não lhe havia ocorrido e provavelmente não se revelaria. Que espécie de adversário ela era perante três adultos saudáveis? Quatro, contando com dr. Johanson. Oito meses de gravidez, desajeitada, cansada e nervosa! E ainda mais, tinha de urinar! Nos últimos dias, a cabeça do bebê começara a pressionar sua bexiga e a necessidade de urinar com freqüência complicava sua vida.

Levantou da cama, caminhou para o banheiro e deitou-se de novo.

Duas horas mais tarde, levantou-se com a mesma necessidade urgente e o relógio marcava apenas 1h30. De novo, andou cansada para o banheiro e voltou. Nesse momento, teve uma idéia. Não era de modo algum uma garantia que funcionasse, mas se fizesse direito... Além disso, que outras escolhas tinha?

Ligou a lâmpada da mesa-de-cabeceira. Na gaveta da cômoda achou umas meias velhas de lã. O que mais? Seus olhos percorreram o quarto. O caderno de notas serviria!

Cortou diversas páginas e depois as enrolou em bolas apertadas.

Uma simples vara de madeira era tudo que precisava agora. Usaria o guarda-chuva do armário. Levou tudo para o banheiro e levantou a tampa da privada.

Primeiro, jogou na água as meias empurrando-as o mais possível para o dreno, e com a ajuda do cabo do guarda-chuva as introduziu ainda mais profundamente. Embrulhou as bolas do caderno de notas em papel higiênico e obstruiu o vaso e, por precaução, pôs em cima o que restava do rolo. Satisfeita com o trabalho, recuou e deu descarga.

O nível da água no vaso subiu devagar e parou quase na borda. Esperou para ver se desceria. Quando não desceu, deu mais uma vez descarga e a água transbordou no chão de ladrilho. Em uma terceira vez, o chão inundou-se.

Agora precisava acordar alguém. Jolene e Marshall dormiam no quarto embaixo do dela, enquanto Judith ocupava o quarto de visitas do outro lado do vestíbulo.

— Alô! — gritou. — Estou com um problema. Preciso de ajuda! — O barulho de seus punhos batendo na porta ressoou na escada. Suas mãos ficaram feridas até que, por fim, ouviu um movimento no andar inferior.

— Alguém está acordado? — berrou.

— O que é? Tem alguma coisa errada? — Era Marshall. Ouviu um clique na fechadura e ele pôs a cabeça para dentro.

— É a privada. Está entupida. A água inundou tudo. Minha necessidade de urinar é tão forte que acho que vou explodir. — Saltava de um pé para o outro, como se estivesse dançando em cima de carvão quente.

Marshall olhou os pulos absurdos com os olhos inchados, ainda não ajustados à luz e cambaleou em direção ao banheiro para investigar.

— Vamos ver o que posso fazer. Você pode usar o banheiro embaixo.

— Você chegou na hora certa.

Os Whitfield tinham seu próprio banheiro, mas havia um banheiro de visitas no final do hall. Jolene estava sentada na cama quando Hannah passou na ponta dos pés pelo quarto. Ficou no banheiro uns 10 minutos, deu descarga, e abriu a torneira da pia com um ruído estrondoso. Depois, voltou para o andar de cima.

Marshall secara quase toda a água com toalhas, porém fez pouco progresso em desentupir a privada. Sua frustração aliava-se à hora tardia e a falta de equipamento apropriado.

— Que diabos você colocou aqui dentro? — murmurou.

— Muito papel higiênico. Foi uma dessas noites — disse Hannah, desculpando-se. — Tive de usar o banheiro de hora em hora.

— Consertarei amanhã cedo.

— E que faço nesse meio-tempo?

Levantou os ombros, sem querer lidar com o problema agora.

— Não sei. Acho que terá de continuar a usar o banheiro no segundo andar.

Suas meias encharcadas deixaram pegadas de água no chão do quarto.

— Obrigada — falou Hannah quando ele saiu. Prendeu a respiração, esperando o som familiar do ferrolho. Mas tudo o que ouviu, ou pensou que escutara, foi o barulho dos pés molhados descendo a escada. A porta estava destrancada!

Tinha a certeza de que a necessidade de ir ao banheiro era conhecida por todos e aceita como uma condição inevitável de sua gravidez. Funcionara. A menos que Marshall não tivesse retornado ao seu quarto e estivesse espreitando na escuridão, esperando por ela. Duvidava. Isso era história de filme de terror — pessoas gritando "buu" no meio da noite.

Quarenta e cinco minutos se passaram antes que ela repetisse o truque — descer a escada, desaparecer no banheiro do segundo andar, dar a descarga e deixar jorrar a água da pia. Se alguém estivesse acordado, ela estaria apenas fazendo outra viagem obrigatória ao banheiro. Foi cuidadosa e quando voltou para o quarto bateu com força a porta para ser ouvida no segundo andar.

Eram quase 4 horas quando ela se levantou de novo, dessa vez evitando ao máximo fazer barulho. Pelo silêncio da casa concluiu que todos estavam dormindo profundamente. A chuva de granizo parara e o céu clareava. O gramado brilhava como se tivesse coberto de gelo picado. Sem ligar a luz, Hannah vestiu seus longos calções e diversas meias-calças. Dois suéteres, um pulôver de tricô, calças e um cachecol. Estava começando a se sentir como Charlie Brown vestido para uma nevasca. Enrolou para cima as calças e, assim, quando vestiu o roupão só se via as malhas. As malhas e os sapatos. Esperava que ninguém olhasse seus pés. Nem ninguém a olharia.

Pôs a carteira com todo seu dinheiro em um bolso e rezou uma pequena prece.

Planejara a descida em etapas. Ir ao banheiro era a parte mais fácil. (O bebê serviria sempre de desculpa se a pegassem.) Não obstante, suava profusamente no momento em que chegou ao segundo andar e seu coração batia tão alto que temeu que poderia acordar toda a vizinhança. Ficou dentro do banheiro com o ouvido grudado na porta e escutou o barulho do ambiente assim que o disjuntor a óleo do aquecedor parou de funcionar — os rangidos e os lamentos das vigas e das tábuas do assoalho de 150 anos. Não havia sons humanos que pudesse distinguir.

Esperou mais 5 minutos para se sentir segura e, então, como um nadador emergindo um dedo do pé em águas geladas do oceano, fez a primeira tentativa de descer o último lance da escada. Aconselhou a si mesma de não parar assim que começasse a descida e concentrar-se apenas em sua meta, a porta da frente. Era agora ou nunca.

No meio do caminho, um degrau da escada rangeu sob seu peso e ela ficou paralisada, enquanto um tremor percorria suas costas. Continuou a descer. Os tapetes do hall abafariam seus passos. Os contornos da porta da frente eram visíveis agora à luz suave que passava pelas janelas e projetava sombras de caixas prateadas no chão. Atravessou o hall e girou o ferrolho da porta da frente quase sem ruído. (A porta da cozinha, como vira em sua tentativa frustrada de escapar, precisava ser lubrificada e por isso deveria ser evitada.)

Cuidadosamente, abriu a porta e preparou-se para enfrentar o frio. Quando houve espaço suficiente para passar — em seu estado significava que a porta estava semi-aberta — atravessou a soleira para o ar noturno.

Nesse momento, uma mão agarrou seu cabelo.

— Marshall! Vem aqui rápido! — Judith Kowalski gritou, enquanto a empurrava para o hall e puxava seu cabelo com tanta força que Hannah pensou que iria arrancar o couro cabeludo. O som da voz da mulher e a dor aguda provocaram uma descarga de adrenalina em seu corpo. Não queria ser encarcerada de novo nem ser sufocada e amarrada como um animal. Eles não tinham o direito de tratá-la dessa forma.

Virou-se e movendo os braços deu um soco no rosto da mulher. O choque do golpe, mais do que a força, surpreendeu Judith que afrouxou o aperto no cabelo de Hannah. Ao voltar para a soleira da porta, Judith veio por trás e passou um braço em volta da sua garganta estrangulando-a, o outro braço com o aperto paralisante de novo.

Hannah arfou para respirar. A luta durou apenas alguns segundos. Os corpos unidos mexeram-se várias vezes em círculos, como um torvelinho embriagado, e Hannah perdeu a direção, sem perceber que estavam muito perto da extremidade dos degraus.

Seus pulmões estouravam em busca de ar. Em um último esforço para se libertar enfiou seu cotovelo com força no estômago de Judith. A pancada e o gelo que cristalizara na entrada da casa impeliu Judith para trás e ela escorregou nos degraus e caiu no caminho de entrada. Os tijolos brilhavam como cobertura de glacê de um bolo de festa. A mulher atingiu-os com baque.

Hannah só começou a correr quando chegou ao gramado que se esmagava sob seus pés, enquanto ela se dirigia para os arbustos próximos à casa. Olhou para trás ao chegar no bosque de pinheiros para verificar a distância que mantinha de Judith.

Os lustres da porta da frente foram acesos e Marshall estava de pé na porta vestido com seu roupão. Judith jazia imóvel no caminho de tijolos, sua camisola levantada até as coxas, uma perna dobrada para dentro em uma posição incongruente. Parecia uma boneca rasgada, deixada de lado por uma criança mimada, que acabara de ganhar um brinquedo mais interessante.

Hannah andou dentro dos bosques que ladeavam as casas em Alcott Street porque só queria sair para o exterior na interseção de Alcott e Main. O chão não estava escorregadio sob as árvores e ela conseguiu mover-se com rapidez, até que seu roupão agarrou em umas roseiras-bravas e ela teve de parar para desprendê-lo.

Ninguém parecia estar perseguindo-a.

Estavam preocupados com Judith? Provavelmente, já a tinham levado para dentro de casa e chamado uma ambulância. Contudo, Hannah não ouvira o som de uma sirene e, portanto, talvez a mulher tivesse apenas entorpecida pela queda. Tudo acontecera de modo tão inesperado, a passagem abrupta para a escuridão, o puxão em seu cabelo. Hannah voltou os pensamentos para o momento atual.

As árvores rarearam e os bosques terminaram em um campo, onde garotos jogavam uma espécie de beisebol no verão. O vento derrubara parte da cerca e a rede elétrica estava coberta de gelo. Do outro lado da rua, a flecha da torre da Nossa Senhora iluminava-se com o luar.

Hannah estava na metade da interseção deserta quando ouviu um carro vindo de Alcott Street. Abaixando-se, andou rápida por trás da igreja e cruzou o jardim da reitoria, refugiando-se no banco de pedra onde padre Jimmy fizera sua confissão no último verão. Um grande arbusto de hortênsia o camuflava temporariamente. Apesar das camadas de roupas, o frio começara a penetrar em seus ossos.

A caminhonete parou em frente da porta da reitoria e Marshall saiu do carro. Tocou a campainha da porta várias vezes, depois deu um passo para trás e nervosamente limpou os sapatos no tapete da entrada. Uma luz acendeu no segundo andar, seguida por outra no vestíbulo. Por fim, monsenhor Gallagher abriu a porta e uma breve conversa se iniciou.

Em um dado momento, o monsenhor convidou Marshall para entrar, mas o homem balançou a cabeça vigorosamente e apontou para seu relógio de pulso. Sua agitação era crescente.

O monsenhor tocou no ombro dele com um gesto paternal.

— ... meus olhos e ouvidos estão atentos... Pode confiar...

— ... é muita gentileza. Eu lhe agradeço.

Após um aperto de mão apressado o padre idoso entrou na reitoria e Marshall voltou para a minivan. Hannah observou os faróis traseiros diminuírem, antes de se aventurar a sair detrás das hortênsias. Por uma janela lateral, viu o monsenhor conversando com alguém no hall e notou que padre Jimmy também acordara. Então, a luz apagou-se.

Assim que concluiu que ambos haviam subido a escada uma luz acendeu atrás da casa, onde ficava a cozinha. Com cuidado, andou nessa direção. Padre Jimmy estava em meio a um ataque à geladeira quando ela chamou sua atenção arranhando ligeiramente a porta adicional que protegia a cozinha do inverno. A princípio, pareceu surpreso e depois aliviado.

— Posso entrar? — perguntou pelo vidro.

Ele pôs um dedo nos lábios e apontou para o andar superior, indicando que o quarto do monsenhor era em cima da cozinha e ela tinha de ficar calada.

Seu rosto estava rosado pelo frio e a luz do cozinha realçou o dourado de seus cabelos. Havia tanta vivacidade nela, tanta excitação, que bem poderia estar vindo de uma festa de patinação. Após um instante percebeu que a euforia era provocada pelo medo. Estava vestida como uma pessoa sem-teto e o roupão que usava à guisa de um casaco rasgara-se por um espinho.

— Tenho de fugir — sussurrou. — Você pode me ajudar?

Segurando sua mão ele a levou para o porão, onde guardavam móveis usados, antigos bancos da igreja e estátuas quebradas. O ar frio cheirava a mofo.

Padre Jimmy falou pela primeira vez:

— O que aconteceu?

— O monsenhor não lhe contou?

— Tudo que disse foi que o sr. Whitfield veio procurá-la. Aparentemente, houve uma discussão na casa, você ficou aborrecida e saiu. Como não retornou, ficaram muito preocupados.

— Preocupados? Eles me detestam. Poderiam me matar a qualquer minuto, se eu não estivesse carregando esse bebê. Eles me trancaram no quarto. Como um refém.

— Acalme-se, Hannah. Não adianta exagerar. — Quando a repreendeu, perguntou a si mesmo por que estava sendo tão rude. Acreditava nela implicitamente.

— Pare de me tratar como uma garota confusa e instável. Estava certa em suspeitar deles. Não preciso provar nada agora. Tenho certeza. Contaram tudo para mim ontem.

O padre sentiu a garganta contrair-se.

— O que eles contaram?

— Vai pensar que estou louca. Ninguém me leva a sério, mas não me importo. Tenho de fugir desse lugar e proteger meu bebê. Eles voltarão logo aqui para me procurar. Espero que você possa me ajudar.

Padre Jimmy parou em frente da escada para impedir que ela saísse.

— Só me diga o que eles falaram. Por favor.

Subitamente, Hannah sentiu-se incapaz de formular as palavras. Segurou o ventre e começou a balançar para a frente e para trás, gemendo. Seus olhos umedeceram. Padre Jimmy aproximou-se dela e segurou suas mãos. Ela encostou a cabeça em seu peito e soluçou.

— O que eles disseram? — murmurou, sentindo a maciez de seu cabelo nos lábios.

— Eles falaram... que eu fora escolhida. — Hannah levantou a cabeça. — Escolhida como recipiente para a segunda vinda.

Mais tarde, padre Jimmy não conseguiu descrever a sensação física que se apossou de seu corpo, como uma onda no oceano antes de quebrar-se, ainda uma força que fazia os nadadores flutuarem, flutuava pelos corpos deles, de modo que corpos e água se fundiam momentaneamente. Nunca vivenciara nada parecido. Ficou tonto e a visão do porão desapareceu por um instante.

Quando a sensação passou e a consciência voltou, viu o rosto de Hannah, seus olhos azuis fixados nele. Era, pensou, o semblante mais luminoso que jamais vira.

CAPÍTULO 41

— CRISTO MORREU. CRISTO RESSUSCITOU. Cristo retornará.

Com as mãos estendidas em direção ao cálice, padre Jimmy recitou o mistério da fé e a assembléia dispersa que conseguiu levantar cedo para a missa da manhã rezou com ele. Havia menos gente que de hábito neste domingo, o tempo não estava bom e as ruas ainda estavam escorregadias por causa da chuva e da neve da noite anterior, e era possível distinguir algumas vozes que contribuíam para o som tênue.

Desde os seus dias de coroinha, dissera a si mesmo — e a todo mundo — que sua casa era a igreja. Esta era sua vocação, assim como, reconhecia, o verdadeiro artista, médico ou professor respondiam a um chamado. Não havia dúvida nem plano alternativo ou incerto. Agradecia a Deus todos os dias por sua certeza.

E agora isso.

Seus olhos examinaram os rostos que o olhavam — alguns entediados, outros ávidos por iluminação, e outros ainda que obedeciam a um hábito profundamente enraizado. Como reagiriam, imaginava, se ele desse um passo à frente e anunciasse que a segunda vinda estava prestes a acontecer? Que Jesus andaria de novo pelo mundo e conduziria os infelizes e oprimidos para a salvação? Suas vidas mudariam em um instante ou fariam apenas o sinal-da-cruz de modo superficial e retornariam à casa para seus tolos programas de televisão e trabalhos estúpidos?

Quando terminou a missa, monsenhor Gallagher estava na sacristia.

— Foi uma surpresa ontem à noite — disse ele, tirando a batina do guarda-roupa, enquanto padre Jimmy despia a dele. — Não posso omitir o que soube. Teve notícias da jovem?

— Desculpe, não entendi — falou padre Jimmy.

— A garota Manning?

Escovou os cabelos com as mãos, devagar, para penteá-los.

— Não. Nada.

— É um assunto desagradável. Não preciso lhe dizer para ficar longe dela.

— Não, senhor. — É assim que se inicia, pensou, a erosão. Começa com a primeira mentira. Começa com um "Não". A primeira lasca na argamassa que mantém a parede de tijolos. Quase não se vê. Afinal, a parede ainda está de pé, não é? Mas o próximo pedaço de argamassa a quebrar será maior e aumentará cada vez mais.

Entregou suas vestes brancas e douradas ao coroinha, que as pendurou no guarda-roupa.

— Isso é tudo, Michael — disse o monsenhor, despachando o garoto. — Sabe que o sr. Whitfield veio à reitoria esta manhã?

— Não, não sabia.

— A jovem ainda não voltou para a casa. Esteve fora toda a noite e em suas condições! Aconselhei-o a chamar a polícia, se ela não retornasse logo. O que acontecera para que fugisse desse modo no meio da noite?

— Eu... eu não posso dizer com precisão, mas lhe direi o que penso que ocorreu. O senhor ordenou-me a não falar sobre isso outra vez.

O monsenhor recuou, assentindo com a cabeça.

— Sim — disse. — Mas em vista das atuais circunstâncias, posso ter-me enganado.

— Bem, ela estava... terrivelmente confusa. Teme pelo bebê que está carregando. Desejou ficar com a criança desde o começo. Agora em virtude da... informação que recebeu, não quer que o bebê caia nas mãos deles.

— E que atitude pensa ser a melhor para essa jovem tomar?

— Honestamente, não sei.

— Ela possui alguma evidência de sua crença? Ou é apenas, como posso dizê-lo, algo teórico?

— Teórico, monsenhor?

— Sim, ela não está inventando isso? — A prontidão da resposta traiu a pouca paciência. A sacristia estava muito quente e o ar que respirava era seco e escassso.

— Oh, não creio que esteja. Ela os confrontou. Eles confirmaram suas suspeitas.

Essa não era a resposta que o monsenhor gostaria de escutar. Lidar com os delírios de uma moça nervosa era um problema sério. Se não eram alucinações, a situação tinha graves conseqüências. Recordou a explicação dada por padre Jimmy da última vez.

— Como essas pessoas conseguiram o sangue de Jesus, o DNA, ou seja lá o que diz que usaram?

— Posso apenas imaginar a partir do que li. O sudário é mantido trancado em uma cripta na catedral de Oviedo. Raras vezes é retirado, mostrado por pouco tempo aos fiéis, e devolvido ao relicário. Há sete anos, em uma sexta-feira da Páscoa, em uma dessas ocasiões, ocorreu um incidente estranho. O padre que o levava para a cripta sofreu um infarto fatal e o tecido ficou, aparentemente, desprotegido por vários minutos. Isso seria tempo suficiente para que alguém tivesse tirado uma amostra do sangue nele encontrado.

— Com certeza, a falta de um pedaço do tecido seria notificada.

— Não seria necessário um pedaço inteiro. Poderia ser apenas um fio. Um ponto mínimo seria suficiente. Os cientistas utilizaram uma fita adesiva para retirar amostras de sangue do sudário de Turim. Por que não fariam o mesmo nesse caso? Não seria, na verdade, detectável.

— Então está convencido de que tudo isso é possível, cientificamente?

— Mais que possível. Acredito que já foi feito.

Monsenhor Gallagher passou os dedos no colarinho. Por que o rapaz da manutenção mantinha o aquecimento nessa temperatura tão alta? Estava um calor asfixiante na sacristia. Alguém poderia sufocar. Uma gota de suor desceu por seu pescoço.

— Se o que diz é verdade, não quer dizer que a segunda vinda é iminente. Não temos prova concreta de que esse tecido esteja manchado com o sangue de Cristo. Essa é a história que tem sido contada. É a tradição. Isso é o que nossos corações gostariam de acreditar.

— O próprio papa rezou diante do sudário — objetou padre Jimmy.

— E por que não deveria? Não é errado rezar. Mas se não for o sangue de Cristo? Não sei, e se for o sangue de um soldado romano massacrado em uma batalha? Ou de um aventureiro medieval? Ou de um criminoso comum? O que então carrega no ventre essa garota? Dois ladrões foram crucificados ao lado de Jesus. Por que não poderia ser de um deles, esse que renascerá?

Observou o horror apossar-se do rosto do jovem, empalidecendo-o. Não teve intenção de ser tão cruel com ele. Padre Jimmy impressionava-se com facilidade, ainda era inocente em muitos sentidos.

— Em benefício da discussão, podemos presumir que a tradição nesse caso não está errada, que o rosto de Cristo foi de fato envolvido nesse tecido no momento de sua morte. Todas essas pessoas ressuscitariam no seu eu físico, a aparência exterior que o habitou durante sua rápida estadia na terra, o corpo que Ele conquistou. Não seu espírito, sua alma, sua divindade.

— A menos que essas pessoas tenham sido inspiradas de modo divino, como alegam.

— Ah, inspiração divina! Quantos disseram isso e quantos se perderam? — A reflexão fez com que ele mergulhasse em um pensamento profundo. Curvou a cabeça de modo inconsciente e esfregou as têmporas com as pontas dos dedos. Padre Jimmy esperou constrangido, com medo de perturbar o grave silêncio que pairou na sacristia.

Por fim, o padre idoso falou:

— Se for a vontade de Deus, nada que eu ou você ou quem quer que seja impedirá que aconteça. Do contrário, tem uma tarefa sagrada a realizar, James.

— O que é?

— Acho... acho que deve encontrar essa jovem.

— Por que eu?

— Ela confia em você, não é?

— Sim, mas recuso-me a entregá-la a essas pessoas.

— Eu não disse nada sobre isso. Falei apenas para encontrá-la. Na verdade, se conseguir, eu o proíbo de informar aos Whitfield. Esse, agora, é um assunto das autoridades da Igreja. Elas lidarão com ela.

— Então crê em mim, acredita nela?

— Creio que alguns fanáticos embarcaram em uma missão que poderia provocar um dano inestimável à Igreja, e isso é suficiente. O mundo não precisa, nesse momento, de outro falso profeta, em especial de um nascido da ciência. Pense nas conseqüências, se isso se espalhasse. Cada alma solitária e perdida daqui até o Timbuctu viria correndo adorar essa criança, quem quer que ela fosse. A mídia se encarregaria de que a história alcançasse cada canto do planeta. Imagine a histeria! O que seria da Igreja em todo esse caos e confusão?

"No sacerdócio, a maioria de nós leva uma vida comum, James. Cultivamos nossos jardins, recolhemos nossas modestas colheitas. Mas você está convocado a fazer algo importante. Deus trouxe essa garota para você, então deve evitar a irrupção do caos. Vejo isso agora. Você também deve encará-lo dessa forma. Isso é trabalho do diabo. Então, encontre-a, James. Ponha fim à heresia. Proteja a Igreja que tanto estima.

Dominado pela urgência da voz do monsenhor e acabrunhado pelos segredos que manteve dele, padre Jimmy sentiu lágrimas nos olhos.

— Tentarei, padre. Farei o melhor.

O monsenhor colocou a mão na cabeça do padre.

— Isso é tudo que Deus nos pede que façamos, James.

CAPÍTULO 42

TODO O CONTEXTO ESTAVA ERRADO. Teri explicaria a si mesma depois. Ali no Blue Dawn Diner? Não é de admirar que não tenha reconhecido logo a mulher.

Ela estava de pé ao lado do caixa, vestindo um grosso casaco azul de lã e um gorro russo de pele (talvez aquele gorro ridículo tivesse algo a ver com isso, também), tentando chamar a atenção de Teri. Era uma manhã de domingo agitada e pouco comum no restaurante. O ajudante telefonou dizendo que estava doente, embora ninguém tenha acreditado. Se o histórico indicasse alguma coisa, estava recuperando-se de uma noitada de sábado com os amigos.

No entanto, significava que Teri precisava tirar os pratos de todas as mesas. A nova garçonete ainda não estava habituada ao ritmo, além de nem sequer ser nova. Já estava no trabalho há sete meses! E Bobby voltara a ser seu antagonista habitual.

Agora, acrescentando insulto ao que era apenas loucura controlada, a mulher de pé ao lado do caixa começou a estalar os dedos para Teri, cada vez que ela passava.

— A atenderei assim que puder, querida. Não vê que estou fazendo o melhor que posso. — Todas as mesas estão ocupadas. Onde a mulher achava que iria sentar? No colo de alguém?

Rapidamente, Teri limpou os pratos sujos de uma mesa para quatro pessoas, anotou os pedidos de sobremesa, e com os pratos empilhados de modo precário na mão direita e em parte no antebraço dirigiu-se para a cozinha. Dessa vez, a mulher não se contentou em estalar apenas os dedos. Cutucou a garçonete, que saltou, deixando um prato escorregar da pilha, cair no chão e quebrar.

— Desculpe — disse a mulher, abaixando para apanhar os pedaços quebrados da louça. Foi quando Teri reconheceu Jolene Whitfield. Logo ali no Blue Dawn.

Bobby saiu rápido da cozinha com uma vassoura e uma pá de lixo.

— Cuidarei disso, senhora. — Bobby não estava de uniforme, apenas com sua habitual camiseta engordurada, mas deu uma gargalhada de prazer que logo se dissolveu em uma desagradável tosse de cigarro.

— Foi um acidente — disse Jolene desculpando-se, à medida que Teri, temendo pelo restante dos pratos, desaparecia na cozinha.

Bobby estava filosófico.

— Tudo bem. Tentamos não usar os pratos mais de uma vez aqui. Se esperar um minuto, teremos uma mesa para você.

— Oh, não preciso de uma mesa. Quero apenas falar com Teri.

Ele varreu os pedaços para a pá de lixo e levou-os para a cozinha.

— Ei, Teri. Esta não é a melhor hora para você ter conversas pessoais. Estamos um pouco ocupados agora.

— Não diga, Bobby? Não havia percebido. Estava lixando as unhas no banheiro nas últimas duas horas.

— Vamos, mexa-se, sim? Tem um pedido esperando aqui desde terça-feira!

Teri agarrou três hambúrgueres especiais no balcão, meteu dentro do bolso do avental uma garrafa de molho tabasco e partiu com a segurança de alguém que teria feito tudo às cegas a essa altura.

Depois de entregar a comida a uma mãe de olhar idiota e seus três filhos com o mesmo olhar ignorante, ocupou-se de Jolene.

— O que a traz aqui, sra. Whitfield?

— Estou procurando Hannah.

— Não é engraçado! Ontem eu estava procurando por Hannah na sua casa. Agora você está fazendo o mesmo. O que está acontecendo?

— Nada de sério, espero. Hannah ficou um pouco aborrecida esta manhã e saiu.

— É mesmo? Pobre coitada. Por que estaria aborrecida?

— Esta é a questão. Não sei. É um problema de fundo emocional. Ela tornou-se tão emotiva que é impossível prever seu comportamento. Tem notícias dela?

— Ultimamente, não. Mas gostaria. Com licença um segundinho?

Teri voltava às mesas e enchia algumas xícaras de café. Para mostrar que ainda não iria a nenhum lugar, Jolene tirou o chapéu de pele e sacudiu os cabelos.

Deixe que ela se acalme, pensou Teri. Viu Jolene olhando pela janela para uma caminhonete parada no estacionamento. Um homem de meia-idade com cabelos grisalhos estava sentado atrás do volante. *Sr.* Jolene. Conjeturou Teri. Deixe que ambos esperem e se acalmem!

Passaram-se dez minutos até que ela voltasse ao balcão.

— Olhe. Duvido que Hannah apareça aqui no restaurante agora. Existe algo, além disso, que eu possa fazer por vocês?

Jolene parecia desanimada.

— Talvez. Seus tios moram em Fall River, não é? Você por acaso teria o endereço deles? Nunca me ocorreu que tivessem um sobrenome diferente. Mas claro que sim.

— Se Hannah precisa de um tempo para si própria, deixe que tenha. Ela sumiu só há poucas horas. Telefonará para você assim que se acalmar. Com todos esses hormônios enlouquecendo, sabe como é. Ademais, se precisa de paz e sossego, o último lugar que procuraria seria a casa de Ruth e Herb. Não seria bem-vinda lá, se entende o que digo.

— O que deveria fazer, então? Minha paciência esgotou-se. Eu realmente achei que você pudesse ajudar. — Jolene fez um último gesto para manter a compostura. — Hannah tem essas idéias malucas na cabeça. Não posso começar a explicá-las. Não tenho idéia de onde vêm. São... absurdas, realmente. Oh, não quero dizer nada de mal sobre sua amiga. Eu amo Hannah, como você, mas, mas...

A mulher não conteve o choro e as lágrimas que escorreram pelo rosto deixaram pequenos traços de rímel. Ela procurou na bolsa, de modo desajeitado, um lenço. Ao perceber que a procura era infrutífera, Teri estendeu-lhe um guardanapo de papel do balcão.

— Obrigada. Desculpe por dar esse espetáculo. Estou tão assustada por Hannah. Ela está em um estado emocional tão instável que qualquer coisa pode lhe acontecer.

O burburinho do restaurante não encobria mais seus soluços e alguns clientes olhavam em sua direção. Ao desistir de qualquer senso de decoro, Jolene agarrou o braço de Teri, como se corresse o risco de ser levada por uma rápida inundação.

— Por favor... ajude-me... Ela está carregando meu bebê e estou tão assustada. Não deixe que nada aconteça a ela... Eu lhe suplico...

Teri sentia-se perceptivelmente desconfortável, em parte porque as pessoas estavam colocando os garfos e facas nas mesas e olhando de modo ostensivo para elas. Mas ficou envergonhada, também, por outra razão.

Surpreendentemente, sentiu uma forte simpatia pela mulher infeliz, que a segurava com tanta força e demonstrava com clareza seu sofrimento.

CAPÍTULO 43

A CASA ESTAVA FINALMENTE CALMA.

Hannah estava deitada no sofá-cama, porém sentia-se tão exausta que não conseguia dormir. Seus pensamentos corriam em direção ao futuro. Havia tanto a fazer — onde teria o bebê, onde viveria depois, onde encontraria um bom advogado, pois a única forma de manter essa criança, seu filho, seria acionar um advogado.

Além de Teri e padre Jimmy, não havia ninguém com quem pudesse contar. Padre Jimmy levou-a embora de East Acton no meio da noite, mas precisou voltar imediatamente para a missa da manhã. Teri estava retirando os restos das mesas no restaurante. Quanto aos outros... ela ainda podia ver Judith Kowalski esparramada no caminho cheio de neve e Marshall olhando para ela em um silêncio aterrorizado. Havia sangue na neve e, quando ele chegou para pegá-la, ficou com as mãos sujas de sangue, e parecia estar usando luvas vermelhas brilhantes, como o homem do final de um show de um menestrel diabólico. Usava uma cartola e exibia-se na neve, dando um sorriso lascivo e acenando suas mãos vermelhas...

O telefone tocou e Hannah sentou-se de repente. Afinal, ela dormira.

Hesitou antes de responder, tentando acordar. Poderia ser padre Jimmy chamando por ela. Procurou o fone ao lado da cama.

Era Teri.

— Você está bem, querida? Não adivinha quem está sentado no estacionamento do restaurante nesse exato momento, tentando saber onde você está agora.

— Não me diga. Jolene?

— E um homem. Seu marido, acho.

Hannah sentiu um aperto na garganta.

— Eles não demorarão muito! O que devo fazer?

— Nada. Fique onde está, por enquanto. Eu só queria que ficasse sabendo.

— Você disse que eu estava em sua casa?

— O que acha que sou? Fingi não ter nenhuma idéia de onde você está. Ela é uma pessoa difícil. Não descartaria a hipótese de me seguirem até em casa. Espere, estão saindo do estacionamento.

— E se agora estiverem a caminho daqui?

— Não atenda a porta. Peça a Nick que diga a eles que não está aí. Ele fará com que temam a Deus.

— Nick não está aqui, Teri.

— É claro! Esqueci que estava levando as crianças para o jogo de basquete hoje. O mesmo velho Nick! Nunca está por perto quando se precisa dele.

— Não posso ficar aqui sozinha. — Teri podia sentir o medo crescer em Hannah. Sua voz estava firme o bastante; o que a traía era sua respiração. Estava cada vez mais curta, de modo que as poucas palavras que Hannah proferia pareciam precisar de ar.

— Sim, você pode. Verifique as portas e tenha certeza de que estão trancadas. Oh, não esqueça a porta do porão. As crianças estavam brincando no jardim dos fundos essa manhã e podem tê-la deixado aberta. Caso se sentir mais segura, feche as cortinas da sala de estar.

— Colocarão a porta abaixo, Teri. Sei que farão isso.

— Eu não...

— Teri, existem muitas coisas sobre as quais não falei que aconteceram ontem à noite, sobre essas pessoas e o bebê. É pior do que imagina. Eu preciso de proteção.

— Então chame a polícia.

— Preferia... não, prefiro não fazer isso.

— Mais mistérios, hum? Você está cansada e está exagerando. Acalme-se e tudo ficará bem. O mais importante é ficar aí dentro. Entendeu?

Na frente da casa, o bater da porta de um carro atraiu a atenção de Hannah. Os Whitfield não poderiam ter chegado ali tão rápido, pensou ela, não antes que tivesse a chance de verificar as portas.

— Está me ouvindo, Hannah?... Hannah?... ainda está escutando?

— ... sim...— engoliu um bocado de ar.

— Estarei em casa assim que terminar meu turno.

Hannah desligou o telefone e olhou pela janela da sala de estar, quando o vizinho do lado entrou e sumiu dentro de casa. Tinha sido um alarme falso. Ainda assim, era apenas uma questão de tempo antes que os Whitfield a localizassem. Puxou bruscamente as cortinas fechando-as. Seu corpo parecia muito pesado. Ela correra demais e dormira muito pouco hoje. Estava cansada demais para continuar a lutar.

Não, precisava fazê-lo. Por causa do bebê, tinha de ir para um lugar onde houvesse mais gente. Sozinha, sentia-se indefesa. Havia segurança entre mais pessoas. Padre Jimmy estava seguro. Por que não estava aqui com ela? Com um impulso, pegou o telefone e discou para o serviço de informações e perguntou o número de telefone de um ponto de táxi.

Quando o táxi passou pelas casas conhecidas e envelhecidas pelas intempéries, Hannah pensou se deveria ter avisado antes. A comunicação com Ruth e Herb quase não existira nos últimos meses e fora apenas um pouco melhor antes disso. Ela lembrou de enviar-lhes um cartão de aniversário e também telefonou uma ou duas vezes para dizer que estava tudo bem. Entretanto, nada que se pudesse chamar de bate-papo. Apenas um rápido contato para verificar se todos estavam vivos e, se estavam bem, "bem como se espera", como falava, invariavelmente, Herb.

Se fossem hostis, decidira, apanharia qualquer roupa que tivesse deixado para trás (e que ainda coubesse nela) e pediria ao táxi para levá-la a um dos motéis à beira da auto-estrada. Depois de tomar essa decisão, sua respiração voltou ao normal. Sentiu-se melhor.

Herb estava na rua retirando gelo do pára-brisa do carro, quando o táxi subiu no meio-fio. Ele não a reconheceu logo, mas algo devia estar registrado em seu inconsciente, pois parou de tirar o gelo e olhou, mais uma vez, demoradamente. Hannah pensou ter percebido um discreto sorriso enrugar a pele de seu rosto encarquilhado.

Deu uma nota de 10 dólares ao motorista, e enquanto ele lhe dava o troco, olhou a rua para ver se havia algum sinal de Jolene ou Marshall. Não havia nenhum movimento. Uma das cortinas da sala de estar fora aberta e Hannah deduziu que Ruth estava olhando.

Herb não escondeu a surpresa, ao ver Hannah sair do táxi.

— Deus, olhe para você! — Estar grávida no corpo e ao telefone eram duas realidades diferentes em sua mente.

— Cuidado. A calçada está escorregadia.

Ele ofereceu seu braço para ampará-la e guiá-la até o caminho diante da casa. Não se lembrava de seu tio tê-la tocado com tanta solicitude antes.

— Você acha que tia Ruth ficará aborrecida em me ver?

— Isso já passou. Se quiser saber a verdade, em primeiro lugar acho que ela se ressente por ter pedido a você para sair, embora talvez nunca admita isso. Quando você telefonava, ela me submetia depois a um interrogatório sobre tudo que dissera. Pedia-lhe que pegasse o telefone e falasse ela mesma com você, já que estava tão curiosa. Mas você conhece Ruth.

Como o momento certo houvesse chegado, Ruth abriu a porta da frente. A primeira impressão de Hannah foi como ela parecia envelhecida. A imagem que tinha na memória era a de uma mulher mais dura e severa. Os traços de Ruth haviam se suavizado, como se estivessem derretendo-se lentamente. A boca começava a virar para dentro, a papada a cair um pouco mais para baixo, e os olhos pareciam ter perdido seu brilho predatório.

— Este casaco é novo? — Foi tudo que disse, quando Hannah entrou na casa.

— Não, é da Teri. Pedi emprestado. Não me cai bem, não é? — Ela riu nervosamente enrolando-o na cintura.

— Não parece ser do seu estilo. Muito enfeitado. Você nunca se vestiu assim quando vivia aqui.

— Acho que não.

— Um vermelho demasiadamente forte. — Ela apanhou o casaco e o pendurou no armário da entrada.

— Então, como tem passado? — disse Herb para preencher a pausa constrangedora.

Por onde deveria começar? O que poderia lhes dizer sobre sua situação para que pudessem compreender? Com certeza, não havia necessidade agora de dar detalhes sobre dr. Johanson, Judith Kowlalski/Letitia Greene, DNA, ou relíquias que continham o sangue de Cristo.

— Fisicamente, estou bem... pesada, mas sinto-me bem... Quanto ao resto, hum, bem, não é sempre fácil viver com gente que não se conhece... achei que precisava de um pequeno intervalo, é tudo... então quando Teri convidou-me para visitá-la...

— Ela tem algum lugar para você dormir? — interrompeu Ruth.

— O sofá.

— No seu estado? — Algo das antigas indignações de Ruth voltara. — É ridículo! Por que não dorme no seu antigo quarto?

— Eu não sabia se poderia. De qualquer forma, não ficarei muito tempo.

— Bobagem. O quarto é seu. Você pode usá-lo, enquanto estiver aqui.

Não era exatamente um convite, mas Hannah concluiu que fora o melhor que Ruth pudera fazer. Ela decidiu se comportar como se fosse um domingo comum e todos os assuntos que pudessem magoar estivessem enterrados no passado. Estavam fazendo um esforço e esse esforço a comoveu.

— Posso trazer-lhe um pouco de chá quente? Você ainda bebe chá, não é?

— Sim, por favor.

— Venha até a cozinha, então.

— Não me diga que esqueceu o caminho para a cozinha, Hannah? — brincou Herb.

Na mesa da cozinha, bebericando na caneca e comendo o que havia sobrado do pão doce da manhã, eles conversaram. Herb e Ruth ouviram suas histórias sobre East Acton, padre Jimmy e a igreja. E Hannah escutou suas histórias sobre o novo vizinho duas portas abaixo, que pintou sua casa de azul — com certeza ela notaria ao passar por lá — e como toda a vizinhança estava alvoroçada.

Ruth comentou que suas pernas não estavam muito bem nos últimos dias e os médicos não conseguiram diagnosticar o problema. Herb disse que enquanto os médicos não as cortassem, ela deveria se considerar uma pessoa de sorte.

Não se falou do bebê. Mas Hannah não se importou. Voltariam a isso mais tarde. Ela saboreou, ao contrário, a estranha sensação de conforto que começou a sentir. Aqui na casa de Ruth e Herb, entre todos os lugares! Ela tentou analisá-la. Sua infância não fora agradável e não poderia fingir que tivesse laços estreitos com seus tios.

No entanto, era sua família, para o que desse e viesse, essa era sua casa. Nada mudaria isso. As memórias acumuladas não pertenciam a ninguém mais, não haviam estruturado outra pessoa. Você pode ir além do seu passado, talvez, como ela fizera, mas é impossível dissimular que nunca tenha acontecido. Ruth e Herb eram parte dela, assim como ela era parte deles. Talvez reconhecessem isso, também. Quem sabe a partida tivesse deixado um vazio em suas vidas e esse fosse o motivo dessa volta para casa, que não parecia tão tenso quanto ela temera.

— Você está no auge de sua beleza, Hannah — observou Ruth. — Não gostaria de se deitar e dormir um pouco antes do jantar? Devo dizer que nos pegou um pouco de surpresa, mas tenho certeza de que poderemos preparar algo apresentável. Existe algo que não possa comer? Por causa do bebê, quero dizer?

Afinal! Ruth mencionara o bebê.

— Não, tia Ruth — respondeu Hannah suavemente. — Qualquer coisa que preparar será ótimo.

Seu quarto estava do mesmo modo que havia deixado. O pingüim de pelúcia não mudara de lugar no peitoril da janela e os livros que estava lendo no último inverno continuavam ao lado da cama. A cômoda que desocupara permanecia vazia e não tinha sido utilizada como local de depósito de decorações de Natal ou de antigas cópias da *National Geographic*.

Haviam esperado, durante todo esse tempo, que voltasse?

Ela deitou-se na cama e mergulhou na suave e confortável sensação de poder afinal relaxar. Sentiu que suas terminações nervosas estavam sensíveis nas últimas 24 horas e que seus músculos doíam. Tentou deixar de lado qualquer pensamento sobre genética e tramas enlouquecidas, e concentrou-se apenas no bem-estar que sentia nessa cama na qual dormira por tantos anos.

A presença de sua mãe parecia pairar no quarto, murmurando em uma voz suave e musical:

— Boa noite, durma bem, não deixe o bicho-papão pegar você. Se ele aparecer mande-o embora...

Tão rápido quanto se tivesse se precipitado de um penhasco, Hannah caiu na escuridão profunda do sono.

Sua mãe ainda estava lá, ainda cantava, mas cada vez mais longe, de outro quarto, fora da janela.

— Boa noite, durma bem... Boa noite, durma bem... Tão doce quanto uma caixa de música, com certeza hipnótica.

Então sua mãe partira e seu lugar fora tomado por Jolene, Marshall e dr. Johanson. Eles estavam em pé ao lado da cama, olhando para ela, sorrindo. Marshall não usava mais luvas vermelhas nas mãos. Havia trocado por luvas brancas. Não, eram luvas de plástico. E não era Marshall que as estava usando, era dr. Johanson. O que ele estava fazendo em seu sonho?

Tentou chamar sua mãe, mas sua boca não emitiu som algum, ainda que seus lábios tenham formado as palavras com cuidado. Ela precisaria gesticular com as mãos e então sua mãe voltaria. Mas suas mãos estavam grudadas ao seu lado, pesadas demais para levantar, como se estivessem embebidas em concreto.

— Boa noite, durma bem, não deixe o bicho-papão pegar você... — O refrão era um simples ecoar à distância. E então se transformou em um outro refrão.

— Boa noite, segure-a bem... não deixe que levante... isso deveria derrubá-la...

Estaria ela em um hospital? Olhava para além dos rostos que a encaravam em um esforço para examinar à sua volta e percebeu que também haviam outras pessoas presentes. Lá estava tio Herb! E tia Ruth, também. O rosto de tia Ruth estava contorcido de raiva, como sempre ficava, irradiando desaprovação pelos olhos. Essa era a antiga tia Ruth, não a que há pouco a havia recebido bem. O que estava acontecendo?

Se apenas pudesse dormir, essas pessoas desapareceriam e a deixariam em paz. Mas não fazia sentido, porque ela estava acordada. Acordada no seu antigo quarto em Fall River. Ela reconheceu o pingüim no peitoril da janela.

Sentiu uma picada no braço, seguida de uma ardência, e percebeu que fora mordida por uma vespa. Ela sempre levava ferroadas de marimbondos. Eram atraídos pelas malvas-rosa do jardim. Repetidas vezes tia Ruth disse ao tio Herb que era preciso queimar o ninho ou jamais iriam embora. Mas tio Herb nunca fizera nada.

Agora ela fora picada mais uma vez.

Talvez por isso tenham chamado dr. Johanson. Ele estava lá para tratar da picada da vespa e livrá-la da dor.

Olhou para ele agradecida e viu que segurava uma seringa na mão direita. E por um instante, Hannah percebeu que não estava sonhando.

CAPÍTULO 44

— PELO MENOS UMA VEZ essa garota vai pensar em alguém além de si mesma. Não vai fugir de suas obrigações como escapou daqui.

Teri não podia acreditar no que ouvia. Hannah fora levada embora. Herb e Ruth a tinham entregado aos Whitfield e com o pensamento triunfante e perceptível, mesmo ao telefone, Ruth estava orgulhosa disso.

— Hannah não fugiu. Você a expulsou de casa — insistiu Teri, sabendo que essas palavras eram inúteis. Ninguém era tão categórico como Ruth Ritter no tocante ao certo e ao errado, a não ser talvez Jerry Fallwell, e agora Ruth estava empenhando-se em superá-lo.

— Foi isso que ela lhe contou? Mentiras, mentiras! Com essa menina, tem sido sempre mentiras.

— Não é Hannah quem está mentindo. Não entende o que essas pessoas estão fazendo com ela?

Ruth não gostava de responder perguntas.

— Ela não vai destruir aquela pobre mulher. Sei como ela se sente por não ser capaz de ter um filho. Não vou ficar impassível e deixar que Hannah cause mais dor às suas vidas com seu egoísmo!

— Essas pessoas estão se aproveitando dela.

— Eles a alimentaram, vestiram, a hospedaram, além de pagar 30 mil dólares. É isso que você chama de se aproveitar?

— Mas eles a trancaram no quarto. Ela não lhe contou isso?

— Mentiras, mais mentiras.

— Tudo bem! Apenas me diga para onde eles foram.

O ar malicioso e triunfante deu lugar a uma pausa fria.

— Não perguntei. Não me intrometo na vida de outras pessoas, sra. Zito.

— Nem mesmo quando diz respeito à sua própria sobrinha?

— Ela é uma pirralha autocentrada, que fez a cama e agora tem de deitar nela. E isso é tudo que tenho a dizer sobre o assunto.

— E você sabe o que é? Uma mulher extraordinariamente estúpida! Eu poderia dizer muito mais a respeito do assunto, acredite! — Teri bateu o telefone. Precisava ir à cozinha e apanhar um copo de água para acalmar-se. Quinze minutos depois, estava no seu carro, correndo em direção ao norte.

Quando chegou a East Acton, a adrenalina ainda estava bombeando e sentia-se pronta para a briga. Mas assim que virou em Alcott Street, seu espírito combativo a abandonou. Não havia carros, a porta da garagem estava fechada, e a casa deserta. Desligou o motor e saiu do carro, mas ninguém veio em sua direção para saudá-la ou, o cenário mais provável, colocá-la para fora. No jardim dos fundos alguns pardais levantaram vôo com sua chegada.

Pressionou o rosto contra as janelas do pórtico. Estava escuro no interior, mas parecia que os Whitfield estavam de partida. Tudo estava embalado em caixas e os tapetes enrolados. Cruzou o gramado até o ateliê de Jolene e não se surpreendeu ao ver que estava vazio. Era como uma piada de mau gosto: e se você atacasse o castelo e não houvesse ninguém lá?

Impotente em sua raiva e sem nada para expressá-la, Teri refletiu. Grande amiga ela fora, aconselhando Hannah a ficar onde estava e continuar calma. Falhara completamente. Voltou para o carro e bateu no volante frustrada.

Pela segunda vez em muitos dias, Teri bateu na reitoria da Nossa Senhora da Luz Perpétua perguntando por padre Jimmy. Dessa vez, não precisava convencê-lo da gravidade da situação.

— É Hannah, não é? Algo aconteceu — disse, antes que ela abrisse a boca.

— Ela desapareceu. Não sei onde está.

Teri colocou-o rápido a par dos acontecimentos do dia anterior, depois que padre Jimmy deixara Hannah em Fall River.

— Quando soube que os Whitfield estavam na cidade procurando por ela, ficou apavorada por estar sozinha. Tentei acalmá-la ao telefone. Deveria ter saído do trabalho. Dane-se! Dane-se Bobby, dane-se o restaurante e dane-se qualquer prato especial nele!... Oh, desculpe, padre. É apenas porque odeio a mim mesma por não a ter levado a sério o suficiente. Ela disse que eu não sabia como essas pessoas eram perigosas e que me contaria depois. Isso é verdade? Eles são perigosos?

— São muito perturbados.

— Grande! Deixo minha amiga entregue ao capricho de alguns psicopatas, para que eu possa entregar hambúrgueres especiais a sra. McLintock e seus três fedelhos que observam tudo!

— Não havia meios de você saber o que estava acontecendo...

— Do que está falando, padre? Eu sei quando meu marido Nick está olhando para outra mulher. Sei quando um dos meus gêmeos bateu em uma menina no pátio do colégio. É um sexto sentido. Você o tem quando é mãe. Então porque não percebi que minha melhor amiga estava em dificuldades? Não devemos ir até a polícia?

— Não, ainda não. Acredite em mim. Enquanto estiver carregando o bebê, podemos ter a certeza de que nada de mal lhe acontecerá. Isso nos dá um pouco de tempo. Os Whitfield aparecerão mais cedo ou mais tarde. Ou Hannah encontrará um meio de entrar em contato com um de nós. Enquanto isso...

— O quê?

— Continuaremos a procurar... — com um murmúrio padre Jimmy acrescentou — e rezar.

Ele o fez, também. Em horários estranhos, procurava sinais de movimento na casa de Alcott Street. Uma noite, bem tarde, pensou ter visto luz em um dos quartos, e então parou seu carro na rua e continuou a observar, até que um policial o parou no meio da madrugada para perguntar se havia algo errado. (Um vizinho aparentemente notificara a presença de uma pessoa suspeita escondida na área.) Padre Jimmy disse algo pouco convincente como estar esperando um de seus paroquianos, o que não tranqüilizou os policiais tanto quanto o colarinho clerical.

Um dia, foi até o correio e perguntou se os Whitfield haviam deixado algum endereço de contato e a funcionária disse que não. Telefonou para as linhas aéreas, solicitando informações sobre uma passageira chamada Hannah Manning, que poderia ter voado para Miami nos últimos dias, porém nada soube. O Dia de Ação de Graças passou, nas lojas de East Acton surgiram as decorações de Natal, e nenhum sinal de Hannah.

Ele não conseguia tirar sua imagem da cabeça — não a Hannah iluminada, mas a jovem pálida e assustada que levou para Fall River na noite em que fugiu. Ainda podia vê-la, a cabeça apoiada na janela do carro, olhando os faróis dos carros que passavam no pára-brisa como vaga-lumes, falando pouco, parecendo mais frágil do que nunca.

O que essas pessoas tinham guardado para ela e o bebê? Como advertira o monsenhor, o potencial para a demagogia e a exploração era imenso. Esqueçam o antigo Cristo, aqui está o novo Cristo. As antigas profecias foram cumpridas. Deixem suas igrejas e venham adorá-lo. Ele os levará de modo triunfante ao novo milênio! Sigam-no. Sigam-no. Sigam!

Como isso teria acontecido? Ele voltou à pasta de informações que acumulara sobre o sudário, Oviedo e DNA. Estava folheando distraído o maço de papéis, quando lhe veio uma idéia! A Sociedade Nacional do Sudário! Com o coração disparado, procurou na pilha, mais uma vez, até encontrar — o retrato impresso do computador de Judith Kowalski.

Não apenas o retrato de Judith Kowalski, mas seu endereço!

Waverly Avenue em Watertown era uma rua desinteressante, cheia de casas de dois andares sem nenhum charme também. O número 151 não era diferente de seus vizinhos — uma residência com uma estrutura de madeira sólida e um pequeno pórtico na frente, estacionamento, uma minivan em uma das laterais, e o jardim nos fundos circundado por uma corrente.

Nada que o fizesse olhar mais uma vez, o que, refletiu padre Jimmy, à medida que passava devagar diante da casa, talvez fosse o ponto importante. No final da rua, um posto de gasolina, uma pequena lanchonete e um mini-mercado atendia às necessidades básicas da vizinhança. Parou o carro em frente à lanchonete e entrou. Um par de mesas de fórmica riscada e cadeiras de vinil eram o testemunho do antes próspero lugar. Padre Jimmy pediu uma xícara de café e preparando-se para esperar, sentou-se à mesa próxima à janela. Ela lhe fornecia uma boa vista do número 151 da Waverly.

Não demorou muito até que a porta se abriu de repente e cerca de trinta pessoas desceram os degraus da frente, falando de modo confidencial. Uma reunião parecia ter terminado naquele momento. Ele escrutinou seus rostos na esperança de ver alguém familiar. Mas eles chamaram sua atenção por serem um grupo grande e comum, se excluísse a mulher de tranças louras arrumadas em cima da cabeça, além de uma senhora idosa que carregava uma sacola de tapeçaria floral excessivamente grande, a tiracolo, sobre o ombro. A maioria dos outros poderia ser trabalhadores insignificantes de prédios comerciais de Boston. Tinham o ar pálido de contadores e funcionários, que trabalham tempo demais sob luzes fluorescentes.

Eles se dispersaram com rapidez, parando apenas para trocar o tipo de despedida sóbria que caracteriza funerais e velórios. Algumas pessoas se abraçavam. Outros pareciam estar chorando. A rua ficara silenciosa. Imaginava se a casa estaria vazia agora.

Vinte minutos depois, quando estava a ponto de desistir da vigilância, a porta da frente abriu e uma mulher saiu. Depois de trancar as fechaduras de baixo e de cima, entrou atrás do volante da minivan. Quando passou pela lanchonete, padre Jimmy viu que era Jolene Whitfield.

Pôs uma nota de um dólar sob a xícara de café, atravessou a rua e andou apressado em direção à casa. Não havia ninguém à vista. Grande parte das pessoas que vivia nesse bairro ainda estava no trabalho, e as demais estavam grudadas nos seus aparelhos de televisão ou fazendo uma sesta. Quando chegou à rua, abaixou-se e caminhou rapidamente até os fundos da casa. Escondido em parte pela moita de arbustos, aproximou-se sorrateiro de uma janela.

Sentado em uma cadeira de madeira, com as costas para a janela, havia um homem de cabelos grisalhos. Estava lendo em voz alta. (Padre Jimmy podia ouvir as palavras através do vidro para perceber que tinha uma Bíblia em seu colo.) De vez em quando, o homem levantava a cabeça para olhar uma mulher deitada em um sofá. Seu rosto estava voltado para a parede, mas o cabelo louro, embora bastante maltratado, foi imediatamente reconhecido.

Padre Jimmy observou o corpo até que pôde perceber o movimento de subida e descida do ventre inchado. Hannah estava viva e respirando. Além disso, não era possível julgar seu estado. O parto podia ser a qualquer momento. Subitamente, notou que alguns minutos haviam passado. Temendo que o vissem, saiu da janela e afastou-se da casa.

Uma mulher italiana gorda, com um leve bigode, inclinou a cabeça cumprimentando-o, de modo alegre, na calçada:

— Feliz Natal, padre.

Já entrara no carro e ligara o motor, quando se deu conta de que não respondera à sua saudação de boas-festas.

CAPÍTULO

45

— SENHOR, SEMPRE ESTIVE CERTO de sua mão firme me guiando. Até agora. Dê-me um sinal. — A prece de padre Jimmy não era mais alta que um sussurro.

Monsenhor Gallagher aproximou-se dele no parapeito do altar. Ofegante, não percebeu a angústia no rosto do jovem.

— Aqui está você, James! Vi seu carro e procurei-o na reitoria de alto a baixo. Engraçado, este era o último lugar que pensei em procurá-lo! Você localizou a garota?

— Sim. Está em Watertown. Acho que a mantém prisioneira lá.

— Watertown? Ela o acompanhará?

— Se tiver a chance de falar com ela.

— Você deve. Já falei com algumas autoridades eclesiásticas em Boston sobre o caso. Não preciso salientar que provocou bastante alarme. Mas tudo está organizado agora. — Procurou na batina e apanhou um pedaço de papel. — Este é o endereço para o qual deve levá-la, quando ela estiver pronta.

Padre Jimmy olhou o papel nas mãos do monsenhor.

— Levá-la?

— Sim. As autoridades estão totalmente cientes da situação. Saberão o que fazer.

— Não entendo, padre.

— Tomarão conta dela e do bebê.

— O que isso quer dizer? Ela poderá ficar com o bebê?

— James, fale mais baixo. Você sabe que isso não é possível. Assim é como deve ser.

— Mas quem criará a criança?

— A criança terá uma casa adequada e será educada por um casal adorável, que não saberá nada sobre sua origem.

— Hannah não permitirá, padre.

— Então você precisa convencê-la. A não ser que pense que os Whitfield devem criar o bebê e nós sofrermos as conseqüências.

— Não, com certeza.

— Faça com que ela constate que isso é melhor para o bebê, melhor para ela e melhor para a Igreja. Você acredita nisso, não é, James?

Os olhos do homem idoso examinaram minuciosamente o rosto de padre Jimmy.

— Sim, eu sei.

— Ótimo. Ficarei feliz em acompanhá-lo.

— Não, padre. Seria mais prudente se eu for sozinho. — Pegou o endereço com o monsenhor e colocou-o no bolso. — Nos vemos em Boston.

— Como quiser. Tenho toda confiança em você, James.

Logo depois, padre Jimmy telefonou para Teri na reitoria. Falaram em um tom confidencial por 15 minutos. Depois, preparando-se para os acontecimentos futuros, foi para seu quarto e apanhou a mochila no alto da prateleira do armário. Parecia estar em um outro mundo.

Hannah não tinha permissão para sair de casa, a casa de Letitia Greene e o novo local dos escritórios da Partners in Parenthood, exceto que essa pessoa ou essa organização não existiam. Haviam sido criadas com o único propósito de encontrar a mãe de aluguel ideal, e uma vez atingido o objetivo, desapareceram. Partners in Parenthood sobreviveu apenas como cabeçalho de algum papel timbrado. Leticia Greene convertera-se em Judith Kowalski. Ricky, o filho sardento de Letitia, a alegria de sua vida e inspiração de sua zelosa cruzada, jamais existira.

Hannah agora sabia disso.

Também sabia que muitas pessoas estavam envolvidas. Vários encontros realizaram-se no porão. Trancada no quarto, Hannah não podia saber o que fora dito, a não ser um coletivo e ocasional "Amém". Mas à medida que observava pela janela quando o grupo deixava a porta da frente, notava que todos tinham comparecido à inauguração da exposição de Jolene na galeria de arte. Não estavam interessados nos quadros de Jolene expostos naquela noite. Todos haviam ido ver "o recipiente".

A casa era estritamente utilitária e desprovida de toque pessoal. O porão abrigava as reuniões de negócios da Sociedade Nacional do Sudário. No primeiro andar localizavam-se os escritórios. Os cômodos no segundo andar eram mobiliados no estilo moderno de motel e mantidos impecáveis, o que, curiosamente, apenas aumentava sua monotonia.

Hannah permanecia no quarto grande parte do tempo, e Jolene e Marshall revezavam-se para vigiá-la. Ela suspeitava que estava sendo sedada. A revolta desaparecera e sentia-se muito letárgica. Dormia, comia e dormia. Algumas vezes, andava de um quarto para o outro, mas nunca longe dos olhos de seus guardiões e olhava pela janela.

A rua lhe era estranha. Em um momento estava em Fall River com Ruth e Herb, depois ali. Pouco importa onde estivesse! A casa do outro lado da rua tinha iluminações de Natal enfileiradas ao longo do pórtico, o que a fazia pensar quanto tempo havia passado. O bebê já deveria ter nascido há muito tempo, pois ouvira outra noite dr. Johanson e os Whitfield conversando acerca da possibilidade de induzir o parto.

— Quanto mais cedo ela estiver longe, melhor — disse Marshall.

— Mas se algo acontecer ao bebê? — perguntou Jolene.

Dr. Johanson garantiu que esse não seria o caso.

— Ainda assim, não é certo induzir o parto — continuou Jolene —, não é dessa forma que deve acontecer.

Então escutou a resposta de Marshall, que a deixou gelada.

— Desde a primeira visitação, sabíamos que haveria uma luta. Agora não temos escolha. A moça é uma ameaça para nós.

Uma ameaça?

Hannah sentiu a atenção dirigida para ela, enquanto olhava pela janela.

Durante todo o dia, o céu esteve sombrio com a promessa de neve que agora começava a cair. A escuridão da noite envolvera a rua e a única iluminação vinha das luzes do arco do posto de gasolina da esquina, que resplandeciam como uma sala de cirurgia. Um dos atendentes, observou Hannah, já estava pronto para retirar a neve com um rodo e dois clientes, de pé embaixo do teto, pareciam avaliar o tempo. Hannah pensou que a neve e a luz estavam confundindo-a, pois à distância o casal parecia ser padre Jimmy e Teri.

Isso era possível? O cabelo do homem era preto e Teri tinha um chapéu parecido com o da mulher. Seu impulso foi de abrir a janela e gritar, mas conteve-se. Em vez disso, andou com calma de volta para a cama e descansou a cabeça no travesseiro. Se fosse padre Jimmy e Teri, isso significava que sabiam onde ela estava e tinham um plano para salvá-la.

CAPÍTULO
46

— Como assim, você não tem um plano?

Teri bateu com as botas na bomba de gasolina, para tirar, de modo ostensivo, a neve da sola, mas também a fim de aliviar sua frustração. Ela não fizera toda essa viagem para ficar ali e esperar por inspiração divina. A calma de padre Jimmy deixou-a nervosa.

— Vamos tirar Hannah daqui — disse ele.

— Disso eu tenho certeza, padre. Mas como?

— Creio que terei de falar com eles.

— O quê? — disse ela, imaginando se teria ouvido corretamente. — Você irá até lá e anunciará que veio buscar Hannah e essas pessoas vão dizer, "Oh, com certeza, padre, por que demorou tanto?" Desculpe por pensar assim, mas está louco?

— Deus nos guiará.

— Oh, sim! Deus nos guiará, padre. Mas não acredito que ele tenha muitos planos.

— O mínimo que podem fazer é falar conosco.

— Detesto ser desmancha-prazeres, mas realmente uma visita social é suficiente?

— Algumas vezes, você precisa crer que as coisas funcionarão.

— Certo, acredito! Eu confiaria mais se tivéssemos um plano. Mas, acredito!

Eles dirigiram seus carros até a metade do quarteirão e pararam em frente ao número 151 da Waverly.

A campainha da porta soou forte na casa. Hannah ergueu a cabeça da cama, enquanto Marshall levantou-se e desceu. Jolene encontrou-o no primeiro degrau da escada, com uma expressão perplexa.

— Faça silêncio e não abra a porta — disse ele.

A campainha soou outra vez.

— Alô? — falou padre Jimmy. — Tem alguém aí? Gostaria de falar com Hannah Manning.

Ninguém respondeu.

— Sei que está aí. — Mexeu na maçaneta da porta várias vezes. Podia sentir as pessoas do outro lado, assim como, algumas vezes, pressente-se um assaltante na sombra mesmo quando está vestido de preto e imóvel.

— Não sairei daqui até ter a oportunidade de falar com ela, então abra a porta agora.

Por fim, uma voz abafada disse:

— Quem é?

— Padre James Wilde. Estou aqui para ver Hannah Manning.

— Acho que está com o endereço errado.

Teri deu uma rápida cotovelada nas costelas do padre Jimmy para demonstrar sua indignação.

— Se não me deixar entrar, irei à polícia imediatamente e contarei que vocês estão mantendo alguém aqui contra sua vontade.

Houve um prolongado silêncio, depois o clique de um ferrolho sendo retirado. A porta se abriu.

Marshall Whitfield estava em pé na soleira da porta.

— Nesse caso, entre. O telefone está na cozinha. Sinta-se à vontade para usá-lo. — O anfitrião atencioso saiu da frente para deixar padre Jimmy entrar no hall. Teri, totalmente perplexa, seguiu seus passos. — É por ali — disse Marshall, apontando para o quarto claro no final do corredor.

Ao ver Jolene, Teri inclinou a cabeça reconhecendo-a, mas Jolene ignorou-a. Nem ela nem Marshall ofereceram qualquer explicação ou fizeram qualquer tentativa de barrar o caminho. Por alguma razão, Marshall apenas abriu a porta e permitiu que usassem o telefone. Nada fazia sentido para Teri. Seria isso um tipo de armadilha na qual estavam caindo?

— Vocês compreendem por que estamos fazendo isso — disse padre Jimmy, ao percorrer o corredor.

— Por favor, padre. Faça o que tem de fazer.

— Vocês não podem manter as pessoas prisioneiras.

— Você tem toda razão — respondeu Marshall, aborrecido. — Eu mesmo deveria ter chamado a polícia há muito tempo. Não sei por quanto tempo poderia protegê-la.

Padre Jimmy parou de andar.

— Protegê-la? — disse Teri. — Você chama seqüestrar alguém no meio da noite de proteção?

— Se fosse para sua própria segurança, sim.

— O que quer dizer? — perguntou padre Jimmy.

— É muito simples. Uma mulher morreu por causa de Hannah. Ela lhe contou sobre isso? Creio que não. — Marshall parecia satisfeito com a expressão de choque no rosto dos visitantes. — Temos tentado protegê-la desde então, porque... bem, esse é um assunto particular. Como sabem, Hannah é uma jovem muito nervosa e seu comportamento tornou-se cada vez mais errático durante a gravidez. Em uma noite, desculpe dizer, passou a ser até criminoso.

Um grito angustiado veio do alto das escadas, onde Hannah estava escutando a conversa.

— Não é verdade! Eu ouvi o que ele está dizendo. Não é minha culpa o que aconteceu com Judith. Ela escorregou e caiu da escada.

— Não deveria estar no seu quarto? — falou Jolene com impaciência.

— Não acredite neles, padre Jimmy — disse Hannah, correndo em direção ao padre.

— Então por que fugiu? — retrucou Marshall. — Por que não ficou e a ajudou?

— Você sabe por quê.

— Realmente? Mas o que parece? No que a polícia acreditaria? Uma mulher é agredida no meio da noite e logo depois o agressor foge, deixando a vítima sangrando na neve. Isso é muito suspeito.

— Mas ela me agrediu!

Marshall deu um ligeiro sorriso.

— É o que diz. Mas se existisse uma testemunha ocular para dizer o contrário? Uma testemunha que estivesse muito aterrorizada para aparecer na hora porque sua maior preocupação fosse que nosso bebê não nascesse na prisão. Uma criança para a qual temos dado tudo, nascer atrás das grades? Pode compreender quão intolerável seria para essa pessoa. Mas se ela agora visse com clareza o que aconteceu e sentisse que deveria contar à polícia tudo que presenciara naquela noite?

— E se eu lhes contar por que querem tanto esse bebê?

— Quem acreditaria em você? — disse Marshall. — Você seria considerada uma louca delirante... ou apenas uma jovem influenciável, petrificada por dar à luz.

Marshall dirigiu suas palavras diretamente para padre Jimmy.

— Então, eis o que proponho. Hannah ficará conosco e terá o bebê. E vocês dois partirão agora. Se assim o fizerem, não faremos nada a respeito dessa intrusão. Ninguém incomodará a polícia. Dessa forma, poderemos todos continuar nossas vidas com o mínimo de desordem.

— Venha para cima. — Jolene pegou Hannah pelo braço e começou a levá-la embora.

— Não me toque! — Hannah soltou-se e correu para a cozinha. Jolene correu atrás dela e começou um tumulto em torno da mesa da cozinha. Os braços moviam-se de forma descontrolada, para todos os lados, como moinhos enlouquecidos.

— Marshall, faça alguma coisa! — gritou Jolene. Marshall e padre Jimmy tentaram intervir, mas em vez de restaurarem a ordem, seus esforços contribuíram para aumentar a confusão e o tumulto tornou-se uma espécie de briga de bar vergonhosa que deixa os egos mais machucados que os corpos.

O único a correr perigo de fato, percebeu Teri, era o bebê. Ela observava o acotovelamento com medo crescente. Uma explosão ao acaso ou um chute desgovernado poderia causar um dano incalculável. O que estavam todos pensando!

— Deixem ela em paz! — gritou no meio da confusão.

Ninguém prestou atenção, até que Jolene gritou:

— Marshall! A mulher está armada!

O tumulto cessou instantaneamente e uma estranha nuvem de silêncio caiu sobre a cozinha, rompida apenas pelo som de um arfar pesado. Todos os quatros pares de olhos voltaram-se para Teri, que circulava lentamente o cômodo, com a arma na mão, até ficar de costas na porta da cozinha.

— Onde conseguiu isso? — perguntou Hannah, atordoada com a reviravolta surrealista dos acontecimentos.

— Não existe um caminhoneiro no país que não possua uma arma. Nick tem duas. Uma para a estrada, outra para casa. É um mundo perigoso. — Ela voltou-se de modo defensivo para o padre. — Sei que disse que Deus nos ajudaria, padre, mas achei que poderia precisar de um pequeno auxílio extra.

Ela fez um gesto em direção às cadeiras da cozinha com o cano do revólver, indicando que queria que Marshall e Jolene se sentassem.

— Esse é o meu plano: padre Jimmy e Hannah partem agora. Eu ficarei e terei uma pequena conversa com os Whitfield. Digamos, uma conversa de 15 minutos. Isso deve ser tempo suficiente. Por que não pega seu casaco, Hannah. Está gelado lá fora. E quando Jolene, Marshall e eu tivermos acabado de conversar, seguirei vocês.

Como alunos, forçados a ficar depois da aula, Marshall e Jolene obedeceram às instruções, enquanto padre Jimmy pegou um casaco no armário do hall e ajudou Hannah a vesti-lo.

— Corram, agora — disse Teri. Seus olhos estavam grudados nos Whitfield, mas uma rajada de vento frio confirmou que padre Jimmy abrira a porta da frente. Por isso, ela interpretou mal a surpresa que iluminou rapidamente o rosto de Marshall Whitfield. Teri pensou que estava reagindo à partida de Hannah e não suspeitou que alguém aparecera na porta da cozinha atrás dela.

Ela também não escutou a maçaneta da porta girar.

No entanto, ficou sem ar quando a porta bateu atrás dela, arremessando-a para a frente. O revólver caiu no chão da cozinha. Por um segundo, sua visão falhou e as imagens de Jolene e Marshall tremeram em sua cabeça, como em uma antiga televisão. Quando se recuperou, dr. Johanson havia irrompido na cozinha e pegara a arma.

Estava apontada diretamente para seu peito.

— Então, o que temos aqui? Trazendo problemas, não é? — disse ele. — Não é uma coisa sensata a fazer. É bastante tola.

Teri lançou um rápido olhar para o hall em direção à porta da frente e então escapou.

— Não se mexa!

Ela ignorou a ordem e continuou a correr.

Insensível, dr. Johanson levantou a arma e apertou o gatilho. Não aconteceu nada. Ele tentou uma segunda vez e, então, uma terceira vez com o mesmo resultado. Balançou o revólver com violência, com toda a fúria concentrada na arma que não funcionava.

Antes de sair pela porta da frente, Teri gritou:

— Desculpe! Não tem bala. Não queria que ninguém se ferisse.

Andou aos tropeções até a calçada. Através dos redemoinhos de neve podia ver os faróis do carro de padre Jimmy desaparecendo na esquina. Entrou em seu carro e deu a partida. A traseira do automóvel derrapou no meio-fio da calçada, porque ela estava determinada a não perder Hannah de vista.

Dr. Johanson e os Whitfield entraram na minivan estacionada ao lado da casa.

CAPÍTULO 47

O RITMO DA NEVE CAINDO AUMENTOU, dificultando a visão de Teri do Ford branco de padre Jimmy. Embora os principais obstáculos fossem administráveis no momento, as ruas logo ficariam escorregadias. Ela não tinha a menor idéia para onde padre Jimmy e Hannah estavam indo e não queria perdê-los de vista. E nem gostaria, também, de bater em um poste de luz.

Uma olhada no espelho retrovisor mostrou os vários faróis de carros atrás dela, mas não foi capaz de saber se a minivan estava entre eles.

— Vá direto para a delegacia de polícia — dizia para a traseira do Ford. — Pelo menos Hannah estaria segura lá. Aquela gente é louca.

Mas o Ford passou longe da delegacia de polícia de Watertown e não muito tempo depois ultrapassou também o Corpo de Bombeiros. O que estaria pensando padre Jimmy? Quando viu o primeiro sinal de retorno para Massachusetts Pike, respirou aliviada: pretendia voltar para a reitoria. No entanto, passou direto pela entrada a oeste, que os levaria em direção aos subúrbios. E, ao contrário, virou a leste, o que significava que estava indo em direção a Boston.

Por que Boston? O que havia em Boston a esta hora da noite?

O tráfego na auto-estrada fluía tranqüilo e parecia estar se deslocando num ritmo razoável, exceto por um louco de sempre, que passou veloz, como se as condições para dirigir fossem ideais. Com o vento, estavam na verdade cada vez piores. Teri foi capaz de se aproximar o suficiente do Ford para que pudesse ver a cabeça de padre Jimmy e uma Hannah aterrorizada sentada ao seu lado. Se conseguisse acompanhá-los um pouco mais... o problema era que havia uns dez carros ou mais atrás dela, Teri tinha certeza de haver visto a minivan.

À medida que o estranho desfile de carros se aproximava do desvio da I-93, Teri percebeu que o padre planejava levar Hannah para Fall River. Talvez para sua casa. Sabendo que Nick estava lá com as crianças, sentiu-se aliviada. Nick, era um bobo descuidado, mas era resistente e forte como um cavalo, e ninguém lhe dava ordens. Nick saberia como lidar com a situação.

Mas de novo padre Jimmy a surpreendeu ao ignorar a saída para o sul. Por alguma razão, ele decidiu continuar em direção ao norte.

A rajada de flocos de neve que batia no pára-brisa tinha um efeito hipnótico em Hannah e ela fechou os olhos, sem querer olhar mais para a neve, a rua que desaparecia ou os carros que corriam velozes na frente, e esse túnel branco que fosse logo terminar e então emergiriam na luz do dia. Gostaria que padre Jimmy saísse da auto-estrada e esperasse sob a ponte, até que a tempestade mais forte cedesse. Mas sabia que não iria fazer isso. Os Whitfield e o dr. Johanson estavam em algum lugar atrás deles. Seria loucura parar.

Mas também era uma insensatez continuar indo adiante.

Um grande caminhão trailer ultrapassou-os pela esquerda, e suas rodas enormes jogaram um cobertor de neve suja e derretida no Ford. O barulho assustou Hannah e seus olhos arregalaram-se. Não sabia o que a deixava mais nervosa: olhar ou não olhar.

Quando olhou, viu a tempestade. Mas quando fechou os olhos, outra tempestade, sete anos antes, linda a princípio, até começar a bater no carro, e os adultos no assento da frente ficarem preocupados com o gelo e a pouca visibilidade. Estava no banco de trás no momento, cochilando, acordando para pegar algumas partes da conversa e ficar maravilhada com os milhões e milhões de flocos de neve.

— Quantos milhões? — perguntou ela a mãe, e sua mãe sorriu.

— O suficiente para encher todos os travesseiros do mundo. — Hannah riu com ela, antes de cair no sono de novo.

Então houve uma colisão e Hannah fora arremessada no chão. E sua mãe não estava mais sorrindo. Suplicava:

— Não olhe para cá. Fique onde está. Não olhe. — Porque a beleza transformara-se em horror. Seu pai estava morto ao volante e havia sangue por todo lado. Sua mãe morreria no hospital, mas antes disso pegou a mão da filha e disse:

— Sinto muito, meu amor. Sinto muito.

Hannah compreendia agora o que ela desejara dizer. Sentia-se muito triste por saber que sua filha cresceria sozinha no mundo, sem pais, sem a proteção de um pai e o amor de uma mãe, crescendo de alguma forma sozinha. Era uma tarefa grande demais para pedir a uma criança. Mesmo quando sua mãe estava à morte, pensara apenas na filha, assim como agora Hannah só pensava em seu filho e no futuro dele, e sabia que preferiria morrer se não pudesse protegê-lo, criá-lo e amá-lo.

Ela estava sentindo o mesmo que sua mãe sentira.

— Por favor, diminua a velocidade, padre Jimmy — sussurrou ela.

— Não acho que devamos. Eles... — e não terminou a frase.

— Tenha muito cuidado então.

O caminhão trailer, que acabara de ultrapassá-los, passou muito perto. Seria essa outra noite cheia de neve que mudaria sua vida de forma irrevogável?

Ao lado, um cartaz, iluminado por holofotes, anunciava que estavam cruzando a linha do estado para New Hampshire, mas a tempestade era como uma borracha, obscurecendo as letras, de modo que um brilho oblongo era tudo que Hannah podia distinguir. Então, prosseguiram em direção à escuridão.

Teri estava ciente do absurdo da situação — padre Jimmy e Hannah no carro da frente; ela no seguinte e logo atrás, sem dúvida, a minivan com dr. Johanson e os Whitfield. Era como uma dessas perseguições em alta velocidade no cinema, exceto que o passo era o de um cortejo funerário.

Como essas vans conseguiam manter a velocidade? Ela precisava perguntar a Nick.

O revólver não tinha sido má idéia, afinal. Lamentava não tê-lo mais. Com certeza, Nick ficaria furioso com a perda, mas não podia fazer nada. Seus sentimentos não eram exatamente o mais importante para ela agora.

O ar do descongelador quase não aquecia e os limpadores começavam a deixar riscos de neve no pára-brisa. Teri sentia dor de cabeça por tentar enxergar com os olhos apertados. Ajudaria, com certeza, se ela soubesse para onde padre Jimmy estava dirigindo-se. Presumindo que ele soubesse.

Era certo ter fé em Deus, pensava ela. Mas alguém precisava fazer alguma coisa em relação à minivan atrás deles. O que fariam quando chegassem ao destino? Discutiriam? Lutariam de novo? Com franqueza, nesse ponto ela não estava contando com raios vindos do céu na hora certa. Padre Jimmy era um homem adorável e ela respeitava sua fé. Mas a fé nem sempre era suficiente; era preciso um plano. Dirigir para o norte quase sem ver nada em uma tempestade de neve não era, na sua modesta opinião, um plano!

Percebeu que o Ford estava reduzindo a velocidade e passando para a fila da direita. O desvio para a I-89 estava logo à frente. Isso era o país das férias. Montanhas! Ruas estreitas! Velhos estábulos! Apenas um ponto guia no meio da desagradável região nordeste, com a neve rodopiando como roupas em uma secadora e o gelo começando a grudar no pára-brisa!

Bem, pensou Teri, se chegarem a vê-la, pelo menos a paisagem pode ser bonita. Mas não seria mais prudente ficar onde havia gente, atividade, e talvez ajuda?

O cruzamento era em forma de trevo, e a rampa de saída quase fazia um círculo completo, antes de juntar-se à rodovia secundária. Havia grades protetoras de metal enfileiradas em ambos os lados. Em condições normais, havia espaço para dois automóveis, lado a lado, mas o removedor de neve acabara de passar, criando uma pista única, alinhada aos bancos de neve.

De repente, Teri soube o que fazer. Tirou o pé do acelerador e pisou levemente nos freios. Sua velocidade caiu para 40 quilômetros por hora. A princípio, parecia estar apenas procurando fazer a curva com cuidado. Então, o velocímetro caiu para 30 quilômetros por hora. Depois para 20. A minivan estava agora em sua traseira, mas o Ford branco tomou a dianteira e distanciava-se a cada segundo.

Diminuiu a velocidade do carro para 10 quilômetros por hora de modo que pudesse ver dr. Johanson pelo espelho retrovisor. Ele compreendeu sua manobra imediatamente. Sem poder ultrapassar, curvou-se para a frente sobre o volante e, sem avisar, pisou o pé no acelerador. A minivan arrancou muito rápido e bateu no pára-choque traseiro de Teri. Ela ouviu o barulho e sentiu o choque e, ao mesmo tempo, sua cabeça foi arremessada para a frente e o peito bateu com muita força contra o volante.

— Que droga! — Dr. Johanson pretendia tirá-la da estrada. Nick ficaria realmente impressionado com isso!

Ainda era possível ver o Ford, por isso ela devia manter o plano. Mais um ou dois minutos dariam a Hannah e ao padre Jimmy mais chance de escapar. Quase parou o carro completamente e preparou-se para o próximo choque.

Foi mais forte que o primeiro e o tilintar do vidro indicou que suas lanternas traseiras haviam sido quebradas.

— Esses filhos-da-mãe vão me matar! — resmungou ela. — Estou prestes a morrer na rampa de saída no meio da East Bumfuck, New Hampshire.

Dr. Johanson estava recuando para o terceiro ataque. Seu automóvel frágil, claramente não era páreo para a pesada minivan, mas não havia tempo para sair do carro e correr. Fechou os olhos e se abraçou, da melhor forma que pôde, para agüentar o impacto.

Tudo que ouviu foi o ruído do metal amassado antes de o carro ser arremessado para a frente, como se impulsionado por uma atiradeira gigante. Ela sentiu a parte traseira ser arremessada para a direita e o carro derrapou para os lados. Então, a parte dianteira enterrou-se fundo em um banco de neve, enquanto a traseira movia-se em um semicírculo antes de, também, bater na neve. Teri abriu os olhos e percebeu que o carro fizera uma meia-volta.

Agora havia espaço suficiente para a minivan passar raspando. Por um segundo, ela teve uma visão clara do dr. Johanson, a alguns centímetros de distância, sem nada a não ser os vidros dos carros separando-os. Sentiu como se estivesse em um aquário, olhando fixamente para um monstro. O rosto dele estava cheio de ódio.

Então a minivan ultrapassou-a.

Tudo que podia fazer era rezar para que padre Jimmy e Hannah tivessem a esperteza que precisavam. Então suas emoções tomaram conta dela e caiu em prantos.

CAPÍTULO

48

Padre Jimmy não ousava ficar na auto-estrada principal por mais tempo. Agora não tinha ninguém no espelho retrovisor, mas com toda a neve, ele não podia ver muito longe o que havia atrás. A minivan poderia estar na sua traseira, apenas fora do campo de visão.

— Quanto tempo falta? — perguntou Hannah.

— Em geral, é uma viagem de duas horas e meia da casa dos meus pais até o chalé. Com esse tempo, é difícil estimar.

O chalé, construído pelo avô de padre Jimmy e preparado para o inverno por seu pai, localizava-se em uma propriedade de frente para o lago perto de Laconia. O desenvolvimento urbano chegou à grande parte da região, mas a família, valorizando a privacidade, manteve seu lote de 200 mil metros quadrados de terra ao longo dos anos. Ninguém pensaria em procurar Hannah lá, raciocinou padre Jimmy, e a cidade ficava perto o suficiente para suprimentos e alimentos — e um médico — quando chegasse o momento.

— Estou com medo.

— Não precisa ficar. Ninguém está nos seguindo.

Não havia necessidade de dividir com ela seus receios. O importante era sair da auto-estrada e ir para a rua secundária, que apenas os nativos e antigos freqüentadores do verão conheciam e usavam. Mas era difícil para padre Jimmy, com esse tempo, reconhecer a paisagem habitual dos meses de verão.

Adiante, viu o afloramento de rochas e logo depois uma rua estreita, com duas vias, voltada para o campo que terminava a alguns quilômetros ao sul de Laconia. Virou à direita e sentiu-se imediatamente seguro. A neve em breve preencheria os sulcos dos pneus. A minivan continuaria na via principal e, por fim, desistiria da perseguição. Esperou até que a rua não tivesse mais nenhuma curva e pudesse tirar uma mão do volante.

— Pode relaxar agora — disse ele, tocando de leve, de modo tranqüilizador, nos ombros de Hannah. — Este é o atalho. No verão, é lindo. Não é possível ver agora, mas toda a região é pontilhada de lagos. Quando criança eu andava a pé cada centímetro dela.

A rua voltou a ter uma série de curvas e padre Jimmy colocou a mão livre de volta no volante. As ruas como essa eram as últimas a serem limpas e podia senti-la escorregadia sob os pneus. Em ambos os lados, nos bosques escuros de árvores ancestrais, os galhos começavam a arquear sob o peso da neve. Os faróis ajudavam cada vez menos. Padre Jimmy precisava confiar apenas no instinto de suas lembranças do terreno.

Estavam em uma descida bem íngreme, mas felizmente o Ford mantinha-se firme. A memória lhe dizia que havia uma casa de fazenda e um campo de milho logo em frente à direita, e então o terreno ficaria plano e o caminho mais fácil.

— Pare! — A voz de Hannah cortou seus pensamentos como uma faca.

Ele automaticamente pisou nos freios e o carro começou a derrapar. Uma barreira de madeira fora construída de um lado ao outro da rua. Havia um sinal octogonal cravado no centro, difícil de ler com a neve.

— O que diz? — perguntou Hannah.

Padre Jimmy limpou o lado de dentro do pára-brisa embaçado.

Proibida a passagem de veículos!

Intrigado, abriu a porta do carro e saiu. Do outro lado da barreira havia um grande campo aberto. Eles tinham passado a casa da fazenda sem vê-la? Não acreditava nisso. Era uma construção de dois andares, bem próxima à rua e difícil de não ser vista. O que havia acontecido?

— Estão consertando a rua? — perguntou Hannah.

É mais provável, pensou padre Jimmy, que a rua terminasse aqui. Algo estava errado. Saíra da estrada cedo demais, enganando-se entre um afloramento de rochas ou outro? Na tempestade, tudo era possível. De qualquer maneira, não havia nada a fazer agora senão voltar pelo mesmo caminho.

Não querendo que Hannah entrasse em pânico, disse:

— Vim longe demais, é tudo. Nada sério. Não estava prestando atenção.

— Entre. Vai pegar um resfriado.

Quando voltou, viu primeiro o brilho amarelado, uma fraca bola de luz penetrando na neve, porém ficando mais clara a cada segundo. Então pôde ver o formato ameaçador da minivan. Seu coração começou a bater agitado. Pelo pára-brisa identificou o motorista e o sorriso confiante em seu rosto.

A minivan parou e dr. Johanson e Marshall Whitfield saíram e pisaram no chão gelado.

— Que sorte encontrá-los aqui — gritou dr. Johanson. — Estão presos, talvez? Precisam de nossa ajuda? — Caminhou sobre o terreno acidentado, avançando titubeante em direção ao padre Jimmy, com o sorriso de triunfo estendido em seus lábios.

O padre não pensou duas vezes. Entrou no carro, engatou marcha ré no Ford, dando uma guinada para trás, quase atropelando os dois homens que pularam para fora do caminho. Então, mudando de direção, padre Jimmy pisou no acelerador. Os pneus giraram com fúria, levantando uma parede de sujeira e neve.

Contornando a barreira de madeira, ele pilotou o carro para dentro do campo aberto. No verão, os pés de milho estariam altos e espessos, mas agora o campo estava plano e livre de obstáculos. A traseira do carro movia-se de um lado para o outro como a cauda de um peixe. Padre Jimmy girou o volante para um lado, então para o outro, antes de adquirir o controle do automóvel. Na borda distante do campo, identificou uma clareira nas árvores. Supunha que a rua recomeçasse ali. Senão, não sabia o que fazer. Não havia outra rua por onde escapar.

Tinham atingido o meio do campo quando Hannah virou-se no assento para olhar para trás.

A minivan, maior e mais pesada, com alguma dificuldade tinha conseguido contornar a barreira de madeira. Agora estava, também, no campo e as marcas dos pneus que padre Jimmy deixara na neve permitiam que o seguissem.

Pisou fundo no acelerador e sentiu as rodas traseiras girarem. Sem tração nas quatro rodas, qualquer tentativa de aumentar a velocidade era inútil.

A minivan diminuía a distância.

Os estalidos eram diferentes de todos os que eles haviam ouvido. Começou com o estrondo de um raio distante, passando a uma série de réplicas, como disparos de rifles amplificados cem vezes, secos e cristalinos. O som parecia correr ao longo do campo, bater nas montanhas vizinhas e voltar acelerado mais uma vez, primeiro em sua direção, de um lado e depois do outro, como se estivessem sob um cerco e o próprio barulho os estivesse atacando. Um arrepio de terror percorreu com rapidez o corpo de padre Jimmy. Ele compreendeu no mesmo instante.

Nenhum fazendeiro iria cuidar essa região na primavera. Não estava dirigido ao longo do campo de milho não cultivado. Estavam sobre um lago congelado e o gelo começava a rachar.

Quando era mais jovem e patinava nesses lagos, esse mesmo som que ouvia agora fazia com que ele e seus amigos subissem de gatinhas até a costa lutando por suas próprias vidas.

Ele redobrou sua atenção na clareira à sua frente. Não era a continuação da rua, percebia agora, mas um cais para os barcos nos meses de verão. Ele partiu às cegas em direção a ele, com os ouvidos atentos aos estrondos de trovão que determinariam seu destino.

Atrás deles a primeira fissura aparecia em ziguezague na neve, como relâmpagos desenhados em uma folha de papel. Segundos depois, a água escorria pela fenda, espessando-a e enegrecendo-a. Mais adiante a neve ainda estava imaculada, com a superfície intacta. Mas padre Jimmy sabia que as rachaduras partiam umas após as outras. Era apenas uma questão de tempo antes que o peso do Ford precipitasse outra quebra na camada de gelo que os separava das profundezas geladas.

Então veio o som de explosão mais alto de todos, o som da própria revolta da natureza. No centro do lago, o gelo partiu-se, abrindo um caldeirão de água batida pelo vento, salpicada de estilhaços de gelo. A minivan, incapaz de parar, derrapou para a frente inexoravelmente. Por um instante, a dianteira parecia pairar de forma mágica sobre o vazio.

A parte de baixo da minivan emitiu um som áspero, semelhante a um grito, como se o automóvel e seus passageiros se inclinassem com lentidão para a frente no gelo, e afundassem na água, de modo quase tímido, como um mergulhador relutante, testando a temperatura. Então a gravidade assumiu o controle, exercendo sua força rápida e letal. Em questão de segundos, a traseira da van levantou no ar e o veículo mergulhou primeiro de cabeça na escuridão, nas profundezas cheias de algas do lago, onde os lúcios se reúnem em cardumes em julho para escapar do calor, até alojarem-se silenciosamente no fundo do lago. O pára-brisa despedaçou-se com o impacto, os grandes pedaços de vidro acomodaram-se com calma nas fendas e fissuras, onde pudessem ser confundidos com as botas perdidas de um pirata descuidado.

Padre Jimmy achou que o cais estivesse a apenas 30 metros. Se ainda tivessem sorte, chegariam lá. Agora, 15 metros os separavam da terra. O carro estremeceu com violência assim que entrou em contato com o concreto. As rodas aderiram à neve dura e ele subiu a rampa, como um pequeno animal correndo para o abrigo.

Na margem distante do lago, um automóvel seriamente danificado estava parado. Teri, de pé, junto à barreira de madeira, assistia incrédula à medida que a traseira da minivan levantava no ar e as lanternas traseiras ainda piscando a luz vermelha afundavam com rapidez.

Viu também o carro de padre Jimmy subir na encosta distante.

— Pensei que dissera que não tinha plano — murmurou para si mesma.

CAPÍTULO
49

DIRIGIRAM EM SILÊNCIO por um longo tempo depois disso.

Por fim, ele estendeu o braço e pegou sua mão. Estava quente e suada ao tocá-la. Ela parecia doente. Perguntou se estava sentindo-se mal e se queria parar um pouco no acostamento.

— Não, vai passar. Sempre passa. Continue. Por favor.

— Tudo bem. Ninguém pode machucar você agora.

— Não estava pensando nisso neste instante. O que vou fazer quando você for embora? Estarei só, longe de tudo. E se os outros me encontrarem?

Padre Jimmy pensou no grupo que saíra da casa na Waverly Avenue. Eles encontrariam novos líderes para comandar sua causa, com entusiasmo mais forte do que nunca.

— Não estará sozinha — disse ele. — Estarei com você.

— Por quanto tempo?

— Por quanto tempo você gostaria?

— Para sempre. — Sua risada reconhecia o absurdo do pedido.

— Então que seja para sempre — disse ele, com os olhos fixos na estrada.

Embora a resposta a tenha surpreendido, também parecia perfeitamente natural. Era o que ela gostaria que ele tivesse respondido. Não sabia dizer se amava padre Jimmy, mas amava sua gentileza, além de se sentir segura em sua companhia. E perguntava-se se isso não era, afinal, um tipo de amor.

— Está brincando? — perguntou ela.

— Não.

— Fala sério?

— Muito.

— Mas padre...

— Não, me chame Jimmy de agora em diante.

Foi então que ela notou, pela primeira vez, que ele não estava usando o colarinho de padre. A camisa de colarinho esporte cáqui e um suéter de gola redonda faziam com que parecesse diferente. Mais jovem. Mais inocente.

— Não quer dizer...

— Sim. Eu também não vou voltar — disse ele.

O silêncio foi marcado apenas pelo zunido dos limpadores de pára-brisa, mexendo-se sem cessar. Por fim, ela disse:

— Posso perguntar uma coisa a você, Jimmy?

— É claro.

— A quem acha que o bebê de fato pertence?

— Acho que pertence a você.

— Eu também. Não suportaria se o tirassem de mim.

— Mas não deixarei que isso aconteça.

Embora o Ford estivesse a apenas 30 quilômetros, Jimmy diminuiu a velocidade. Perguntou a si mesmo por quanto tempo mais poderiam continuar. Não viram nenhum outro carro indo na mesma direção há algum tempo. Sentia-se partindo para o fim do mundo.

— Jimmy?

— Que foi?

— Você acredita que essa criança seja mesmo... você sabe, quem os Whitfield disseram que é?

— É impossível saber.

— Mas o que você acha?

— Creio... — o que ele pensava? Se o sangue no sudário era de Cristo, talvez a criança fosse divina. Mas o tecido podia ter sido enrolado na cabeça de um mendigo ou ter limpado a ferida de um centurião. E se o sangue fosse de um leproso, que tivesse vindo a Jesus para ser curado; ou de um charlatão vendendo quinquilharias no Gólgota no dia da crucificação? Ou se viesse de uma outra época e de um lugar bem diferente, de alguém que arasse os campos ou assassinasse homens ou construísse casas ou escrevesse poesias? Não havia como dizer. Tudo era possível. A fé era o único guia.

— Eu acho — disse finalmente — que essa criança será quem quer que seja e fará o que deve. Como qualquer outra criança que nasce, terá a oportunidade de salvar o mundo ou destruí-lo.

A primeira dor penetrante surgiu com a rapidez de um punho batendo no seu abdome. Ela deu um grito. Então parou por um momento e pensou se havia realmente sentido aquilo.

— Você está bem?

— Sim... quanto tempo falta agora?

Ela estava agindo como se nada tivesse acontecido, mas ele sentiu a expressão de dor em sua voz.

— Não tenho certeza. Talvez devêssemos parar em um motel neste momento. Essa tempestade está cada vez pior.

Ela ficou grata com a sugestão.

— Podemos?

Dez minutos depois, eles avistaram um sinal do Motel Six e Jimmy dirigiu o carro até a recepção. Para ele foi um alívio desligar o motor e esfregar os olhos. Hannah curvou-se para a frente e tentou alongar a coluna.

O funcionário no escritório assistia a uma pequena televisão atrás do balcão. Um pouco aborrecido, parou de ver um programa sobre implante de seios de celebridades.

— Preciso de dois quartos para esta noite.

— Dois quartos? Amigo, teria sorte se eu tivesse um quarto. Estamos repletos.

— Com esse tempo?

— Está brincando? Começaram a chegar esta manhã antes da neve cair. Diabos, assim que a previsão do tempo foi anunciada, nosso telefone tocou sem parar. O esqui será extraordinário amanhã.

— Qual o lugar mais próximo?

— Tem um Radisson um pouco à frente, mas posso lhe garantir que também não tem quartos. Eles estão mandando gente para cá.

O funcionário tinha razão sobre o Radisson.

— Acho que não temos escolha, senão continuarmos — disse Jimmy a Hannah.

— Então, acho que gostaria de ir no banco de trás, se não se incomoda.

Sentia seu ventre diferente — o bebê estava sentado mais baixo do que antes. Pelo menos pensou que era isso. Em geral, teria conversado acerca desses assuntos com dr. Johanson, mas quando a relação começou a se deteriorar, ela parou de perguntar a ele essas coisas, e então, bem... O que aconteceu, aconteceu.

Lembrou que o bebê acabaria descendo e quando o fizesse estaria nas últimas semanas ou nos últimos dias. Não queria alarmar Jimmy. Não podia ser a hora, pois a previsão era para a semana seguinte. Pelos seus cálculos, seria na próxima quarta-feira. Ou na terça-feira? E hoje era... que dia era hoje? Os últimos dias a deixaram apenas com uma nuvem de medo e cansaço.

Jimmy embolou seu casaco como um travesseiro e ajudou Hannah a deitar no assento traseiro. Depois disso, voltou para estrada. Não havia quase ninguém. As luzes dos postes estavam reduzidas a pálidos círculos no chão, enquanto os faróis do Ford não alcançavam mais de 12 metros diante do veículo, então paravam, de modo tão abrupto como se tivessem atingido uma parede. Ajustou o espelho retrovisor para que pudesse olhar Hannah. Ela respirava com dificuldade e mudava de posição com freqüência, sem conseguir se sentir confortável. De vez em quando deixava escapar um gemido dos lábios.

Ele nunca se sentira tão desamparado antes, tão isolado do universo. Começou a rezar.

Indistinto, na escuridão da noite e na neve branca, viu o brilho avermelhado de um sinal de néon. O Ford estava bem perto quando conseguiu ler:

COLBY MOUNTAIN CABINS

— Por favor, diga-me que tem um quarto — disso ele, antes que a porta do escritório se fechasse.

Uma mulher corpulenta com uns 60 anos de idade consultou o livro que estava lendo.

— Desculpe, meu caro, nenhum.

Perdeu as esperanças. Não podiam mais ir além.

— Qualquer coisa, não me importa.

— É o começo da temporada de esqui. A primeira grande tempestade traz multidões. Devia ter feito uma reserva com antecedência.

— O que vou fazer? — disse ele a ninguém em especial. Jimmy olhou para a triste árvore de Natal no balcão do registro de saída. As pequenas luzes coloridas refletiam-se nos óculos de leitura, apoiados na ponta do nariz da mulher.

— Acho que minha... minha... mulher... está tendo um bebê — falou impulsivamente.

— Onde está ela?

— No carro.

— Céus. — O livro escorregou do colo da mulher. — Traga-a para cá imediatamente.

Durante o curto espaço de tempo que esteve no escritório, o carro havia sido coberto por uma camada de neve molhada. Não pôde ver Hannah até abrir a porta traseira. Os olhos dela estavam arregalados e ela ofegava.

— Acho que minha bolsa estourou.

A mulher olhou atentamente sobre os ombros de Jimmy, espantada.

— Precisamos levá-la para um lugar quente. Tente levantar, querida. São apenas alguns passos.

— Não posso me mexer — choramingou Hannah. — Está saindo. Agora.

— A garagem é lá no fundo — disse a mulher para Jimmy. — Leve o carro para lá. Tem um lugar perto do meu.

Com inesperado entusiasmo para alguém de sua idade e tamanho, ela desapareceu na lateral do escritório e abriu a porta da garagem, quando o Ford se aproximou. A garagem estava cheia de mobília de jardim e ferramentas de jardinagem, toda a parafernália das sobras da estação de verão. Havia uma lâmpada simples acesa no teto.

A mulher escancarou a porta traseira do carro e olhou para dentro.

— Pode sair agora, querida?

Hannah sacudiu a cabeça negativamente. As contrações aumentavam cada vez mais em ondas gigantes de dor que se espalhavam deixando-a exausta depois que passavam. Ela sentia uma espécie de fluxo e refluxo primal sobre o qual sua mente não tinha nenhum domínio. Seu corpo havia assumido o controle e parecia estar operando independente de sua vontade. Sentia um impulso irresistível de dar à luz.

— Voltarei logo — disse a mulher, correndo para fora da garagem.

— Jimmy?

— Estou aqui, Hannah. — Entrou no assento traseiro e apoiou a cabeça e os ombros dela em seu colo. A cada nova contração, ela agarrava a mão dele e apertava com força.

— Está tudo bem — disse ele, esfregando sua testa com a mão livre, como se quisesse livrá-la da dor. — Tudo dará certo.

Logo a mulher estava de volta com uma outra jovem de cabelos cacheados, que teria uns 30 anos de idade.

— Ela é médica — explicou a mais velha. — Há sempre um ou dois por aqui. Bati em cada chalé até encontrá-la. — Ela estava orgulhosa de sua engenhosidade na crise.

— Está sentindo contrações? — perguntou a médica.

— Sim.

— Deixe-me olhá-la.

A calça de malha suada de Hannah estava completamente molhada e a médica não conseguiu tirá-la. Viu um monte de colchonetes das espreguiçadeiras, empilhados e limpos em um canto e pediu à mulher mais velha que os estendesse no chão da garagem.

— Rápido. Precisamos tirá-la do carro.

Enquanto Jimmy carregou a parte superior do corpo de Hannah, a médica segurou a parte inferior até os colchonetes e imediatamente rasgou as roupas que estavam atrapalhando. Mais uma vez, Jimmy embalou a cabeça de Hannah no colo. De joelhos, a doutora abriu as pernas de Hannah e viu que a cabeça da criança começava a sair.

— Este não esperará por ninguém — disse ela. — O bebê está nascendo.

Hannah sentiu o irresistível desejo de fazer força e a intensidade rítmica apoderou-se de seus músculos pélvicos. A transpiração molhou seu rosto.

— Vamos garota! Você pode fazer isso. Respire fundo. Está fazendo um grande trabalho.

Com um empurrão final, Hannah soltou um grito e a criança caiu nas mãos da médica. Uma golfada de sangue inundou o colchonete.

O silêncio na garagem parecia estender-se para o mundo lá fora. O vento parou momentaneamente e os pinheiros altos permaneceram firmes e majestosos. A médica levantou o bebê e massageou suas costas. Ouviu-se um sopro, o bebê respirou pela primeira vez, e seguiu-se um choro saudável.

A médica colocou a criança no ventre de Hannah e amarrou o cordão umbilical.

— Parabéns — disse ela. — Você teve um lindo menino. — Então o cobriu com uma toalha branca bordada com a frase Colby Mt. Cabins ao longo da borda e colocou-o gentilmente nos braços de Hannah.

Hannah viu primeiro a cabeleira negra, depois os olhos azuis, a pequena mão fechada... e então parou de ver os detalhes e sentiu a totalidade desse pequeno ser, que estava aninhado ao seu peito.

— Não importa quantas vezes eu testemunhe isso, ainda acho um milagre — disse a médica maravilhada.

— Acho que parece com o pai, não é? — falou em um tom doce a mulher mais velha.

Foi então que Jimmy percebeu que havia mais pessoas na garagem. A notícia de que uma criança estava nascendo naquele exato momento espalhou-se pelos chalés e a curiosidade levou-as a testemunhar o nascimento. Na porta que ligava a garagem ao escritório havia um casal com um menino de 9 ou 10 anos. Um grupo de crianças, embaraçado, olhava pela estrada. Ninguém falou, admirando a mãe loura, o belo pai de cabelos escuros e seu admirável bebê.

O menino, que estava se esticando para ver melhor, aproximou-se com timidez.

— Isso é para o bebê — disse ele. Segurava uma bola azul com pequenas estrelas de prata. — Tenho outra exatamente como essa. — Colocou a bola no colchonete ao lado de Hannah, deu um passo para trás e perguntou. — Qual é o nome dele?

Hannah olhou para o bebê e seus olhos claros pareciam olhar para ela. Depois, ela inclinou a cabeça para que pudesse ver Jimmy.

— Como vamos chamá-lo?

Ali na garagem da Colby Mountain Cabins, em algum lugar de New Hampshire, enquanto a neve caía em silêncio, todos esperavam a resposta.

Este livro foi impresso na
LIS GRÁFICA E EDITORA LTDA.
Rua Felício Antonio Alves, 370 – Bonsucesso
CEP 07175-450 – Guarulhos – SP – Fax: (11) 6436-1538
Fone: (11) 6436-1000 – e-mail: lisgrafica@lisgrafica.com.br